십팔자 ③

글쓴이 | 강대일
펴낸이 | 孫貞順
펴낸곳 | 모아드림

초판 1쇄 인쇄 | 2002년 11월 8일
초판 1쇄 발행 | 2002년 11월 18일

주소 | 서울 서대문구 북아현3동 180-22
전화 | 365-8111~2
팩스 | 365-8110
E-mail | morebook@korea.com
http://www.morebook.co.kr
등록번호 | 제2-2264호(1996.10.24)

ISBN 89-5664-018-1, 89-5664-015-7(세트)
ⓒ 강대일

값 8,000원

대하역사소설

十八子

강대일 지음

제3권 검은산의 비밀

모아드림

제3권 검은산의 비밀

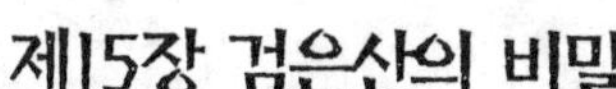

제3권 검은산의 비밀

제13장 용비어천

1. 야인의 땅

함흥의 토착민들은 이안사의 이주민 집단을 보고 큰 걱정에 휩싸였다. 그들이 자기네들의 터전을 빼앗아갈 약탈자일지도 모른다고 생각한 까닭이었다. 가장 민감한 반응을 보인 부족은 안완부였다. 안완부는 함경도와 만주 일대를 세력권으로 둔 여진족 중심 부족으로서 금(金) 황제의 맥을 잇는다는 권위를 누리고 있었다.

안완부의 추장 우꼬내는 행랑채 뒤뜰 숲으로 연결되는 활터에서 웃옷을 벗어붙인 채 활시위를 당기고 있었다. 수하 한 명이 급히 달려와 소식을 전했다.

"큰일났습니다. 일단의 무리들이 해로를 통해 이 지역으로 침범해 들어왔다는 보고입니다."

그는 수하를 보지도 않고 여전히 화살을 과녁에 조준하면서 대수롭지 않게 대꾸했다.

“어떤 사람들이라던가?”

“고려국의 사람들로 보인다고 합니다. 식솔들이 딸린 데다 가축의 양도 어마어마하답니다.”

“그러면 잘된 일이 아닌가? 호박이 절로 굴러 들어온 셈이니 경사가 난 거지.”

“하지만 장정이 천여 명에 달한다고 합니다. 만약 그들과 충돌을 일으킨다면 우리 쪽 피해도 적지 않을 것 같습니다.”

“그래!?”

그제야 우꼬내는 과녁에서 시선을 거두고 수하의 눈을 바라보았다. 수하는 걱정스러운 표정으로 우꼬내의 명을 기다렸다.

“우꼬내아를 불러라. 정찰대를 편성해서 동태를 살피도록 해라. 그리고 아직은 어떠한 경우라도 충돌을 피해야 한다고 일러라.”

수하는 허리를 굽혀 보이고는 돌아섰다. 우꼬내는 다시 과녁을 향해 활시위를 당겼다.

추장의 아들 우꼬내아는 10여 명의 무리를 이끌고 해안을 따라 남쪽으로 말을 달렸다. 그들은 안사의 집단이 터를 잡은 곳에서 거리를 두고 그들을 관찰했다.

우꼬내아가 보기에 그들은 피난민 같아 보였지만 쫓기는 듯한 인상은 아니었다. 수백 마리의 소떼에 부녀자와 노약자들까지 딸린 걸 보면 부유한 부족이라고 우꼬내아는 생각했다. 그렇다면 위험한 군사 집단은 아닌 것이다.

우꼬내아의 정찰대는 소떼를 보며 빙그레 웃음을 지었다.

“한동안 배때기에 기름 좀 끼겠는 걸. 더 볼 것도 없다. 가자!”

정찰대는 말을 돌렸다.

이안사는 송도의 도읍을 본떠서 터를 넓게 잡았다. 북쪽의 북산과 남서쪽의 남산을 포함해서 남북으로 목책을 두르고 동서의 외곽은 잡목과 소나무가지로 울타리를 두르니 마름모꼴의 거대한 성읍이 되었다. 소떼는 성안에 있는 남쪽산 기슭에 울타리를 치고 방목했다. 북산과 남산 위에는 망루를 세워 만약의 사태에 대비하였다.

이안사가 수하 몇을 거느리고 동북면 일대를 정찰하러 나간 사이 우꼬내아가 30명의 무사를 대동하고 고려 이주민의 새로운 성읍의 북문 앞에 와서 위세를 과시했다. 그들은 모두 등에 화살을 매고 손에는 긴 칼과 창을 들고서 괴성을 질러댔다. 옷은 짐승 가죽을 여러 조각 잇대어 만든 것을 입었는데 그 복장은 자신들의 야만성을 드러내어 상대방을 위축시키기 위한 것이었다.

소식을 접한 이안사의 아들 행리는 이씨 일족의 병사들을 소집하였다.

"내가 직접 그들을 상대하겠다. 기마병 30기는 나를 따르고 기병 100기는 서문으로 우회하여 밖에서 매복하도록 하라. 혹시 충돌이 발생하더라도 사람을 다치게 해서는 안된다."

이행리는 머리통이 크고 가슴이 딱 벌어진 말을 타고 기마병 30기의 호위를 받으며 북문으로 나갔다. 북문은 선주의 북산을 끼고 있어서 행리가 높은 지대에 서고 우꼬내아가 낮은 지대에 서서 올려다보게 되었다.

첫 대면이 중요했다. 이행리는 위엄을 갖추기 위해 온갖 장식을 단 갑옷을 차려 입었다. 북문을 나선 행리의 일행은 그를 중심으로 일렬로 진을 갖추었다.

절도 있게 움직이는 그들의 모습을 보고 우꼬내아는 뭔가 일이 잘못 되어가고 있다고 느꼈다. 상대방의 수장은 왕자처럼 보이고 자신은 산적처럼 보이는 데다가 갑옷으로 무장한 상대방의 무장들에 비해 차림새가 초라한 자신의 병사들은 오합지졸로 생각되었던 것이다. 병사들 역시 고려 이주민 군사의 진용에 위압감을 느꼈는지 괴성을 그치고 긴장을 하고 있었다. 우꼬내아는 상황이 불리하다고 느꼈지만 그대로 물러날 수는 없는 노릇이었다.

"나는 이곳을 점령하고 있는 안완부의 장수 우꼬내아다. 너희들은 누구냐?"

"금이 망한 지가 오래되었는데 아직도 안완부에 장수가 있더냐?"

"보아하니 고려에서 역적질을 하다가 쫓겨온 도망자들 같은데, 이곳은 감히 너희들이 넘볼 수 있는 땅이 아니다."

"말을 함부로 하는구나. 이곳은 본디 우리 고려의 땅이니라. 고려인이 고려 땅 어디 가서 산들 그게 어떻다는 거냐? 괜한 트집 잡을 생각 말고 이만 물러가거라!"

이행리와 고려 군사들의 당당한 위용에 위축이 되었지만 우꼬내아는 기가 눌리지 않은 척 큰소리치며 칼을 뽑아 들었다.

"금 황제의 가문을 능멸하려는 너희들을 안완부 추장의 이름을 걸고 추방하겠다!"

하지만 행리는 조금도 흐트러짐이 없이 응수했다.

"나는 고려왕의 이름으로 너희들을 체포하겠다. 포위하라!"

이행리를 호위하고 있던 기마병들이 안완부 무사들을 둘러싸기 위해 끝에서부터 앞으로 서서히 돌진했다. 그와 함께 서문에서 나와 매복하고 있던 이씨 일족의 병사들이 함성을 지르며 달려오기 시작했다. 여진인들은 일제히 행리를 향해 창을 던지고 바람같이 산비탈을 돌아서 사라져 버렸다. 행리를 향해 날아가는 창을 막아내느라 기마병 두 사람이 경미한 부상을 입은 것 말고는 별다른 피해가 없었다. 행리는 여진인들을 추격하려는 병사들을 막고 다시 성읍으로 돌아갔다.

다음 날 주변의 동태를 살피러 나갔던 이안사가 돌아왔다. 행리는 전날 있었던 일을 부친에게 고했다. 이안사는 행리의 보고를 들으며 고개를 끄덕이고 있다가 입을 열었다.

"무력 충돌을 피한 것은 잘한 일이다. 내일은 소를 열 마리 정도 잡아서 모든 일족이 배불리 먹도록 하여라. 그 동안 모두들 고생이 많았으니 내일은 실컷 즐기도록 하자. 곧 손님이 들이닥칠 텐데 대접을 하려면 주인들이 먼저 배가 불러 있어야 할 터이다."

행리가 물었다.

"손님이라뇨? 아버님 무슨 말씀이시옵니까?"

"두고 보면 알게 될 것이다. 살이 오른 암놈으로 두 마리 정도 골라놓고 술도 몇 섬 담그도록 해라. 어제 그런 일이 있었다면 이삼 일 안으로 찾아올 게야."

행리는 고개를 끄덕였다.

"무슨 말씀이신지 알겠습니다. 그렇게 하도록 하겠습니다."

그로부터 3일 뒤 밤이었다. 멀리서 말발굽 소리가 지축을 흔들며 고려인의 영토로 다가오고 있었다. 야음을 틈타 진격해온 여진인들은 동쪽과 서쪽 울타리에 불을 붙이고 불화살을 고려인의 성읍을 향해 쏘아댔다. 하지만 어쩐 일인지 성안 건물의 지붕에 꽂힌 불화살은 불을 일으키지 못하고 꺼져버리고 말았다. 고려인들은 울타리에서 멀찌감치 떨어진 채 방어자세만 취하고 있었다.

"돌격하라!"

추장 우꼬내의 명령이 떨어지자 안완부의 기마병들은 불길로 약해진 동쪽과 서쪽 울타리를 무너뜨리고 칼을 휘두르며 돌진했다. 그들이 막 울타리 안으로 들어서는 순간 갑자기 말이 중심을 잃고 꼬꾸라졌다. 안완부의 돌격대들은 힘 한 번 못 써보고 물 속에 처박히고 만 것이다. 고려인들은 이안사의 명령으로 울타리 안쪽에 해자를 파고 그 안에 강물을 끌어들여 적의 기습에 대비했던 것이다. 함정에 빠진 여진인들은 모조리 포로가 되었다.

기세 좋게 돌진하던 돌격대가 어이없이 적의 함정에 걸려든 것을 본 안완부 추장 우꼬내는 퇴각 명령을 내렸다. 고려인들이 만반의 준비를 갖추었다면 기습 공격은 전혀 효과를 볼 수 없다고 판단을 내렸기 때문이었다.

안완부의 무사들은 물러나서 사태의 추이를 지켜보았다. 안완부 전력의 절반이라고 할 수 있는 기마 돌격대가 무너지자 그들은 어떻게 해볼 도리가 없었던 것이다.

이내 날이 밝아왔다. 성문이 열리고 기마병 50기의 호위를 받은 이안사 부자가 모습을 드러냈다. 그들에게 전의(戰意)가 없다고 판단한 우꼬내는 아들 우꼬내아와 무사들을 거느리고 적장을 맞았다.

이안사가 정중하게 인사를 건넸다.

"안완부의 추장 어른을 뵙게 되어 영광으로 생각하는 바입니다."

상대방이 예를 갖추자 우꼬내도 예를 갖추지 않을 수가 없었다. 게다가 지금 칼자루를 쥔 쪽은 분명 고려인들이었다.

"그렇게 말씀해 주시니 고맙습니다."

우꼬내는 떨떠름하게 인사를 받았지만 마음속으로는 끓어오르는 수치심을 억누를 수가 없었다. 척박한 자연환경을 이겨내고 수많은 도전을 막아내며 살아온 우꼬내였다. 그런 자신이 선비풍의 샌님에게 치욕을 당했다고 생각하니 견딜 수가 없었던 것이다.

"이곳에 왔으면 추장 어른을 찾아뵙고 인사를 드리는 게 도리인 것을 알면서도 우선 비바람을 피하려고 하다보니 이렇게 인사가 늦어져 오해가 생긴 듯합니다. 이 모든 것이 소인의 불찰입니다. 너그러운 용서를 바랍니다."

처음엔 이안사의 행동을 승자의 여유라고 생각했던 우꼬내도 이안사가 진심으로 예를 다하자 마음이 누그러들었다.

"용서라니요? 당치 않습니다. 오히려 밤에 기습을 행한 저희들의 행동이 용서를 받아야 하지요."

"여러분들도 이 땅에서 살아온 고구려인이고, 저희도 고구려의 피를 이어받은 고려인이니 형제처럼 지내는 것이 좋을 듯합니다."

"좋습니다. 우리 앞으로 형제처럼 지냅시다. 저는 안완부의 추장 우꼬내입니다. 안완부 추장 우야소의 6대손이며 금황제 아구타의 5대손입니다."

"저는 선주 목자성(木子城)의 이안사라고 합니다."

목자성(木子城)이라 함은 이(李)씨의 성(城)이라는 뜻이었다.

이안사는 포로로 붙잡힌 안완부의 돌격대를 풀어주고 소를 잡아 융숭하게 대접하였다. 그리고 전리품이라 할 수 있는 무기와 말들도 모두 내주었다. 그들이 돌아갈 때는 소떼를 백 마리나 주었다. 1~2년 후에 송아지가 생기면 한 마리씩 달라는 조건을 걸어 그들과의 유대가 끊기지 않도록 했다.

이씨 일족의 환대를 받고 돌아가며 우꼬내는 감사의 뜻을 전했다.

"오늘 이렇게 융숭한 대접을 받고 농사 밑천인 소까지 백 마리나 받아가니 어떻게 감사를 해야 할지 모르겠습니다."

"저희들도 안완부의 추장과 형제가 되었으니 마음이 든든합니다. 형제의 우애가 오래도록 이어지기를 기원하겠습니다."

우꼬내는 말에 올라탄 후 칼을 빼들고 소리를 질렀다.

"안완부의 용사들은 다들 들어라! 오늘부로 목자성과 안완부는 형제가 되었다! 이들의 기쁨은 우리의 기쁨이요, 이들의 슬픔은 우리의 슬픔이다! 우리의 형제애는 만세에 이어질 것이다!"

이씨 일족과 안완부의 병사들은 어깨동무를 하고서 소리를 질러댔다.

"저희 안완부에도 꼭 오셔야 합니다."

"그렇게 하겠습니다. 조만간 찾아뵙지요."

이안사와 우꼬내는 악수를 나누었다. 그들의 아들들인 행리와 우꼬내아도 어느새 친구가 되어 서로의 어깨를 껴안고 있었다.

2. 신궁

한 달 후, 이안사는 아들 행리를 데리고 안완부의 추장을 찾아갔다. 이안사는 하얀 비단에 붉은 용을 그리고 그 위에 목(木)자를 써넣은 깃발을 펄럭이며 소 백 마리, 소떼 모는 기병 20명, 호위병 10명을 대동하였다.

안완부의 성은 함흥평야가 내려다보이는 검산령〔黑山岺〕 자락에 있었다.

이안사 부자가 오고 있다는 기별을 접하자 우꼬내는 직접 말을 달려 그들을 마중했다.

"우꼬내 추장님, 이렇게 다시 뵙게 되어 참으로 기쁩니다."

"먼 길 오느라 고생이 많으셨습니다. 저 역시 얼마나 기쁜지 모르겠습니다."

행리도 우꼬내에게 인사를 건넸다.

"추장님, 안녕하신지요? 지난번에 인사드린 이행리입니다."

"소인 꼬내, 이대감 부자를 다시 뵙게 되어 반갑습니다."

사냥을 나갔던 우꼬내아도 급히 달려와 이안사 부자를 맞았다. 이행리와 우꼬내아는 젊은 사람들답게 금세 친분이 돈독해져 있었다.

검산령을 오르는 길에 이안사가 준 소들이 풀을 뜯고 있는 모습이 보였다.

"빈 손으로 올 수 없어 선물을 가지고 왔습니다."

이안사가 뒤쪽으로 눈길을 향했다. 그의 눈길을 따라간 우꼬내는 입이 쩍 벌어졌다. 그들의 행렬 뒤로 족히 백여 마리는 되어 보이는 소떼가 따르고 있었다.

"지난번 주신 소로 큰살림을 이루었는데 또 웬 선물입니까?"

"이번에도 씨받이 품앗이이옵니다. 저 소들로 농사를 짓다가 새끼가 나면 송아지로 한 마리씩 돌려주십시오."

"여부가 있겠습니까. 매번 이렇게 받기만 하니 몸둘 바를 모르겠습니다."

"우리는 형제가 아닙니까. 형제가 유복해야 저희도 마음이 편할 겁니다."

안완부의 성에 도착한 이안사와 우꼬내는 차를 나누어 마시며 환담을 나누었다. 우꼬내아는 행리를 데리고 다니며 성내를 구경시켰다.

저녁에 이안사 부자는 진수성찬으로 대접을 융숭하게 받았다. 음식과 도자기, 옷감은 모두 고려에서 들여온 것들이었다. 말도 고려말을 주로 했다. 어쩌다 자기네 여진 말로 이야기를 주고받을 때는 어찌 보면 중국인 같고, 어찌 보면 몽고인 같기도 했다.

식사가 끝난 후 우꼬내의 안내로 이안사는 성을 돌아보았다. 안완부의 성은 시설이 낙후하였고 우꼬내가 자랑스럽게 보여주는 보물들도 그다지 진기한 것이 없었다. 하지만 이안사의 마음을 단번에 사로잡은 것이 있었다. 그것은 우꼬내의 집무실 벽에 걸려 있는 활이었다. 이안사의 눈길이 활에 머물러 있는 것을 눈치챈 우꼬내가 말했다.

"저것은 수우각 대궁으로 물소 여섯 마리의 힘이 나온다는 송(宋)의 6대 황제 신종(神宗)의 신궁입니다. 원래 쌍으로 만들어진 것이지만 하나는 행방이 묘연하고 저것은 금 태종(太宗)이 개봉을 점령하였을 때 북송의 마지막 황제 흠종(欽宗)이 올린 항복 예물 중 하나입니다."

"위력이 대단하겠군요."

"그렇게 알고 있습니다만, 지금은 장식품에 불과합니다. 사용할 수가 없으니 벽에 걸어두고 있을 뿐입니다."

이안사는 우꼬내를 돌아보며 궁금하다는 표정을 지었다. 이안사의 표정을 살핀 우꼬내가 허탈한 목소리로 덧붙였다.

"도저히 시위를 당길 수가 없더군요. 안완부 최고의 장사가 도전한 적이 있습니다만 그 역시 실패했습니다. 힘으로 다스릴 수 있는 물건이 아닙니다. 활과 영혼이 맞닿은 자만이 다스릴 수가 있습니다."

"네, 그렇군요."

이안사는 고개를 끄덕이면서도 활에서 눈길을 거두지 못했다. 그 모습을 보고 우꼬내가 제안을 했다.

"한 번 당겨보시겠습니까?"

이안사가 반색을 하며 되물었다.

"그래봐도 되겠습니까?"

우꼬내는 활을 조심스럽게 벽에서 떼어내 이안사에게 건넸다. 우꼬내는 입가에 미소를 머금었다.

"만만치 않을 겁니다."

이안사는 활을 살펴보며 쓰다듬었다. 그 모습이 너무나 진지해서 우꼬내는 입가에서 미소를 거두었다. 이안사는 웃옷을 벗었다. 그의 가슴에 난 반달가슴곰털을 보며 우꼬내는 어쩌면 이안사가 활시위를 당길 수 있을지도 모른다는 생각을 했다. 그만큼 이안사의 가슴에 난 털은 신성을 지니고 있었던 것이다.

이안사는 활대를 잡고 자세를 취하더니 단번에 시위를 당겨버렸다. 전혀 힘을 들이지 않았다. 그 광경을 지켜보고 있는 우꼬내의 입이 쩍 벌어졌다. 그는 자기 생전에 활의 주인을 만나기를 내심 염원해왔던 것이다.

"이제야 신궁이 주인을 찾았소!"

우꼬내는 물론이고 우꼬내아와 여진인 무사들 역시 놀라움을 금치 못했다. 다만 행리만은 히죽이 웃고 있을 뿐이었다.

'우우웅~피유우우~파아아앙'

이안사가 시위를 놓자 물소 울음소리와 바람 소리가 거세게 들려왔다. 실제로 바람이 부는 것처럼 집무실에 있던 이들의 머리칼이 날리기도 했다. 소리와 바람은 한동안 우꼬내의 집무실을 맴돌다가 서서히 사라졌다.

"너도 해보겠느냐?"

이안사는 행리에게 활을 건넸다. 행리 역시 웃옷을 벗어붙이고 활시위를 당겼다. 그 역시 별로 힘들이지 않고 거뜬히 시위를 당졌다.

"대감 부자는 하늘이 낸 인물인 것 같소."

"별 말씀을 다 하십니다. 어쩌다 운이 좋았던 것일 뿐입니다."

우꼬내는 팔을 내저었다.

"아닙니다. 두 분께선 뭔가 큰일을 이룰 분들이 틀림없습니다. 이 신궁은 대감께서 간직하는 것이 좋을 듯합니다. 저는 신궁의 주인을 만나 기쁘기 그지없습니다."

행리는 우꼬내아와 뭐라 이야기를 주고받으며 우쭐해하고 있었다. 활시위를 당긴 것이 대단히 자랑스러운 모양이었다. 이안사는 그런 아들을 바라보며 생각에 잠겼다. 자신의 반달가슴곰털을 타고난 아들은 행리뿐이었다. 그것은 이양무에게도, 이린에게도 마찬가지였다. 그렇다면 자신을 이어 십팔자왕의 위업을 이루어낼 다음 인물은 행리가 되는 것이었다. 하지만 행리에게는 뭔가 남다른 기질이 있었다. 행리가 깊은 생각에 빠져 있는 모습을 볼 때면 마음이 먼 곳을 향하고 있음을 이안사는 직감했던 것이다.

이안사는 아들에게서 눈길을 거두고 우꼬내를 향했다.

"이렇게 귀한 물건을 저희가 가져도 될는지요."

"귀한 물건은 귀한 사람이 지녀야 제 값어치를 하는 것입니다. 저같이 미천한 사람은 이 신궁을 소유할 자격이 없습니다."

이안사는 우꼬내에게 감사의 뜻으로 고개를 숙였다. 그러자 우꼬내를 비롯한 여진인 무사들은 이안사보다 더 머리를 낮추어 고개를 숙였다.

다음날, 이안사 부자와 그들의 일행은 안완부의 주민들과 작별을 했다. 우꼬내는 이안사에게 상아로 만든 화살촉이 달린 화살 세 개를 이안사에게 건넸다.

"신궁의 화살은 세 개뿐입니다. 그러니 사용 후에는 반드시 회수를 하십시오. 이 화살에는 코끼리의 영혼이 담겨 있다고 들었습니다."

"귀한 선물을 주셔서 대단히 감사합니다. 소중히 간직하겠습니다."

"그럼 살펴 가십시오. 다시 만나뵙게 되기를 기원하겠습니다."

이안사 부자의 비범함을 보았기 때문인지 우꼬내의 몸가짐은 이전보다 더욱 정중했다. 이안사 일행은 안완부 주민들의 환송을 받으며 목자성으로 향했다.

3. 규합

이안사 일행이 목자성에 당도할 즈음 말을 탄 한 떼의 장정들이 성 쪽에서 달아나고 있었다. 목자성에서 나온 기마대와 이안사 일행이 그들을 뒤쫓았지만 거리를 좁힐 수가 없었다. 이안사는 신궁에 화살을 매겨 우두머리로 보이는 이가 탄 말의 엉덩이를 겨냥했다. 그가 시위를 놓자 화살은 예의 그 물소 울음소리와 바람 소리 외에 코끼리의 울음소리까지 더해서 맹렬한 기세로 날아갔다. 숲으로 막 사라지려던 무리의 중앙에서 달리던 말이 엉덩이에 화살을 맞고 높이 뛰어 오르더니 쓰러졌다. 말에 탔던 이도 공중으로 솟구쳤다가 땅에 꼬꾸라졌다.

이안사의 기마대가 달려가 보니 말은 이미 죽었고 땅에 꼬꾸라졌던 이는 심한 부상을 입어 신음소리도 제대로 내지 못하고 있었다. 말의 엉덩이를 관통한 화살은 소나무 세 그루를 부러뜨리고는 바위에 박혀 있었다. 그런데도 전혀 흠집이 없었다. 이안사와 그의 일행은 신궁의 위력에 혀를 내둘렀다.

달아났던 무리들이 되돌아왔다. 그들은 스스로 무장을 해제하고는 자기네의 대장을 데려가게 해달라고 머리를 조아렸다. 이안사가 들여다보니 그들의 대장은 곧 숨이 끊어질 것 같았다. 행리가 그들을 심문했다.

"너희들은 누구냐? 대낮부터 도적질이나 일삼다니 단칼에 베어버리겠다."

달아나던 무리들 중 하나가 나서며 대꾸했다.

"우리는 이곳의 주인이오. 우리는 천여 세대가 이 땅에 터를 잡았소. 도적질을 하러 온 것이 아니라 당신들에게 경고를 하러 온 것이오."

"주인이라니? 당치 않은 소리 마라. 이 땅에 터를 잡았다고 해서 주인이라고 말한다면 그것은 우리 또한 마찬가지다."

이안사가 앞으로 나섰다.

"당신들의 천호장은 누구요?"

"김자 보자 노자를 쓰는 어른이오."

행리가 비웃음을 흘리며 말했다.

"김보노라…… 이름에서 노비 냄새가 나는구나."

그 말에 이안사는 자신의 아들을 무섭게 노려보았다. 이안사는 사람을 상하 구분하여 깔보는 일을 경멸하였던 것이다. 아니나다를까 행리의 비꼬는 말투에 속이 틀린 이가 소리를 질렀다.

"노비 출신이면 어떻고, 백정 출신이면 어떻소? 이 땅에 와서까지 사람을 구분하려 들다니, 참으로 어리석소."

이안사가 말에서 내려 김보노의 무리에게 다가갔다. 그는 머리를 숙여 예를 표했다. 그러자 발끈해 있던 무리들도 함께 머리를 숙였다. 행리도 말에서 내려 예를 표하고 그들에게 사과를 했다.

"좀전의 무례를 용서하시오. 적의 기를 꺾어놓기 위해 야비한 언행을 일삼은 것뿐 다른 뜻은 없었소."

행리의 사과에 김보노의 무리들도 표정이 누그러졌다.

이안사가 말에서 떨어진 이를 유심히 살펴보더니 몇 군데 혈을 눌려 응급처치를 했다. 금세 숨이 넘어갈 것 같던 안색이 조금 돌아온 듯했으나 환자는 여전히 사경을 헤매고 있었다.

"저는 목자성의 이안사라고 합니다. 환자를 말에 태우지 말고 들것을 만들어 옮기도록 하십시오. 옮기는 중에 몸이 움직이지 않도록 유의하셔야 합니다."

이안사의 기마대와 김보노의 무리는 나무를 베어내고 입고 있던 옷을 걸어 들것을 만들었다. 그리고 그 위에 조심스럽게 환자를 눕혔다. 돌아가는 무리들을 향해 이안사가 말했다.

"모레 아침, 아들과 함께 당신들을 찾아가겠소. 화주로 넘어가는 길목에 집단 거주지가 있던데, 그곳이 맞소?"

김보노의 무리들은 고개를 끄덕였다. 그리고는 숲속으로 사라졌다.

약속했던 대로 이안사는 행리와 호위 기마병 10명을 거느리고 김보노의 마을을 찾았다. 마을은 천여 세대는 족히 될 만큼 크고 넓었지만 어린이와 노약자, 아녀자가 대부분이어서 활기는 느껴지지 않았다. 너무 조용해서 침울한 느낌마저 들 정도였다. 문명의 혜택을 제대로 받지 못한 탓인지 마을 주민들의 옷차림새도 초라했다.

이안사 일행은 수문장의 안내를 받아 김보노의 거처로 갔다. 김보노는 굳은 표정으로 이안사 일행을 맞았다.

"나는 김보노요. 오늘 당신네들이 찾아온다기에 설마 했는데, 진짜로 왔구려."

"저는 목자성의 성주 이안사라고 합니다. 전에 이 일대를 정찰하다가 이곳을 발견했습니다만 경황이 없어 찾아뵙지 못했습니다."

김보노는 이안사의 깍듯한 예의가 눈에 거슬리는 듯했다.

"나는 노비 출신이라 예절을 모르오. 괜한 형식으로 시간 낭비 맙시다."

행리는 김보노의 언행에 발끈하여 눈가에 힘이 들어가고 두 주먹을 움켜쥐었지만, 이안사는 표정이 여전히 부드러웠다.

김보노는 대뜸 소리를 질렀다.

"내 아들이 사경을 헤매고 있소. 내 아들이 이대로 명을 달리 한다면 우리는 3천의 군사를 일으켜 당신들을 칠 것이오! 그리 아시오!"

"아드님이라니요?"

"엊그제 당신들의 기습을 받고 말에서 떨어진 아이가 내 아들이오."

"기습이라뇨!? 기습을 당한 건 오히려 우리였소."

행리가 참다 못하고 소리를 버럭 질렀다. 이안사는 행리를 향해 손짓을 해서 그를 막았다.

"내게 아드님을 보여주실 수 있겠습니까?"

"당신이 의원이오? 우리에게도 어의를 지낸 양반이 있으나 속수무책이었소. 돌아가서 성이나 잘 지키시오. 우리 군사 3천이 갈 테니 막아보시오."

"그래도 맥이나 한 번 짚어보게 해 주십시오. 오백 보가 넘는 거리에서 달리는 말의 엉덩이를 겨냥했는데 사람이 다칠 줄은 생각을 못했소이다."

"오백 보가 넘는 거리에서 화살을 쏘았다니 말이 되오? 들어갈 때 보고서 매복해 있다가 뒤에서 기습했다던데?"

"그렇지 않습니다. 그들이 잘못 전한 겁니다."

"당신의 말도 틀렸지 않소? 오백 보 떨어진 곳에서 달리는 말을 쏘아 맞히다니? 그게 말이나 되오?"

"그럼 오백 보가 넘는 거리에서 말을 타고 직접 달려보시오. 내가 맞힐 수 있나 없나 보여드리리다."

이안사는 약간 굽혔던 허리를 곧게 펴고 강경한 자세로 나왔다. 김보노는 이안사의 돌연한 태도에 흠칫 놀라는 눈치였다. 이안사는 다시 음성을 누그러뜨리고 말을 이었다.

"우선은 아드님을 제게 보여 주십시오. 혹시 내가 도움이 될 수 있을지도 모르는 일 아니겠습니까?"

김보노는 입을 앙다문 채 이안사를 노려보다가 고개를 끄덕였다.

이안사는 환자의 옷을 모두 벗기고 자세히 살펴보았다. 맥박이 뛰는 걸로 보아 내장은 탈이 없는 듯했다. 그렇다면 낙마하면서 탈골된 목뼈와 허리뼈가 중추신경을 압박하여 기의 흐름을 막고 있음이 틀림없었다.

이안사는 김보노로 하여금 환자의 좌우어깨를 잡고 있게 했다. 그리고는 머리를 두 손으로 잡고 일시에 기합을 모아 목을 좌우로 거세게 돌렸다. 그러자 빠드득 뚝뚝, 하고 뼈가 부러지는 소리가 났다. 김보노는 이안사가 자신의 아들에게 무슨 해코지를 하나 싶어 덜컥 겁이 났다. 그러나 곧 환자가 가는 신음소리를 내며 긴 숨을 들이쉬었다. 그제야 김보노는 이안사를 믿게 되었다.

다음은 환자를 무릎을 굽힌 채 엎드리게 한 후 척추에 두 손바닥으로 힘을 가했다. 그러자 뚜두둑, 하는 소리가 났다. 등뼈가 제자리로 돌아가는 소리였다. 그러고 나서 이안사는 환자를 편안히 눕게 했다. 새파랗던 환자의 안색이 점점 붉게 변했으며 미미하던 숨소리도 고르게 되었다.

이안사는 일정한 시간을 두고 기다렸다가 환자의 어깨와 등에 부항을 떴다. 검붉은 피가 뿜어져 나왔다. 그런 다음 가지고 온 침통에서 침을 뽑아 환자의 머리와 목, 어깨, 허리, 대퇴부, 발등에 꽂았다. 환자는 곧 편안한 얼굴로 잠이 들었다.

이안사는 이마의 땀을 훔치며 자리에서 일어섰다. 곁에서 지켜보고 있던 김보노가 이안사의 손을 잡았다.

"고맙소. 아들놈을 살려 주셔서 정말 고맙소."

"그 동안 아드님 일로 심려가 크셨겠습니다. 며칠 후면 아무 일 없었던 것처럼 괜찮아질 겁니다."

김보노는 '고맙소'를 연발하며 머리를 조아렸다.

이안사 일행은 김보노의 거처에서 물러나왔다.

"아니, 이대로 돌아가시게요?"

"할일을 다했으니 이만 돌아가야지요."

"섭섭합니다. 그렇다고 변변히 대접할 것도 없으니……."

이안사는 마을을 둘러보았다. 열악한 환경에서 어렵게 생활을 이어나가고 있는 주민들을 보자 가슴이 메었다. 돌아가거든 도울 수 있는 방법을 강구해야겠다고 생각을 했다.

말에 오른 이안사가 김보노에게 농담을 걸었다.

"언제 저하고 활 겨루기를 해야지요?"

김보노는 팔을 내젓고 고개를 가로 저었다.

"그러다 제 목만 부러지게요. 그런데 그 활을 한 번 볼 수 있을까요?"

이안사는 안장에 걸어놓은 신궁을 김보노에게 건넸다.

"당겨보아도 되겠습니까?"

이안사는 그러라고 했다. 김보노는 얼굴이 벌개지도록 힘을 썼지만 활시위를 당길 수가 없었다. 김보노의 부하 중 힘깨나 쓰게 생긴 이가 앞으로 나서서 활시위를 당겨보았지만 그 역시 헛힘만 쏠 뿐이었다.

"이럴 수가…… 꿈쩍도 하지 않는데요? 정말 이걸로 화살을 쏘았습니까?"

이안사는 빙그레 웃고 있다가 행리에게 말했다.

"네가 당겨보아라."

행리는 시위를 턱밑까지 당겼다가 놓았다. 그러자 일순간 바람이 일며 물소 울음소리가 났다.

"송황제의 신궁입니다. 원래는 쌍으로 만들어진 것인데, 하나는 사라지고 이것만 남았습니다. 안완부의 추장인 우꼬내께서 제게 선물로 주신 것입니다."

김보노는 이안사 부자가 보통 인물들이 아니라고 생각했다. 선부르게 싸움을 걸었더라면 큰 낭패를 보았을 것이라고 생각하니 소름이 돋았다.

"제가 대인을 몰라 뵙고 큰 실례를 저질렀습니다. 앞으로 목자성과의 유대 관계가 계속되기를 기원하겠습니다."

이안사 일행은 김보노와 주민들에게 인사를 하고 말을 돌렸다. 김보노와 주민들은 이안사 일행이 시야에서 사라질 때까지 손을 흔들어 주었다.

이렇게 해서 김보노의 토호 천여 세대가 이안사의 세력으로 복속되었다.

이안사는 이후에도 주변 부족들의 끊임없는 도전을 받으며 세력을 키워나갔다. 때로는 화친을 맺고 때로는 무력으로 정복하였다. 이안사의 인물 됨됨이를 믿고 스스로 그 세력권에 들기를 희

망하는 부족도 부지기수였다. 이안사와 이씨 일족은 동북면에 도
착한 지 2년여 만에 그 일대의 가장 큰 세력으로 성장하였다.

　이안사의 유리민 집단이 주변 토착민들을 종속시켜 가며 세력
을 확대해가자 고려 조정에서는 이안사를 선주병마사로 임명하고
고원지대에 성을 쌓아 진을 설치하여 변방을 방어하게 하였다. 병
마사란 병권과 민정권을 동시에 부여받는 막강한 권한이었다.
　한편 몽고는 화주에 쌍성총관부를 설치하고, 조휘를 총관으로,
탁청을 천호로 삼았다. 이로써 이안사가 머물던 선주는 자연히 쌍
성총관부에 예속되었다. 몽고장수 산길은 이씨 일족과 김보노 등
일천오백여 호를 거느린 이안사를 회유하여 선주에서 간동으로
거주를 옮기게 하고 오천 호를 다스리는 일종의 총독직인 달로화
적을 제수하였다. 이로써 이안사는 고려 조정으로부터도 관직을
하사받고 몽고로부터도 관직을 하사받는 입장에 처하게 되었다.
이안사는 이씨 일족과 자신에게 예속된 부족의 안위를 위해 몽고
와 타협하긴 했으나 고려를 배반하고 몽고에 투항한 조휘나 탁청
같은 부류의 반란자들과는 달랐다. 이안사는 몽고 정부가 하사한
관직을 이용하여 몽고군이 고려를 침입할 때 평화적으로 저지하
는 역할을 수행했던 것이다. 그는 이후 20여 년간 간동을 통치하
며 주위 여러 성을 왕래하면서 세력을 더욱 확장하였다.
　많은 눈이 내린 간동지방은 온 산천이 하얗게 물들어 있었다.
이안사는 힘겨운 숨을 내쉬며 행리에게 아버지 이양무로부터 받

은 목판, 그림, 그리고 우꼬내에게서 얻은 신궁을 전하고 마지막 유언을 남겼다. 행리는 고개를 떨군 채 흐느꼈다. 말을 마친 이안사는 천장을 올려다보았다. 흐릿해진 시야에 지난 세월 속에 묻혔던 추억들이 선명하게 되살아났다. 하지만 아무리 기억을 하려 해도 우미인의 얼굴은 떠오르지 않았다. 그는 아픈 가슴을 안고서 마지막 숨을 토했다. 십팔자왕의 예언을 실현하기 위해 긴 세월 유랑과 도피를 감내해야 했던 힘겨운 삶에서 이안사는 비로소 놓여난 것이었다.

간밤에 마당에 내린 하얀 눈 위에 노루가 지나간 발자국이 찍혀 있었다. 사람들은 이안사의 영혼이 간동지방을 지키는 산신령이 되어 노루를 타고 간 게 분명하다고 수군거렸다. 또 어떤 이는 간밤에 반달가슴곰 한 마리가 눈발이 휘날리는 들판을 향해 달려가는 것을 보았다고도 했다.

이안사의 기반과 관직은 아들 행리에게 그대로 세습되었다. 행리는 부친의 유언대로 목판에서 그림을 찍어내 해 부분은 도려낸 후 무덤에 안치했다. 때는 1274년 12월이었다.

4. 광명사

1281년 원의 쿠빌라이는 2차 일본정벌 원정에 15만 대군을 동원하였다. 고려는 일본정벌군으로 대리전쟁에 동원되었다. 이행리 역시 간동의 고려인과 여진인을 이끌고 황제의 부대장이 되어 참전했다.

개경 외곽에 병력을 주둔시킨 이행리는 충렬왕을 배알하기 위해 일행을 거느리고 궁중으로 향했다. 동북면과 간동 일대에서 크게 활약을 해온 이안사의 아들 행리가 개경에 입성한다는 소문이 나돌자 여기저기서 모여든 인파로 성문은 발디딜 틈이 없을 지경이었다.

이윽고 이행리가 몽고인, 여진인 장수들을 대동하고 모습을 나타내자 사람들은 그의 이름을 연호하며 그 뒤를 따랐다. 남자들의 뒤에서 먼발치로 행리를 지켜보는 아낙들은 그의 잘생긴 용모와 당당한 풍채에 가슴을 설레었다.

행리는 뜻밖에 고려인들의 환호를 받자 얼굴이 벌겋게 달아올랐다. 그는 이 환호는 돌아가신 부친이 받았어야 할 것이라고 생각하며 아버지 이안사의 얼굴을 떠올렸다.

입궐한 행리 일행은 왕(충렬왕)을 배알하기 위해 어전에 들었다. 어전에는 예부와 병부의 대신들이 배석하고 왕과 왕비가 자리를 하고 있었다.

"전하! 신(臣) 이행리 전하께 문안드리옵니다. 전하와 왕비마마를 뵙게 되어 참으로 영광이옵니다."

"짐도 그대들을 만나 기쁘오. 쌍성총관부의 용맹스러운 장수들을 대하니 가슴이 설레는구려. 쌍성총관부에는 우리 고려인들도 많이 거주하고 있으니 그들을 잘 부탁드리오."

"신도 삼척에서 태어나 선주로 이주한 고려인이옵니다."

"내 그대에 관한 이야기는 익히 들어 알고 있어요. 우리 고려 출

신의 무사가 험하디 험한 지역을 호령하니 이는 고려의 영광이
오."

"신은 부친대에서부터 변방에 터를 잡았사오나 한시도 고려와
전하를 잊은 적이 없습니다."

침묵을 지키고 있던 왕비 홀도로계리미실이 그윽한 눈길로 행
리를 바라보며 입을 열었다.

"고려에 저처럼 훌륭한 장수가 있으니 전하께선 든든하시겠습
니다."

왕은 너털웃음을 터뜨렸다.

왕비 홀도로계리미실은 원 제국 쿠빌라이 황제의 딸이었다. 그
녀가 비록 충렬왕의 비라고는 하나 그 권한은 왕 위에 군림하고
있었다. 그녀는 원과 고려의 백성으로부터 많은 사랑을 받았으며,
백성들 사이에선 '홀미'라는 애칭으로 불렸다. 23세의 앳된 왕비
는 잘생기고 위풍 당당한 행리를 대하자 마음이 흔들렸다. 행리의
강렬한 눈길이 자신에게로 향하자 그녀는 자기도 모르게 시선을
피했던 것이다. 왕비는 자신의 마음을 들키지 않으려 위엄을 갖추
었으나 두근거리는 가슴은 좀처럼 진정이 되지 않았다.

"장군이 일본정벌에 성공하고 반드시 살아 돌아오기를 기원하
겠소."

왕의 축원을 받은 행리는 고개를 숙여 답했다. 왕의 그 축원은
홀미의 바람이기도 했다.

행리가 퇴궐한 후에도 홀도로계리미실 공주는 한동안 그의 모
습이 눈앞에 어른거려 마음을 다잡지 못했다.

개경에 머무는 동안 행리는 부친 이안사가 남긴 유언을 따라 송악산 산자락에 있는 광명사로 향했다. 그는 부친이 왜 광명사에 가보라는 유언을 남겼는지는 알지 못했다.

절 앞마당에 있는 원공국사지종지비 앞에서 행리는 주지를 만났다.

"소인은 이린과 양무의 후손 안사의 자 행리라고 합니다."

"반갑습니다."

주지는 행리를 원공국사 지종, 구학스님, 득달스님 등의 위패를 모신 사당으로 안내했다. 그곳에서 행리는 예를 올리고 주지의 거처로 자리를 옮겼다.

주지는 행리의 용모를 찬찬히 훑어보다가 행리에게 말했다.

"소승은 득달스님의 뒤를 이어 광명사 주지가 된 도신이라고 합니다. 소승이 이곳에서 대인을 기다린 지 이십 년이 되었습니다."

행리는 도신의 말에 깜짝 놀랐다. 자신을 이십 년씩이나 기다린 사람이 있으리라고는 생각지 못한 까닭이었다.

"소인을, 저 행리를 이십 년이나 기다리셨단 말씀입니까?"

"더 자세히 말씀드리면 이양무 대감의 자손을 기다린 것입니다. 실례가 되는지는 아오나 웃옷을 벗어 앞가슴을 소승에게 보이실 수가 있겠습니까?"

행리는 영문을 몰랐으나 도신의 태도가 너무나 진지해서 거부할 수가 없었다. 도신은 행리의 가슴에 자란 반달가슴곰털을 보자 나직하게 탄성을 토했다.

"그게 사실이었군요. 소승은 광명사 주지에게 대대로 전해지는 계율을 따라 대인을 기다렸습니다만, 그것이 이루어지리라고는 믿지 않았습니다."

"계율이라니요? 어떤……?"

"그 계율은 이안사 대감을 동북면으로 떠나 보낸 뒤 이양무 장군께서 저희 광명사의 주지와 맺은 약조에 의해 행해지는 것으로, 외부인에게는 절대로 발설되어서는 안 되는 것입니다."

"이양……."

이행리는 긴 세월의 벽을 넘어 조부의 이름을 대하자 가슴이 뭉클해지는 감동을 느꼈다. 먼 훗날, 후손들의 영광을 위하여 예비하여 온 선조의 땀냄새가 코끝에 훅 끼쳐오는 듯한 착각도 들었다.

도신은 목에 차고 있던 목걸이를 벗어서 행리에게 건넸다. 행리가 받아든 목걸이는 황금으로 만든 줄에 청옥 구슬이 세 개 달려 있었다.

"이 목걸이는 두 개로 하나는 대인이, 하나는 소승이 대물림하여 상대를 알아보는 신표가 될 것입니다."

행리는 목걸이에 달려 있는 구슬을 들여다보았다. 구슬 안에는 표식이 그려져 있었으나 무슨 뜻인지는 알 수가 없었다.

"이 목걸이는 이양무 장군께서 천하제일의 세공인을 시켜 만들도록 했다고 합니다. 구슬 속에 그려진 표식도 이양무 장군께서 새겨 넣도록 지시했을 겁니다. 하지만 저나 제 윗대의 주지스님도 그 뜻이 무엇인지는 알지 못했습니다. 다만 이양무 장군께서 남긴 '만약의 사태에 대비하여 표식을 남긴다' 라는 말만 전해지고 있을 뿐입니다."

"만약의 사태에 대비하여 표식을 남긴다?"

"그리고 이것도 보십시오."

도신은 자신의 목에 걸고 있던 목걸이를 행리에게 보였다. 금줄에 청옥 구슬이 세 개 달린 모양이 행리의 목걸이와 다를 바가 없었다. 하지만 도신이 목에 걸고 있는 목걸이에는 아무런 무늬도 새겨져 있지 않았다.

"이양무 장군의 영혼이 구슬 안에 머물면서 자손들을 지켜주실 겁니다. 대인께서는 일본 원정에서 돌아오시거든 이 곳에 들러 사염을 가지고 가십시오."

"사염이라뇨?"

"우선은 그렇게만 알고 계십시오. 차차 알게 되실 겁니다. 사염을 가지러 올 때는 조상의 시신을 옮겨가는 마음과 복장으로 말과 짐꾼을 데리고 직접 오셔야 합니다."

행리는 도신의 말을 점점 더 알아들을 수가 없었다. 하지만 그의 말 속에 자손을 위한 조부의 배려가 숨겨져 있을 것이라는 사실만은 짐작할 수 있었다.

8월에 불어닥친 태풍에 여원 연합함대가 침몰하여 10만 명의 몽고군 시체가 합포 앞 바다를 뒤덮었다. 쿠빌라이는 2차 일본정벌도 실패한 것이었다. 일본에서는 이때 불어닥친 태풍을 카미가제(神風)라고 불렀다.

행리와의 재회를 기대하던 홀도로계리미실은 여원연합함대가 동해에 수장되었다는 소식을 접하고 실의에 빠져들었다. 혹시나 하는 기대에 행리에 대한 소식을 수소문했지만 그의 종적을 아는 이는 아무도 없었다. 그녀는 행리와의 짧고도 안타까운 만남에 가슴 아파하며 눈물로 세월을 보냈다.

5. 방랑객 이행리

행리는 구사일생으로 배 조각에 의지하여 목숨을 부지했지만 사람들 앞에 당당히 나설 수가 없었다. 행리는 한동안 한반도의 산천을 떠돌아다녔다. 패잔병이 되어 구차하게 목숨을 이어간다는 수치심이 들었지만, 그는 어깨를 짓누르던 무거운 의무와 책임에서 벗어나 처음으로 자유를 만끽했다.

하지만 그는 간동으로 돌아가야 했다. 자신을 기다리는 간동 지방의 일족들을 버릴 수는 없는 노릇이었다. 그는 간동으로 돌아가기 전에 광명사를 찾았다.

행리는 굴건제복을 입고 마부에게는 건을 씌우고 삼베 중단을 입혔다. 말머리에는 공포를 꽂았다. 행리를 기다리고 있던 도신은 그의 복장을 보자 적이 마음이 놓이는 눈치였다.

말과 마부는 마당에 머물게 하고 행리와 도신은 법당 안으로 들어갔다. 도신은 불상 뒤에 있는 비밀통로를 통해 지하실로 갔다. 그곳에는 송장이 담겼음직한 검은 널이 놓여 있었다. 행리는 놀라서 물었다.

"이것이 무엇입니까?"

"사염입니다. 뚜껑을 열어 보세요."

뚜껑을 열고 안을 들여다본 행리가 말했다.

"아니, 이것은 모래가 섞인 소금이 아닙니까?"

도신은 까닭을 알 수 없는 웃음을 입가에 머금고 행리를 내려다 보았다.

"그래야 시신이 썩지 않지요."

"이 속에 시신이 있단 말입니까?"

도신은 여전히 그 알 듯 모를 듯한 웃음을 짓고 있었다.

"손을 넣어 보십시오."

행리는 시신이 있단 말에 영 찜찜했으나 도대체 무엇이 들어있나 하고 조심스럽게 소금을 파헤치기 시작했다. 사염 속에는 작은 소금자루가 여러 개 들어 있었다. 그것이 무엇인가 묻는 표정으로 도신의 얼굴을 올려다보았지만 도신은 수상쩍은 웃음만 짓고 있을 뿐 아무런 말이 없었다. 행리가 소금 자루를 하나 꺼내어 열어 보니 그 곳에는 황금이 가득 차 있었다. 소금 형태의 황금 가루였던 것이다.

"아니, 이것은 말로만 듣던 염금이 아닙니까?"

"그렇습니다. 이것은 아무도 몰라야 합니다. 자식에게도 부인에게도 비밀에 붙여야 하고, 죽을 때 상속자에게만 유언으로 대물림하셔야 합니다."

"조부께선 이 어마어마한 황금을 어디서 구하셨을까요?"

"그건 알려드릴 수가 없습니다. 모든 것이 하늘의 뜻이라고만 생각하십시오."

"알겠습니다. 조부이신 이양무 장군의 유지을 받들어 이 황금을 좋은 곳에 쓰도록 하겠습니다."

행리는 염금이 든 널을 선조의 시신이 든 관이라고 속여 말잔등에 싣고 진중으로 향했다. 그는 여러 장병들의 아쉬움을 뒤로 한채 간동으로 돌아갔다.

홀도로계리미실은 뒤늦게야 행리가 간동으로 돌아갔다는 소식을 접했다. 그녀는 행리가 무사하다는 소식에 가슴을 쓸어내렸다. 다른 한편으로는 행리가 괘씸하기도 했다. 그만큼 그녀는 행리를 걱정하는 마음이 컸던 것이다.

간동으로 돌아온 행리는 다시 바쁜 나날을 보냈다. 하지만 아내 손부인이 죽자 행리는 모든 의욕을 상실하고 말았다. 그의 마음속에 잠자고 있던 자유를 향한 갈망이 다시금 서서히 고개를 쳐들기 시작했다. 여기저기의 부족장들이 행리에게 딸을 주어 인척관계를 맺으려 했으나 행리는 그 모든 것이 귀찮을 따름이었다.

그러던 중 고려 왕비의 칙사가 행리를 찾아왔다.

"쿠빌라이칸께서 병들어 누웠습니다. 대감께서 황제의 신하된 도리로 연경에 다녀오셔야겠습니다."

"나 같은 지방관이 무슨 자격으로 황제의 임종을 지킨다 말이오?"

"지금 왕께선 제후국의 부마국왕으로서의 한계를 느낀 탓인지 정사에는 관심도 없고 궁녀들 틈에만 빠져 헤어나올 줄을 모르시고 계십니다."

"그게 저하고 무슨 상관이 있습니까?"

모든 의욕을 상실한 행리는 말투가 심드렁했다. 칙사는 난감한 표정을 지으며 행리에게 사정했다.

"왕비께서 특별히 총독께 호위를 부탁하셨으니 물리치지 말아주십시오."

"왕비께서요?"

홀도로계리미실 왕비가 특별히 자신을 지목했다고 하니 피할 수 없는 노릇이었다. 하는 수 없이 행리는 칙사의 부탁을 수락했다.

"하지만 조건이 있습니다."

"말씀하십시오."

"저에게 내린 원과 고려의 관직과 저의 모든 기반을 아들 춘(春)에게 물려준 후에 가도록 해주시오. 조상과 일족으로부터 벗어나고 관직으로부터도 벗어나 자유인의 몸으로 왕비마마를 수행하겠습니다."

"그거야 어렵지 않을 것입니다."

"좋습니다. 삼 일 후에 공주를 찾아뵙겠다고 전해주시오."

이행리는 아들 춘에게 모든 관직과 기반을 세습했다. 그리고 선대(先代)로부터 전해 내려온 유언을 빠짐없이 전해주고, 목걸이와 신궁도 아들에게 넘겨주었다. 마지막으로 그는 그림과 목판을 전했다.

"이 목판 그림은 대대로 유언의 상속자 무덤에 안치하도록 되어 있는 것이다. 하지만 이제 우리가 헤어지면 언제 다시 만날지 기약을 할 수 없구나. 긴 세월이 흐른 후에도 내가 돌아오지 않거든 죽은 줄 알아라. 나는 무덤에 갇히기 싫으니 목판 그림은 해 부분을 도려낸 후 광야에서 불살라주기 바란다."

춘은 눈물을 흘렸다. 울음소리를 내지 않으려 이를 악물고 있는 어린 아들을 지켜보며 행리는 가슴이 메었다. 더 지체하면 마음이 약해져 떠나지 못할 것을 염려한 행리는 그대로 행장을 꾸려 왕비 홀도로계리미실이 기다리고 있는 개경으로 향했다.

행리는 용병의 신분으로 홀도로계리미실을 수행했다. 그는 머리를 풀어헤치고 군복이 아닌 낭인 복장으로 왕비가 탄 수레를 뒤따랐다.

예전의 활기 넘치고 당당하던 모습은 사라졌지만 홀미는 여전히 행리를 볼 때마다 가슴이 설레었다. 긴 머리칼이 바람에 날려 수심에 가득 찬 행리의 얼굴이 드러날 때면 그녀는 자기도 모르게 가슴에 손을 얹고 한숨을 내쉬었다.

연경에서 쿠빌라이칸이 운명하는 것을 지켜본 홀도로계리미실은 조카 철목이의 제3대 황제 즉위식에 참관하였다. 여러 제후국에서 왕들과 제후들이 진귀한 보물을 가지고 와 새로운 황제의 즉위를 축하하였다. 고려에서도 왕비와 행리의 장례 사절에 이어 황제 즉위식에 또 다른 사절단이 파견되었다. 홀미는 여러 제후, 귀족들과 이야기를 나누는 중에도 간간이 행리에게로 눈길을 던졌다. 초라한 행색의 무사는 긴 머리칼 속에 경계의 눈빛을 감춘 채 석상처럼 서 있었다.

다음날 왕비는 시내에 구경 나갈 것을 고집했다. 행리는 그런 그녀를 말렸다.

"지금 연경에는 많은 인파가 몰려 있습니다. 그 속에는 어떤 위험인물이 섞여 있을지 모릅니다. 왕비께선 시내에 나가는 계획을 거두어 주십시오."

"일개 무사 주제에 누구에게 이래라 저래라 명령이오! 그대 말고도 호위 무사는 많으니 나서기 싫다면 여기 머물러 있어요!"

왕비는 마음과는 달리 행리에게 차갑게 대했다. 행리를 향한 사무친 연정이 일그러져 표출되는 것이었다. 그렇게 표독스럽게 내뱉고 나면 상처를 받는 쪽은 오히려 홀미였다.

왕비는 호위무사들의 비호 속에 거리를 돌아다녔다. 행리는 그들 일행과 일정한 거리를 유지한 채 뒤따르며 주위를 경계했다. 행리가 은밀하게 뒤따른다는 사실을 안 홀미는 일부러 위험한 곳을 골라 걸음을 옮겼다.

술집이 즐비한 곳에 이르자 거리는 온통 술취한 사람들로 흥청거리고 있었다. 궁 안에서만 갇혀 지낸 왕비로서는 그 광경이 두려우면서도 한편 신기하기도 했다.

"너는 어느 유곽에 있느냐? 제법 반반하게 생겼는데 오늘밤 내 신부가 되겠느냐?"

귀족으로 보이는 사내 하나가 홀미를 향해 거칠게 말을 걸었다. 그 귀족은 여러 명의 무사를 거느리고 있었다.

"무엄하다! 어느 안전이라고 함부로 지껄이느냐?!"

왕비는 대뜸 소리를 질렀다. 귀족 사내는 가소롭다는 듯이 소리 내어 웃더니 갑자기 인상을 험악하게 일그러뜨렸다.

"이런 돼먹지 못한 계집을 보았나. 이것이 엇다 대고 소리를 바락바락 질러!"

 사내가 왕비를 향해 다가서려 하자 호위무사들이 무기를 빼들었다. 귀족 사내 쪽의 무사들도 무기를 빼들었다. 일촉즉발의 순간이었다. 이때, 행리가 이들 사이에 끼여들었다. 왕비는 두려움에 가슴이 옥죄었으나 행리가 자기를 위해 나서는 것을 보고 희열을 느꼈다.

 "용서하십시오. 아씨는 오늘 높은 분과 먼저 약속이 되어 있어 어른을 뫼시지 못합니다요."

 행리의 멋진 활약을 기대했던 홀미는 어이가 없었다. 게다가 행리는 단박에 자신을 유곽의 여자로 만들어버리는 것이었다.

 "요즘 것들은 관계(官界)의 연줄을 믿고 버릇없이 까분단 말야! 에라이, 퉤!"

 귀족은 행리의 얼굴에 대고 침을 뱉었다. 그런데도 행리는 연신 머리를 조아릴 뿐이었다.

 "용서하십시오. 앞으로 조심하도록 쇤네가 이르겠습니다요."

 "가자!"

 귀족은 무사들을 이끌고 멀어져 갔다. 그때까지도 행리는 계속 머리를 조아리고 있었다.

 "이게 무슨 짓이에요!"

 홀미가 앙칼지게 내뱉고는 행리를 쏘아보았다. 행리는 그녀에게 다가가 나직하게 말했다.

 "어느 시대, 어느 장소에서나 왕실에 반감을 가진 무리는 있기 마련입니다. 이런 곳에서 신분을 드러낸다면 위험에 처할 수도 있습니다."

홀미는 숨을 씨근덕거리며 행리를 노려보다가 걸음을 돌렸다. 거리에 홀로 남겨진 행리는 얼굴에 묻은 침을 닦은 후 쓴웃음을 지었다.

6. 궁술 대회

왕비가 궁으로 돌아간 후 행리는 혼자 거리를 돌아다녔다. 해질 무렵 성문에 이르렀을 때 그는 걸음을 멈추었다. 눈에 익은 물건이 그의 눈길을 잡아끈 것이었다. 남송인(南宋人)으로 보이는 노인이 신궁과 똑같은 대궁을 벽에 세워놓고 있었던 것이다.

"영감님, 이렇게 좋은 대궁을 직접 만드셨나요?"

"좋은 줄 어떻게 아쇼?"

"이것과 똑같은 활을 써본 적이 있거든요."

노인은 행리를 아래위로 훑어보았다. 그리고는 귀찮다는 듯이 손을 내저으며 말했다.

"저리 가시오. 쓸데없는 소리 말고."

"아니, 파는 게 아닙니까?"

"파는 게 아니고, 주인을 찾고 있소."

"누가 주인입니까?"

"이 활을 쏠 수 있는 사람이 주인이지 누구겠소?"

"그럼 제가 활시위를 한 번 당겨봐도 되겠습니까?"

"돈을 가지고 와야 합니다. 그럼 당기도록 해주겠소."

행리는 품을 뒤적이며 물었다.

"얼마면 될까요?"

"황소 200마리요."

행리는 동작을 멈추었다. 그리고는 노인을 빤히 내려다보았다. 노인은 행리의 눈길을 외면한 채 먼산만 바라보고 있었다.

"소 이백 마리를 어떻게 드릴까요?"

행리의 말에 이번에는 노인이 그의 얼굴을 빤히 들여다보았다.

"황금 천 돈을 가지고 오면 되오."

행리는 잠시 생각에 잠겨 있다가 말했다.

"좋소. 내일 저녁에 이 자리에서 봅시다."

행리는 연경으로 올 때 염금 한 자루를 가지고 왔다. 대략 5천 돈쯤 되었다. 다음날 저녁 약속대로 행리는 성문으로 나가 노인을 만났다. 그는 자루째 노인에게 던져주었다.

"황금 5천 돈이오. 이만하면 활을 살 수 있겠죠?"

노인은 자루 안을 들여다보고는 눈이 휘둥그레졌다.

"아니, 이것은 말로만 듣던 염금……."

그러고는 누가 들을세라 노인은 자신의 입을 두 손으로 막았다. 다시 나직하게 말을 내뱉었다.

"염금이야말로 바다에서 솟아오른 최상의 황금이지요."

"활시위를 당겨봐도 되겠습니까?"

"당겨보쇼. 시위를 못 당기면 팔 수 없으니까. 돈만 있다고 해서 살 수 있는 물건이 아니거든."

행리는 가뿐하게 시위를 턱밑까지 당겼다가 놓았다. 바람이 일며 귀에 익숙한 물소 울음소리가 들려왔다. 그 소리에 사람들은 가던 걸음을 멈추고 주위를 돌아보았다.

"아이고, 드디어 신궁이 주인을 만났군."

"이것은 송 황제의 신궁이 맞죠?"

"아니, 그것을 어떻게 알아보았소."

"얘기했지 않습니까? 내게도 이런 게 하나 있었다고."

"대인을 몰라 뵙고 실례가 많았습니다. 이제 신궁은 대인의 것입니다. 전에도 이것을 가지고 계셨다면 화살을 어떻게 해야 하는지도 아시겠군요."

노인은 상아 화살촉이 달린 화살 세 개를 행리에게 건네었다. 노인은 자리에서 일어나 행리에게 절을 하고 뒤돌아 섰다. 염금이 든 자루는 그 자리에 그대로 놓여 있었다. 행리가 그것을 주워 들었다.

"영감님, 이것은 안 가지고 가시오?"

노인이 걸음을 멈추고 돌아섰다.

"대인을 실험해본 것뿐이었습니다. 신궁은 파는 물건이 아니니 그 자루는 다시 가지고 가십시오."

노인은 다시 걸음을 돌려 사람들 사이로 몸을 묻었다. 행리는 한동안 그 자리에 우두커니 서 있었다.

다음날 새로운 황제의 즉위를 축하하는 무술대회가 열렸다. 몽고식 말타기, 송나라식 검술, 아라비아식 창던지기, 그리스식 활쏘기 등등 각 경기종목에 내로라하는 장수들이 대거 참가하여 대회는 열띤 경연을 가졌다. 경기의 우승자는 원제국 최고의 영웅이라는 명예를 가짐과 동시에 제후국의 왕과 같은 권위를 누릴 수 있었다.

홀도로계리미실은 궁술 경기가 한창 진행중인 경기장으로 향했다. 왕비를 수행하는 행리는 신궁을 커다란 자루에 넣어둔 채 어깨에 매고 있었다.

최종 결승에는 두 사람이 올라 있었다. 한 사람은 근육이 우람하고 풍채가 좋은 이방인이었고, 나머지 한 사람은 망토로 온몸을 감싸고 있는 작은 체구의 동양인이었다.

막 경기가 시작되려 할 때 홀미가 큰소리로 제안을 했다.

"우리측에도 궁술이 뛰어난 무사가 한 사람 있습니다. 규칙에 어긋나는 경우인지는 압니다만 원제국 공주의 권한으로 그 사람을 경기에 참가시켜도 되겠습니까?"

홀도로계리미실 공주가 모습을 드러내자 경기장을 에워싼 백성들은 공주의 애칭인 '홀미'를 연호했다. 경기의 심판관들은 결승에 오른 두 사람의 의견을 물었다. 체격이 우람한 이방인이 자신만만한 표정으로 큰소리로 말했다.

"어떤 자가 나와도 난 자신있소."

망토를 걸친 궁사 역시 동의한다는 뜻으로 고개를 끄덕였다.

이렇게 해서 행리는 뜻하지 않게 궁술시합에 참가하게 되었다. 계단을 내려서는 행리의 등에다 대고 홀미가 비아냥거렸다.

"자신 없거든 용서해달라고 비세요. 혹시 얼굴에 침을 뱉더라도 꾹 참으셔야죠?"

이행리는 가볍게 웃음으로 넘기고 경기장에 들어섰다.

경기 방식은 그리스식 활쏘기였다. 자루가 없는 12개의 도끼날을 위로 경사지게 에워놓은 통나무에 박아놓고 도끼자루 구멍을 관통하여 과녁을 맞추는 경기였다. 이 경기에는 전설적인 영웅 오디세이의 활솜씨를 보전하려는 그리스인들의 자존심이 담겨 있었다. 나팔소리와 함께 경기가 시작되었다.

"먼저 남만국의 레둑토아 공주께서 경기를 펼쳐 보이시겠습니다."

작은 체구의 동양인이 망토를 벗자 놀랍게도 하얀 아오자이에 금박이 장식된 가죽갑옷을 덧입은 20대 초반의 아름다운 여인이 모습을 드러냈다. 그녀는 투구 밑으로 긴 머리칼을 휘날리며 활을 들고 앞으로 나섰다. 관중들은 모두 이 앳된 처녀가 결승에 오른 사실에 놀라움을 금치 못했다.

행리가 레둑토아 공주가 지니고 있는 활을 살펴보니 물소뿔로 만든 것이 자신의 신궁과 생김새가 비슷했다. 하지만 신궁보다 대가 약하고 힘이 없어 보이는 것이 신궁을 보고 모사한 것 같았다.

남만국의 공주는 붉은 실을 화살 끝에 매달았다. 그리고는 도끼자루 구멍을 향해 겨냥을 했다. 관중석은 일순 침묵에 휩싸이고 모두가 이 앳되고 아름다운 처녀에게 시선이 집중되었다.

피유우우웅.

레둑토아 공주가 활시위를 놓자 날아간 화살은 12개의 도끼자루를 정확하게 관통하여 과녁의 정중앙을 맞혔다. 12개의 자루에 꿰어 있는 붉은 실이 화살이 도끼자루를 관통했음을 증명하고 있었다.

　관중들은 일제히 함성을 터뜨리며 박수를 쳤다. 그러나 행리는 딴생각에 빠져 있었다. 공주가 활시위를 놓을 때 들려온 소리에 귀를 기울이고 있었던 것이다. 활시위가 퉁겨지며 나는 소리를 확인한 행리는 역시 공주가 가진 대궁은 자신의 신궁과 다른 것이라고 확신했다.

　"다음은 이 대회에 참가하기 위해 먼 길을 오신 그리스의 텔레우스 장군께서 경기를 펼치겠습니다. 텔레우스 장군은 활쏘기 경기 결승에 올랐을 뿐 아니라 그 전에 열린 창던지기와 검술에서도 우승을 하신 무예의 달인이십니다."

　텔레우스는 경기진행자의 말이 끝나기가 무섭게 화살을 날렸다. 그의 화살은 12개의 도끼자루를 관통하고는 과녁에 박혀 있던 레둑토아 공주의 화살을 정확하게 두 쪽으로 갈라놓았다. 관람석에선 우레와 같은 함성과 함께 박수소리가 터져 나왔다. 텔레우스는 쇼맨십을 발휘하여 관중을 향해 손까지 흔들어 보이는 여유를 보였다.

　"다음은 홀도로계리미실 공주님의 호위무사인 고려의 이행리입니다."

　관중석에선 수군거리는 소리가 들려왔다. 공주의 후광을 입어 대회 결승에 참가한 자가 그리 대단한 실력을 갖추지는 못했을 거라는 비난이 대부분이었다.

　행리는 도끼자루를 외눈으로 확인한 후 자신의 활을 자루에서 꺼냈다. 그러자 레둑토아 공주의 눈이 빛났다. 텔레우스도 그가 가진 활이 보통 물건이 아니라는 사실을 깨달았는지 관심을 보였다.

행리는 화살 끝에 조금 굵은 줄을 매달고 줄의 끝을 단단히 매듭지었다. 관중들은 행리의 기이한 행동에 모두 의아한 표정을 지었다.

"그거 어디서 났어요?"

레둑토아 공주가 당돌하게 물었다. 행리는 레둑토아를 한 번 힐끗 쳐다보고는 화살을 활에 매겼다.

"그거 어디서 났냐니까요?"

행리는 공주의 물음에도 아랑곳없이 활시위를 당겼다. 그리고는 활시위를 놓자마자 몸을 옆으로 날렸다. 줄끝의 매듭이 활대에 걸리지 않게 하기 위해서였다.

활은 물소 울음소리와 바람소리, 코끼리 울음소리를 동시에 내며 날아가 정확하게 텔레우스 장군이 꽂아 놓은 화살을 두 쪽으로 갈랐다. 그뿐만이 아니었다. 줄끝을 매듭지어놓는 바람에 12개의 도끼자루가 통나무에서 뽑혀 화살끝에서부터 연결된 줄 끝에 매달려 있었다. 관중석은 일순 침묵에 휩싸였다. 사람들은 넋이 나간 채 멍하니 그 광경을 지켜보고 있을 뿐이었다.

"저건 궁신의 솜씨다!"

누군가가 그렇게 소리를 지르고 나서야 관중들은 함성을 내지르고 박수를 쳐대기 시작했다. 경기 심판관들도 만장일치로 행리의 우승을 선언했다. 그러자 밸이 틀린 텔레우스가 시비를 걸었다.

"이건 실력하고 상관이 없어. 순전히 활이 좋아서 그런 거야."

텔레우스는 다짜고짜 행리에게 다가가 신궁을 빼앗았다. 그리고는 자신이 가지고 있던 화살을 매기고 행리를 향해 시위를 당기려고 했다. 하지만 시위는 당겨지지 않았다. 텔레우스는 얼굴이 벌겋게 달아오를 정도로 힘을 썼지만 끝내 시위는 당겨지지 않았다.

"무슨 수작을 부린 거야? 활쏘기에서 잔재주를 부렸다고 최고의 무사가 될 수는 없다!"

텔레우스는 칼을 빼들고 행리에게 달려들었다. 행리는 텔레우스의 칼을 가볍게 피하고는 전광석화같이 달려들어 텔레우스의 옆구리를 손끝으로 찔렀다. 그러자 텔레우스는 숨이 컥 막히더니 그 자리에 꼬꾸라지고 말았다.

이행리는 자신의 신궁을 챙겨 자루 속에 넣고는 미련없이 돌아섰다. 레둑토아가 행리의 뒤를 따랐다.

"그거 어디서 나셨어요?"

레둑토아의 말투는 조금 전보다 공손해져 있었다. 행리는 돌아서지도 않고 걸어가면서 대꾸했다.

"얻었소."

레둑토아 공주는 멀어지는 행리의 뒷모습을 눈길로 좇았다.

7. 긴 이별

원의 새로운 황제가 된 철목이는 이행리를 원나라 최고의 무사로 선포하고 큰 상을 내렸다. 상을 내리는 자리에서 성종이 행리에게 말했다.

"그대 같은 장수라면 고비사막의 오랑캐들을 일망타진할 수 있을 텐데, 어떻소? 이 황제를 위해 그래줄 수 있겠소?"

사실 황제의 이 말은 농담이었다. 아무리 뛰어난 장수라 할지라도 사막의 척박한 자연환경과 싸우며 오랑캐들을 섬멸하기란 불가능한 일이었던 것이다. 하지만 행리는 황제의 말을 허투루 듣지 않았다. 잠시 생각에 잠겨 있던 행리가 황제의 농담을 받아들였던 것이다.

"그렇게 하겠습니다. 신에게 맡겨 주신다면 무한한 영광으로 알겠나이다."

이 광경을 지켜본 홀도로계리미실은 가슴이 철렁 내려앉았다.

"하하하, 장군. 내가 농담을 한 거요. 그대처럼 뛰어난 장수를 그런 사지에 보낼 수야 없지 않겠소? 허허허허."

그러자 행리는 갑자기 한쪽 무릎을 땅에 대고 고개를 숙였다.

"신 이행리, 황제 폐하께 청이 있사옵니다."

"그래, 말해보시오. 그대의 청이라면 무엇이든 들어주겠소."

"신을 고비사막의 원정길에 오를 수 있도록 허락해 주시옵소서."

황제와 대신들은 어이가 없었다. 홀미는 정신이 아찔했다.

"어허, 이것 참……."

황제는 난감한 표정을 지었지만 허락을 하지 않을 수 없었다.

다음날 고비사막 원정대가 소집되고 행리는 원정대의 대장으로 임명되었다. 남만국의 공주 레둑토아가 원정대에 참가하겠다고 찾아왔지만 행리는 엄하게 꾸짖고 돌려보냈다.

원정 준비는 착착 진행되어 원정대의 출발이 하루 앞으로 다가왔다. 홀도로계리미실 왕비를 수행해온 고려 왕실의 궁녀가 행리의 거처를 찾았다.

"왕비마마께서 장군을 뵙기를 청하옵니다."

"알았다. 곧 숙소로 찾아뵙겠다고 전하라."

"아니, 그게 아니옵고……"

궁녀는 말끝을 흐렸다. 행리가 궁녀의 얼굴을 뚫어지게 바라보았다.

"실은 왕비마마께서 따로 장소를 마련하시어 은밀히 뵙기를 원하옵니다."

"은밀히?"

행리는 궁녀를 따라 나섰다. 행리가 도착한 곳은 어느 유곽의 외딴 방이었다.

궁녀가 방에서 나간 후 홀미가 모습을 드러냈다. 그녀는 왕실의 예복 대신 속살이 비칠 듯이 얇은 옷을 걸치고 있었고, 머리는 풀어 긴 머리칼이 둔부까지 내려와 있었다. 왕실의 예복 차림에만 익숙해 있던 행리에게 왕비의 모습은 더없이 아름다워 보였다. 한동안 왕비의 모습에 넋을 잃고 있던 행리가 정신을 가다듬고는 예를 갖추었다.

"신 이행리, 왕비마마를 뵈옵니다."

무릎을 꿇고서 한참 시간이 지났건만 왕비에게선 아무런 반응이 없었다. 행리가 고개를 들어 그녀를 쳐다보았다. 그녀는 행리를 무서운 눈초리로 쏘아보고 있었다.

"일어나세요."

행리가 몸을 일으키고도 한참 동안 홀미는 행리를 노려보고만 있었다. 그녀의 눈길이 점점 누그러지는가 싶더니 눈가에 이슬이 맺히기 시작했다.

"왕비마마……."

"정말 모르시나요?"

왕비의 입술이 가늘게 떨리고 눈물이 두 볼을 타고 흘러내렸다. 행리는 아무런 말 없이 우두커니 서 있었다.

"정말 그렇게도 모르시나요?"

왕비는 울먹이는 목소리로 다시 물었다. 행리는 여전히 아무런 대꾸가 없었다. 두 사람 사이에 긴 침묵이 이어졌다. 왕비의 흐느끼는 소리만이 침묵을 간간이 갈라놓았다. 유곽의 주객들이 외쳐대는 소리는 환청처럼 아득했다.

"알고 있습니다."

이윽고 행리의 무거운 입술이 열렸다.

"알고 있기 때문에 떠나려는 것입니다. 저 역시 왕비마마를 대할 때마다 마음이 흔들립니다. 한때 왕비마마를 품에 안고 싶다는 헛된 욕망도 품었습니다. 왕비마마를 제 여자로 만들기 위해 반란을 일으키고 싶었던 적도 있었습니다."

홀미의 흐느낌은 더욱 커졌다. 행리는 고개를 떨군 채 말을 이어나갔다.

"하지만 그건 옳은 일이 아닙니다. 신은 신의를 저버릴 수 없습니다."

"원의 꼭두각시놀음이나 하고 궁녀들의 치맛자락에 감겨 지내는 고려 왕을 위한 신의 말인가요?"

"아닙니다. 제 자신에 대한, 그리고 제 선조와 제 자손을 위한 신의입니다."

거기서 잠깐 말을 끊은 행리는 긴 한숨을 내쉬었다.

"그래서 저는 떠나야 합니다."

홀미는 행리 앞에 몸을 던지며 그의 손을 잡았다.

"제가 당신을 잊겠습니다. 당신을 잊고 당신을 멀리하겠습니다. 당신의 신의가 흔들리지 않도록 제가 처신하겠습니다. 그러니 떠나지 마십시오."

홀미는 바닥에 엎어진 채 온몸을 들썩이며 울음을 토했다.

"왕비마마, 죄송합니다. 신 이행리 이만……."

행리는 말을 잇지 못하고 한동안 우두커니 서 있었다. 그의 일그러진 표정이 그의 가슴속에서 벌어지고 있는 마음의 전쟁을 대변하고 있었다. 입술을 깨문 행리는 간신히 다음 말을 이었다.

"이만 물러가겠습니다."

행리는 유곽을 나섰다. 시원스런 비가 내리붓고 있었다. 행리는 비가 내리는지도 깨닫지 못한 채 어두운 거리를 걸어갔다.

8. 레둑토아 공주

행리는 원나라 병사 삼천 명을 이끌고 고비사막으로 향했다. 고비사막에는 강렬한 태양과 한밤의 추위, 독사와 전갈, 회오리바람과 모래바람 등 죽음의 사신들이 곳곳에 널려 있었다. 행리의 원정대는 이 모든 고난과 난관을 뚫고서 고비사막의 야인 집단들을 하나하나 섬멸해 갔다. 때로는 회유책을 쓰기도 했으나 행리의 가슴에 불타오르는 근원을 알 수 없는 분노는 무력을 사용하는 쪽으로 더욱 부추겼다. 행리의 군대는 마지막으로 사막 한가운데의 오아시스와 기름진 땅을 가진 도시를 점령하고 사마라칸이라고 이름을 지었다.

사막을 거점으로 살아가는 유목민 부족의 일곱 추장들이 행리에게 자신의 딸과 혼인할 것을 청하며 사마라칸의 왕이 될 것을 간곡히 권유하였다. 긴 싸움을 치른 행리 역시 그 곳의 왕이 되어 머무르고 싶다는 생각이 간절했다. 하지만 자신이 왕이 되면 십팔자왕의 천기가 약해질 것이라는 우려 때문에 그는 또 다시 길을 떠나기로 마음먹었다. 행리는 사마라칸의 왕을 책봉해줄 것을 요구하는 서한을 원 황제에게 보냈다. 그리고 나서 그는 자취를 감추었다.

행리가 고비 사막을 점령하고도 자취를 감추었다는 소식을 접한 홀도로계리미실은 그를 찾기 위해 백방으로 수소문했다. 또한 행리가 두고 간 염금을 풀어 원 황제 철목이에게 행리를 찾아줄 것을 부탁했다. 원 황제 역시 행리와 같은 장수를 곁에 두고 싶었던 터라 그는 몽고군 삼백 명을 수색대로 편성하여 고비사막으로 보냈다. 하지만 끝내 행리의 행방을 찾을 수는 없었다.

행리를 그리워하며 시름시름 앓던 홀도로계리미실 왕비는 1297년 5월, 39세의 젊은 나이로 세상을 뜨고 말았다.

사마라칸을 떠난 이행리는 발길 닿는 대로 정처 없이 말을 달렸다. 그는 어릴 적부터 원인을 알 수 없는 열병에 시달리고는 했다. 가슴을 무겁게 짓눌러 오는 깊은 욕망은 그의 눈길을 가없이 펼쳐진 초원으로 향하게 했다. 이행리의 그러한 갈증은 고비사막을 평정해 가는 동안에도 쉽게 사라지지 않았다. 이제 모든 속박으로부터 벗어난 그는 이 세상의 끝을 향해 내달리는 중이었다.

비가 내리면 고스란히 비를 맞았다. 북방의 차가운 빗물은 칼날처럼 날카롭게 그의 살갗을 긁어댔다. 장대비가 창살처럼 내려꽂히는 가운데 오랜 세월 그와 함께 전장을 누빈 말이 기어이 쓰러지고 말았다. 이행리는 가쁜 숨을 몰아쉬고 있는 애마의 마지막 가는 길을 함께 했다. 그를 바라보는 말의 슬픈 눈망울 속에 이행리 자신의 초췌한 얼굴이 비쳤다. 피로와 고통에 찌든 자신의 얼굴을 보는 순간, 이행리는 그 얼굴이 자신만의 얼굴이 아니라는 사실을 깨달았다. 그 순간, 거센 비바람이 몰아치고 있는 초원 한가운데에서 그의 눈앞에 환영이 펼쳐졌다. 일단의 부족이 지친 발걸음으로 초원을 가로지르는 모습을 보았던 것이다. 족장으로 보이는 이가 앞서가며 자꾸만 뒤쳐지고 있는 자신의 부족민들을 격정 가득한 눈으로 돌아보고 있었다. 그는 이 무모한 장정에 자신의 부족민들을 끌어들인 것을 후회하고 있었다. 그 눈은 일족을 거느리고 전주에서 삼척으로 향하던 이양무와 이안사의 눈과 다름없었다. 다시 삼척에서 뱃길로 동북면으로 향하며 갑판에 쪼그린 채 망망대해를 바라보던 이안사의 눈도 그러했을 것이다.

환영이 사라지고 비가 그쳤을 때, 말은 죽어 있었다. 이행리는 신궁과 화살이 든 자루만을 챙긴 채 다시 걸음을 옮겼다. 걷다 지쳐 쓰러지면 그곳이 잠자리였다. 허기와 갈증으로 곧 쓰러질 것 같았지만 그의 가슴속에 자라고 있는 근원을 알 수 없는 욕망은 그를 계속해서 채찍질했다.

원의 세력권은 대단했다. 가도 가도 끝이 없을 것 같은 평원을 지나는 동안 이행리는 간혹 원의 병사들과 마주쳤다. 평원을 지나고 난 뒤에도 원의 지배권에 놓여 있음을 상징하는 깃발이 군데군데 나부끼고 있었다.

그는 가끔 홀도로계리미실을 떠올렸다. 마지막 헤어지던 날, 자신의 발 앞에 엎드려 눈물을 흘리던 그녀의 모습이 떠오를 때면 그는 자신도 모르는 사이 긴 한숨을 짓기도 했다. 이행리의, 지상의 끝을 향한 행보는 자신을 감싸고 있는 모든 회한으로부터의 도피이기도 했다. 하지만 그토록 자신을 혹사해 가는 동안에도 회한은 사그라지지 않고 점점 커져만 갔다.

사마라칸을 떠난 지도 벌써 두 달이 지나고 있었다. 까닭 모를 갈증과 욕망에 이끌려 무작정 북으로 향했던 그의 기력도 모두 바닥나 있었다. 그래서 그는 바다와 같이 넓은 호수에 이르렀을 때,

자신이 환상을 보고 있는 것이라고 생각했다. 눈은 점점 감겨왔
다. 흐릿해지는 시야 속으로 푸른 물결이 넘실대고 있었다. 눈앞
의 환상과 함께 잔잔한 물결이 밀려오는 소리가 귓가를 간질였다.
그리고 일단의 사람들이 다가오는 것이 보였다. 이행리는 감겨오
는 눈으로 그들을 지켜보았다. 눈앞에 펼쳐진 환상을 배경으로 자
신에게 다가오는 이들은 결코 낯설지 않은 사람들이었다. 언젠가
평원을 지나며 거센 비바람 속에서 보았던 환상 속의 부족들이 다
시 나타난 것이었다. 여기서 걸음을 멈춘다 해도 후회는 없었다.
그는 살아오면서 처음 느껴보는 안식 속에 정신과 육체가 잦아드
는 것을 느끼며 스르르 눈을 감았다.

눈을 찔러오는 강한 햇빛에 이행리는 눈을 떴다. 그는 어느 집
의 침상 위에 누워 있었다. 정신을 잃은 지 며칠이 지났는지 알 수
없는 노릇이었다. 주위에는 아무도 없었다. 멀리서, 정신을 잃기
전에 들었던 물결치는 소리만이 평화로운 분위기를 자아내고 있
었다. 문을 열고 나섰을 때 그는 다시 보았다. 바다와 같이 드넓은
호수가 눈앞에 펼쳐져 있었다. 정신을 잃기 전에 보았던 것은 결
코 환상이 아니었던 것이다.

낯선 말소리가 들려왔다. 고개를 돌려보니 역시 환상이라고 믿
었던, 정신을 잃기 전에 보았던 사람들이 자신에게 다가오고 있었
다. 그들에게선 전혀 낯설다는 느낌이 들지 않았다. 마치 오랜 시
간 헤어져 있던 가족을 만난 느낌마저 들었다.

무리의 우두머리로 보이는 이가 무언가를 물어왔지만, 이행리
는 그의 말을 알아들을 수가 없었다. 이행리가 고개를 갸웃거리자

그는 다시 몽고어로 물어왔다.

"어디서 오셨소?"

이행리는 잠시 머뭇거리다가 대답했다.

"평원을 가로질러 왔습니다."

"남쪽에서?"

"그렇습니다."

이행리를 둘러싼 사람들은 자기들끼리 눈길을 맞추며 고개를 끄덕였다.

"우리는 부랴트 족이오. '큰 물' 가에 쓰러져 있는 당신을 발견하고 이리로 옮긴 것이오."

이행리가 보고 있는 거대한 호수는 '바이갈-달라이'라고 불리우는, 지구상 가장 큰 호수였다. 그는 할아버지 이양무로부터 그들의 선조인 원공국사 지종이 말년에 '바이갈-달라이'로 가고자 했다는 이야기를 들었던 사실을 기억해냈다. 그는 부랴트족을 보고서야 왜 지종이 이 곳으로 오고자 했었던가를 알 수 있었다. 광활한 중국 대륙과 몽고의 평원을 지나 이방인의 땅으로 들어서는 그 끄트머리에 살고 있는 그들은 이행리 자신과 너무나도 닮아 있었던 것이다. 그들은 중국인과도 달랐고, 몽고인, 일본인과도 달랐다. 이행리가 어리둥절해 있는 사이 부랴트 족의 족장으로 보이는 이가 다시 입을 열었다.

"당신 가슴에 난 털을 보고 우리는 놀라지 않을 수가 없었소. 까마득한 옛날 하늘의 명을 받아 대륙의 남쪽으로 향한 우리 부족의 시조께서도 그대와 같은 가슴털이 자라 있었다는 전설이 전해 내려오고 있는 까닭이오. 그대가 정녕 남쪽에서 왔다면, 어쩌면 그대는 우리의 시조이신 환 님의 자손일지도 모르겠구려."

이행리는 부랴트 족장의 그 말이 사실일지도 모른다는 생각을 했다. 지금 그들과 마주선 이행리 자신조차도 그들에게서 강한 피의 이끌림을 느꼈던 것이다.

이행리는 부랴트 족의 지역에 머물며 몸을 회복해 갔다. 그 즈음 이행리의 가슴을 짓눌러 온 갈증은 사그라져 있었다. 하지만 몸이 회복되면서 그의 가슴에는 새로운 욕망이 자라고 있었다. 아직 그의 운명이 닻을 내릴 때가 아니었던 것이다. 그는 부랴트 족과 두 달을 지낸 뒤 다시 몽고의 평원을 거슬러 내려왔다.

그가 고비사막을 지나 한 마을에 이르렀을 때였다. 뜻밖에도 전에 궁술대회에서 만난 적이 있는 레둑토아가 그 마을에 머물고 있었다. 이행리는 그녀를 보고도 알은 체를 하지 않았다. 간단한 요기를 마친 뒤 이행리는 마을을 떠나기 위해 서둘렀다.

"이봐요!"

행리는 걸음을 멈추고 뒤를 돌아보았다. 레둑토아 공주가 장난기 가득한 눈으로 이행리를 보고 있었다. 이행리는 몸을 돌려 다시 걸음을 내딛었다. 공주는 가벼운 걸음으로 행리에게 다가왔다.

"갈 데는 있어요?"

"세상 천지 갈 데 아닌 곳이 어디 있겠소?"

"저랑 같이 가실래요?"

행리는 걸음을 멈추고 레둑토아 공주의 얼굴을 빤히 들여다보았다. 공주는 예쁜 눈을 동그랗게 뜨고는 미소를 지었다.

"이봐요, 공주. 여자 몸으로 그렇게 돌아다니다간 어떤 봉변을 당할지 몰라요. 그러니 어서 집으로 돌아가요."

"데려다주세요."

행리는 어이가 없다는 듯 코웃음을 쳤다. 그리고는 걸음을 재촉하여 공주와 거리를 유지했다. 레둑토아는 행리의 걸음에 맞추어 빠르게 걸음을 옮겼다.

"황금은 어디 있어요? 최상품의 염금으로 5천 돈이나 가지고 있었다던데?"

행리는 우뚝 걸음을 멈추고 레둑토아를 무섭게 노려보았다.

"공주가 그걸 어떻게 알고 있소?"

공주는 대답은 않고 입을 삐죽이며 행리의 가슴을 갑갑하게 만들었다.

"어서 말해보시오. 어떻게 그 사실을 알고 있는지!"

행리가 고함을 지르자 레둑토아는 두 눈을 아래로 향하며 겁먹은 표정을 지었다.

"사실 그 신궁은 제거예요."

행리는 공주의 다음 말을 기다렸다.

"신궁의 시위를 당길 수 있는 사람과 결혼하겠다고 다짐했거든요. 그래서 제가 아버님께 그런 사람을 찾아달라고 부탁했었어요."

"그래, 그게 나요?"

레둑토아는 고개를 힘차게 끄덕였다.

행리는 다시 걸음을 옮기며 말했다.

"이 신궁을 다룰 수 있는 사람이 또 있어요. 그 사람은 나보다 훨씬 어리니 거기로 찾아가지 그래요."

"아니, 신궁을 다룰 수 있는 사람이 또 있다구요?"

행리는 고개를 끄덕이며 대답했다.

"내 아들이오. 나보다는 내 아들이 공주와 맞을 듯하니 한 번 찾아가보시오."

레둑토아는 갑자기 걸음을 멈추고 토라진 표정으로 행리를 쏘아보았다. 하지만 행리는 뒤도 돌아보지 않고 앞만 향해 걸었다.

"이대로 두고 갈 거예요!?"

레둑토아의 앙칼진 목소리에도 아랑곳없이 행리는 계속 걸음을 옮겼다. 한참 동안 걷고 있는데도 공주에게서 아무런 소리가 들리지 않자 행리는 그녀가 은근히 걱정이 되었다. 뒤를 돌아보니 공주는 길 한가운데에 쪼그리고 앉아 있었다. 울고 있는 모양이었다. 행리가 기질이 남다르다고는 하지만 그도 어쩔 수 없는 전주이씨의 남자였다. 여자에게 한없이 약해지고 마는 것이었다. 행리는 공주에게 다가갔다. 역시 공주는 어깨를 들썩이며 흐느끼고 있었다.

"공주, 일어나시오."

행리가 레둑토아를 일으키려는 순간 갑자기 몸을 일으킨 레둑토아가 행리에게 입술을 맞추었다.

"이게 무슨 짓이오!"

레둑토아는 생글거리고 웃으며 장난기 가득한 눈으로 행리를 바라보았다.

"남자에게 입맞추기는 이번이 처음이에요. 이제 저를 책임져야
해요."

"이런 어거지가 어디 있소?"

"여기 있어요."

행리는 불쾌한 표정을 지었지만 마음은 그렇지가 않았다.

"저랑 같이 저희 나라인 남만국으로로 가지 않겠어요?"

'남만국이라……."

나쁠 것 없었다. 어차피 세상을 유랑하고자 마음먹지 않았던가.
행리는 생각에 잠겨 있다가 공주의 뜻에 동의했다.

"좋소. 공주를 데려다 주겠소. 하지만 앞으로는 어거지를 부리
거나 떼쓰지 않겠다고 약속하시오."

행리는 공주와 함께 남만국으로 향했다. 공주를 데려다준다는
명목이 있기는 했지만 행리는 미지의 땅을 향한다는 기대가 더욱
컸다. 그리고 공주를 데려다 주면 다시 미지의 세계를 향해 떠나
겠다고 행리는 마음먹었다. 하지만 남만국에 도착한 그는 그곳에
눌러앉았다. 공주의 아버지인 남만국의 왕은 자신의 대를 이어 왕
이 되기를 간청했으나 행리는 끝내 그 청을 물리쳤다. 자신의 후
손에서 진정한 왕이 탄생하기를 바라는 마음에서였다. 행리는 자
신이 왕이 되면 십팔자왕의 천기가 흐트러질 것이라고 생각했던
것이다.

9. 용비어천

　행리를 세습한 춘은 간동 백호 박광의 딸과 결혼했다. 춘은 박씨에게서 탑사불화(塔思不花)와 자춘(子春)을 낳았다. 그는 광명사를 다녀온 후 염금을 풀어 3천 호를 함주로 이주시키고 함흥평야의 기름진 토지를 사들여 목축으로 부를 축적했다. 춘은 박씨와 사별하고 쌍성총관 조휘의 손녀와 재혼하여 2남 3녀를 둠으로써 세력을 확대했다.

　당시 쌍성 지방에서 원의 영향력을 배후로 하여 가장 큰 세력을 누리고 있는 이들은 기왕후의 기씨 일족이었다. 원래 행주 사람인 기자오는 선주 수령으로 부임한 후 이춘의 일족인 이행점의 딸에게 장가들어 5남 3녀를 두었고, 그 중 막내딸이 원 순제의 제2왕비인 기왕후가 되었다. 기왕후가 원의 태자 애유식리달랍을 낳자 기씨 형제들은 원조정으로부터 각별한 대우를 받았다. 기씨 형제들의 대표적인 인물이라 할 수 있는 기철은 정동행참지정사로 임명되어 고려에 파견된 후 정승에 봉해졌고, 그의 동생 기원은 고려의 한림학사에 제수되고 덕양군에 봉해졌다.

　이춘이 죽자 탑사불화가 세습하였으나 그는 2개월만에 죽고 말았다. 이어서 동생인 자춘이 다시 세습하게 되었다.

　고려의 왕은 무신정권에서 원나라 복속 체제로 이어진 200년 동안 서무결재권만 가진 허수아비의 신세로 전락해 있었다. 중국 대륙은 홍건적이 발흥하여 송(宋) 회복을 외치며 원을 압박하였다. 원이 쇠퇴의 조짐을 보이자 중국 본토는 물론 원의 몰락을 예견한 여러 국가가 들끓기 시작했다. 이러한 정세 속에서 고려 왕으로 즉위한 전(공민왕)은 난국을 타개하기 위해 강력한 개혁정책을 실시하여 국가의 기강을 바로잡는 한편, 배원정책을 통해 국권회복과 영토회복을 선언하였다. 공민왕은 정방을 폐지하고 친정체제를 구축하였으며 서연(書筵)을 재개하여 정치토론을 유도했다.

1352년 8월, 서연에서는 공민왕의 강한 의지가 담긴 개혁 교서를 발표했다. 이에 따라 그 동안 부정을 저지른 안당, 성사달 등의 고관들이 하옥되고, 상장군 진보문의 아내 송씨와의 간통사건에 연루된 사람들이 대거 색출되어 옥살이를 하게 되었다. 그러나 공민왕의 개혁정치를 방해하는 걸림돌은 곳곳에 숨어 있었다. 특히 쌍성에는 친원 세력들이 넓게 퍼져 있어서 영토 회복에 가장 큰 걸림돌이 되었다. 공민왕은 무장 홍언박을 불러 쌍성회복을 위한 비밀회의를 가졌다.

홍언박은 친원세력인 기씨 일족을 제거하지 않으면 쌍성회복은 어렵다고 왕에게 고했다. 하지만 중앙군대의 세력이 닿지 않는 쌍성에서 무력으로 기씨 일족을 제거한다는 것은 거의 불가능한 일이었다. 이에 홍언박은 모험을 감행하기 위한 의견을 내놓았다.

"쌍성에는 이자춘이라는 고려인 달로화적이 있습니다. 그는 현재 쌍성지역에서 가장 강력한 무력집단을 이끄는 우두머리입니다. 기철을 잡는 데 자춘의 도움을 얻는다면 손쉬울 줄 아옵니다."

"오, 그래요? 그는 믿을 만한 사람입니까?"

홍언박 장군은 공민왕의 물음에 선뜻 대답을 할 수가 없었다.

사실 이자춘이 고려 사람이라고는 하나 원의 관직도 겸하고 있었다. 어떻게 보면 고려와 원 사이에서 저울질을 하고 있는 것 같았다. 하지만 홍 장군은 이자춘의 사람 됨됨이를 믿었다. 그리고 쌍성에서 기씨 일족을 내몰기 위해서는 이자춘의 도움이 절대적이었다.

"어떻습니까? 그 이자춘이라는 사람을 믿을 수 있습니까? 그가 기철에게 붙는다면 우리는 큰 낭패를 보게 됩니다."

홍언박은 입술을 지그시 깨문 후 대답했다.

"신은 이자춘의 피를 믿사옵니다. 그의 피는 분명 이 한반도를 향하고 있을 것이옵니다!"

"장군이 그렇게까지 말한다면 일단 그와 접촉을 하도록 하겠습니다. 쌍성에서 기씨 일족을 내몬다면 동북면병마사를 제수하겠다고 전하세요."

공민왕과 홍언박은 은밀하게 이자춘에게 밀사를 보냈다. 하지만 이 일은 엄청난 위험을 감수해야 하는 큰 모험이었다. 만약 이자춘이 칼날을 거꾸로 향한다면 고려의 미래는 어떻게 될지 모르는 일이었다.

한편 공민왕과 고려의 배원세력들 사이에 심상치 않은 기후가 흐른다고 판단한 기씨 일족은 공민왕을 제거할 음모를 꾸미고 있었다. 그들은 연경에서 있을 원나라 태자 책봉식에 공민왕을 참석하게 하여 기회를 엿보다가 그를 암살한다는 계획을 세웠다. 공교롭게도 이들의 계획에서도 역시 이자춘은 가장 중요한 역할을 맡게끔 되어 있었다. 쌍성에서 군사를 동원하기 위해서는 이자춘의 도움이 있어야 했던 것이다. 그래서 기씨 일족을 비롯한 친원세력들도 은밀하게 이자춘에게 사람을 보내었다. 이제 공민왕과 기씨 일족의 운명은 오로지 이자춘의 손에 달려 있었다.

공민왕은 기왕후가 낳은 애유식리달랍의 원 황태자 즉위식에 초청받고 연경으로 가기 위해 쌍성으로 출발했다. 그는 연경행이 전혀 내키지 않았으나 친원 간신들의 반발이 워낙 거세어 떠나지 않을 수가 없었다. 그리고 이자춘에게 보냈던 밀사로부터 긍정적인 답변이 온 것이었다. 그는 호랑이를 잡기 위해 호랑이굴로 들어가는 심정으로 쌍성으로 향했다.

어가행렬에는 두 대의 마차가 이동하고 있었다. 앞서 가는 마차는 기철, 기주 형제가 탄 것으로 세 필의 말이 끌고 30여 명의 호위무사가 딸려 있었다. 약간의 거리를 두고 뒤따르는 마차에는 공민왕과 왕비가 타고 있었으며 4필의 말이 끌었고 호위대장 유인우를 위시로 60여 명의 무사가 딸려 있었다.

기철, 기주 형제의 계획은 쌍성에 도착하여 왕이 여장을 풀고 호위병들이 막사에서 잠이 들면 그 틈에 이자춘이 쌍성의 병사들을 동원하여 쓸어버린다는 것이었다.

송도를 떠난 지 3일째 되는 날, 왕의 행렬은 철령을 지나고 있었다. 갑자기 말발굽 소리가 요란하다 싶더니 앞쪽에서 백여 명의 기마병이 어가행렬을 마중 나왔다. 기철은 갑작스런 소동이 궁금해서 마차 밖으로 고개를 내밀었다. 이자춘이 병사를 이끌고 나타난 것이었다. 자춘은 기철이 탄 마차를 지나며 기철에게 눈을 찡긋 해 보였다. 기철은 쌍성 쪽에 문제가 생겨 이자춘이 철령에서 일을 해치우기 위해 서둘러 나타난 것이라고 생각했다.

이자춘은 멀찌감치에서 말을 내려 길가에 엎드리고는 공민왕에게 절을 했다.

"신 이자춘, 폐하께 인사드리옵니다!"

공민왕은 마차에서 내려 손수 이자춘을 일으켰다. 공민왕은 그의 눈을 들여다보았다. 자춘의 맑은 눈동자가 공민왕의 가슴에 깊이 박혔다. 순간, 공민왕은 자신이 뜻을 이루었다고 확신할 수 있었다.

철령고개를 넘자 넓고 푸른 초원지대가 나타났다. 들 가운데에는 작은 강이 흐르고 있었고, 강을 건널 수 있는 다리가 하나 놓여 있었다.

"멈춰라!"

기철 형제가 탄 마차가 다리 위에 이르렀을 때, 기철을 호위하고 있는 권겸의 눈에 이상한 물건이 띄었다. 눈을 찡그리고 자세히 보니 길 한가운데에 나뭇단이 쌓여 있고 그 위에 허수아비가 서서 옷자락을 펄럭이고 있었다.

"활을 가져와라."

권겸은 허수아비를 향해 화살을 날렸다. 날아간 화살은 허수아비의 가슴에 정통으로 박혔다. 바로 그때 불꽃이 튄다 싶더니 '꽝' 하는 소리와 함께 나무다리가 폭삭 내려앉고 말았다. 기철과 기주가 탄 마차는 물론이고 권겸과 호위무사들도 모두 강에 빠지고 말았다. 강은 깊지 않았으나 갑자기 당한 봉변에 그들은 정신을 못 차리고 허우적거렸다. 이 때를 놓치지 않고 물 속에 숨어 있던 홍언박 장군과 김원명 장군, 자춘의 병사들이 일제히 솟아올라 기철의 병사들을 포위했다. 김원명은 기철과 기주를 강가로 끌고 나와 목을 베었다.

길 가운데에 쌓여 있던 나뭇단에서는 검은 연기가 하늘로 피어 올랐다. 그러자 이를 신호로 쌍성 지역 여러 산성의 봉화대가 검은 연기를 뿜어대기 시작했다. 봉화대에 연기가 오르자 쌍성총관과 성에 매복해 있던 이자춘의 군대가 움직이기 시작했다. 이자춘의 8부장이 주축이 된 휘하 편장들과 이천여 기마병들은 전광석화처럼 적들을 섬멸해 나갔다. 이자춘의 아들 이성계는 쌍성총관을 공격하였고, 이득환은 웅주성을 공격했다. 쌍성총관의 조소생과 웅주성의 탁도경은 급한 김에 처자를 버려두고 압록강 너머로 도망하였다. 고려를 배반하고 고려인들을 갈취하던 친원세력을 일망타진하고 공민왕이 고려의 주권을 되찾는 순간이었다.

1356년 6월, 공민왕은 99년 동안 원의 지배하에 있던 서북면 및 동북면 일대의 영토를 회복하고, 원의 통치기관인 쌍성총관부와 정동행성을 폐지하였으며, 원의 연호를 폐지하는 한편 변발과 호복 몽고풍속을 금지하였다. 또한 관제를 문종 시대로 복구하고 개혁에 박차를 가했다.

공민왕은 이자춘에게 대중대부사복경(大中大夫司僕卿)으로 관직을 하사하고 개경에 제택(第宅)을 주어 머무르게 했다. 이자춘은 개경에서 1년 동안 머문 후 삭방도만호겸병마사(朔方道萬戶兼兵馬使)가 되어 영흥으로 돌아갔다. 그는 이후 4년 동안 쌍성 지역을 안정시키고 변방의 튼튼한 파수꾼으로서의 역할을 수행하다가 어느 날 몸져눕더니 일어나지 못하고 죽었다.

25세인 이성계는 자춘의 뒤를 이어 중앙무반직과 상만호를 세습하였다.

제14장 이성계

1. 홍건적

고려는 왜구와 홍건적, 부원세력들의 침입이 잇따라서 나라 전체가 어수선하고 민생이 피폐해져 있었다.

1351년 원나라는 황허강이 범람하자 그 피해 복구를 위해 수많은 농민과 노동자를 징발했다. 이에 불만을 품은 백성들 사이에는 이민족인 원(元)을 무너뜨리고 한(漢)민족 왕조인 송(宋)을 회복하자는 목소리가 점점 커져갔다. 이러한 움직임은 곧 종교적 농민반란으로 발전하여 반원세력들이 각지에서 일어나기 시작했다. 백련교, 미륵교, 천응교, 명교 등이 중심이 된 이들 세력은 붉은 천을 머리에 둘러 동지의 표시로 삼았기 때문에 원에서는 이들을 홍건적이라고 불렀고, 그들 스스로는 자신들을 홍두군이라고 일컬었다. 이들 가운데 명교의 주원장은 1368년에 천하를 평정하고 명나라 태조가 된다.

주원장에 의해 중원의 통일이 이루어지기 전 홍두군은 원나라 군사에게 쫓기어 고려에 들어왔다. 그들은 1359년(공민왕 8년)에 서경을 점령하기도 했으나, 서북면 도지휘사 이방실 등의 공격을 받고 물러갔다.

1361년 10월에 홍건적의 2차 침입이 있었다. 홍건적의 장수로는 주원수, 위평장, 반성, 사유, 관선생 등이 있었다. 주원수는 후에 명나라 태조가 된 주원장의 동생이었다.

공민왕은 상원수 안우, 도병마사 김득배, 도지휘사 이방실 등으로 하여금 난을 평정하라는 어명을 내렸다. 이들 장수들은 개주, 연주, 박주 등지에서 적을 공격했으나 중과부적으로 밀리더니 안주 절령에서 참패하고 말았다. 홍건적은 개경을 함락하고 궁성과 사찰을 불태웠다. 공민왕은 광주를 지나 복주(福州, 경북 안동)로 몽양을 떠났다.

1362년 고려 조정은 국가 총동원령을 내리고 20만의 군사를 동원했다. 홍건적에 대한 반격을 개시하기 위해 정세운, 이방실, 안우, 김득배, 최영, 이성계, 한방신, 이여경, 안우경 등은 장군회의를 열었다. 회의의 주재는 총병관 정세운이 맡았다.

"2년 전 모거경이 4만 명의 홍건적을 이끌고 서북면 지역을 침입했을 때 우리는 그들을 궤멸시켰고, 그들은 겨우 3천 명만이 살아서 도망하였습니다. 이번에 재침한 홍건적은 10만 명에 이릅니다. 이번에 그들을 모조리 섬멸한다면 홍건적은 재기불능상태에 빠질 것이고, 다시는 우리 영토를 넘보는 일도 없을 것입니다. 이 자리에 모인 여러 장군들의 진충보국정신이 절실할 때입니다."

철원에 퇴각해 있던 고려군은 사기가 형편없이 떨어져 있었다. 보급품도 충분치 못할뿐더러 계절도 겨울 끝이라 날씨가 쌀쌀하여 병력을 움직이기도 쉽지 않았다. 더구나 개경을 정복하고 있는 적의 동태를 알아내기는 더더욱 어려웠다. 이러한 상황에서 장군들은 혹시나 자기에게 선봉부대 임무가 떨어질까봐 마음을 졸이고 있었다. 하지만 이성계는 달랐다.

"총병관, 제가 그 놈들의 목을 베어 오겠습니다. 제가 개경 탈환 작전의 선봉에 서겠으니, 소장 휘하 2천 명의 군사를 별동대로 편성하여 단독작전을 수행할 수 있도록 허락해 주시기 바랍니다."

이성계는 홍건적과의 싸움에 선봉으로 나서서 신의 가호가 따르는지 어떤지 자신의 운명을 시험해 보고 싶었다.

"이성계 장군이 선봉에 서겠다고 합니다. 다른 장군들의 의견은 어떻습니까?"

장군회의에 모인 장군들이 반대할 리가 없었다.

장군회의가 끝나자 이성계는 자기 휘하의 장수들을 불러모아 작전을 구상했다. 장시간 회의를 거듭했으나 이렇다할 묘안은 떠오르지 않았다.

"개경을 함락한 적군의 동태를 파악하지 못한 상태에서 무작정 공격해 들어간다면 아무런 수확도 없이 피해만 입게 될 것입니다."

"적의 허점을 노리고 기습을 감행해야만 승산이 있습니다. 하지만 지금 상태로서는 적의 허점을 알 수가 없으니 공격은 무모한 일입니다."

　이성계의 장수들은 개경을 정복하고 있는 홍건적을 공격하는 일에 대해 회의적인 반응을 보였다. 장수들의 말을 들으며 고개를 끄덕이고 있던 이성계가 장수들과 일일이 눈을 맞춘 후 말했다.

　"허점을 찾을 수 없다면…… 허점을 만들면 되지 않겠소?"

　"네!?"

　장수들은 모두들 어리둥절한 표정을 지었다. 하지만 이성계의 입가에는 묘한 미소가 그려졌다.

　며칠 뒤 술과 고기를 잔뜩 실은 수레 다섯 대와 기녀 20명을 태운 가마 행렬이 개경으로 향하였다. 가마꾼만 80명에 수레꾼 10명이 동원된 대규모 행차였다. 행렬의 맨 앞에는 호족으로 보이는 이가 10명의 가신(家臣)을 수행하고 있었다.

　그 시각 주원수를 비롯한 홍건적의 장수들은 태평정에서 마작을 즐기고 있었다. 마작을 하며 그들이 나누는 이야기란 계집의 살맛을 보지 못해 기가 허하다는 등의 음담이 대부분이었다. 태평정 뜰에 전령이 당도하여 소식을 전했다.

　"주군, 지금 개경 외성 밖에 달구지와 가마 행렬이 길게 줄지어 다가오고 있다고 하옵니다."

　주원수가 대수롭지 않다는 듯 마작패를 들여다보며 물었다.

　"달구지와 가마 행렬? 그게 무어라 하더냐?"

　"쌍성 호족인 홍칠구란 자가 고려 명절을 기념하여 주군에게 보내는 선물이라 하옵니다. 수레 다섯 대에는 술과 고기가 가득하며 가마 스무 대에는 각각 기녀가 타고 있사옵니다."

　"기녀가 20명이나!"

그렇지 않아도 음담을 늘어놓으며 묵직한 아랫도리를 달래고 있던 터에 장수들은 귀가 솔깃하지 않을 수 없었다. 특히 사유와 위평장은 마음이 크게 동한 듯했다.

"주군, 드디어 고려 백성들이 주군을 섬기려고 머리를 조아리는 모양입니다."

"맞습니다. 자기네 왕이 도망하였으니 이제 기댈 곳은 당연히 주군밖에는 없는 셈이지요. 그 홍칠구라는 자가 계산이 아주 빠른 자 같소이다."

하지만 관선생은 고개를 갸웃거렸다.

"혹시 무슨 꿍꿍이가 있진 않을까요? 경계를 늦추어선……."

그러자 사유가 관선생의 말을 잘라버렸다.

"꿍꿍이는 무슨 꿍꿍이가 있겠소? 이 곳은 우리가 장악했는데 고려놈들이 수작을 부려봤자 우리를 당할 수야 없지 않겠소."

주원수가 장수들의 대화를 듣고 있다가 말했다.

"사유 장군의 말이 맞소. 하지만 경계를 단단히 할 필요는 있을 것이오."

두 번째 전령이 태평정 뜰에 들어섰다.

"주군, 행렬이 성문 앞에 도착하였답니다. 어찌 하시겠습니까?"

"우선 검문을 철저히 하고 수상한 점이 없거든 영빈관으로 안내하라."

전령 두 사람이 사라진 후 주원수는 입가에 미소를 머금은 채 장수들에게 말했다.

"자, 이제 장군들은 나와 함께 영빈관으로 가서 홍칠구라는 자를 만나봅시다.”

　사유와 위평장, 반성, 관선생 등의 장수들은 주원수를 따라 영빈관으로 이동했다. 사유가 입맛을 쩍쩍 다시는 소리를 내자 장수들은 웃음을 터뜨렸다.

　영빈관 뜰에는 100여 명의 고려인과 수레 5대, 가마 20대가 도착해 있었다. 무리의 가장 앞에 있던 홍칠구라는 자가 주원수를 향해 무릎을 꿇으며 절을 했다.

　“쌍성의 홍칠구가 주군을 뵈옵니다.”

　“이렇게 와주어서 고맙소. 근데 이게 다 뭡니까?”

　“사정이 여의치 않아 이제야 찾아뵙는 것을 용서해 주십시오. 내일이 정월 대보름이라 쌍성의 호족들이 작은 성의를 모았으니 받아주시면 감사하겠습니다.”

　이자춘의 병사들에 의해 원의 세력들이 쌍성에서 축출되었다고는 하지만 아직도 쌍성에는 원을 따르는 잔존세력들이 남아 있었다. 그들은 고려 조정과 마찰을 빚으면서도 여전히 세력을 구축하고 있었다. 주원수 역시 그러한 사정을 잘 알고 있었다.

　“내 그대들의 성의를 물리친다면 예의가 아닌 것 같소이다. 감사히 잘 받겠소.”

　주원수의 말이 그치자 홍칠구는 손을 들어 신호를 보냈다. 그러자 가마꾼들이 가마문을 열었다. 가마에서는 어여쁘게 차려입은 기녀들이 나와 주원수를 향해 절을 했다. 이를 본 홍건적의 군사들은 눈이 휘둥그레졌다. 장수들 역시 눈이 휘둥그레지고 몸이 달아올랐지만 그들은 위엄을 갖추기 위해 일부러 헛기침을 해댔다.

주원수는 얼굴 가득 웃음을 흘리며 홍칠구를 치하했다.

"대감의 성의가 이리도 깊으니 이 몸이 몸둘 바를 모르겠소, 허허허."

연회장에는 주원수를 비롯한 네 명의 장군들과 50여 명의 부장들이 자리를 잡고 앉았다. 그들 앞에는 술과 고기, 떡, 과일 등의 풍성한 상이 차려지고 넓은 홀에서는 기생들이 악기를 연주하며 노래와 춤을 추었다.

주원수는 수레 5대 중 4대를 군사들에게 나누어주었다. 허기에 지쳐 있던 홍건적 병사들은 오랜만에 받아보는 귀한 음식과 술에 매달려 정신을 못 차렸다.

술이 거나해진 주원수가 일어나 기생들 틈에서 덩실덩실 춤을 추었다. 연회장에 있던 장수들 역시 술병을 들고서 몸을 흔들어댔다. 분위기가 고조되자 색정이 오른 장수들이 기생들의 몸을 탐하기 시작했다. 서열이 높은 장수들은 기생을 방으로 끌고 들어가 굶주린 욕정을 마음껏 채웠다. 여기저기서 터져 나오는 기생들의 교성으로 영빈관과 그 주위는 질펀하게 젖어들었다.

홍칠구가 슬그머니 자리에서 일어섰다. 그 모습을 본 위평장이 물었다.

"홍 대감, 어디를 가시려고 그러오?"

"아, 네. 주군께서 허락하신다면 오랜만에 개경에 걸음을 했으니 구경이나 좀 할까 합니다. 아랫것들을 데리고 나가서 좀 돌아다녀도 되겠는지요."

위평장은 흔쾌하게 대답했다.

"그러시오. 난 이 년들과 좀 즐기고 있을 터이니 다녀오시오."

위평장은 그렇게 말하면서 양옆에 끼고 있는 기생들의 젖가슴을 콱 움켜쥐었다. 그러자 기생들이 자지러지는 소리를 냈다.

"그럼 소인, 다녀오겠습니다."

"그러시오. 그러시오."

홍칠구는 연회장에서 물러나와 가마꾼과 수레꾼이 대기하고 있는 곳으로 향했다.

"이보시오, 홍대감."

홍칠구가 뒤돌아보니 관선생이 서 있었다. 다른 이들과는 달리 계속해서 의심의 눈초리를 풀지 않는 그였다.

"덕분에 오랜만에 모두들 즐겁게 지냅니다."

홍칠구는 머리를 조아리며 대꾸했다.

"조그마한 성의를 보인 걸 갖고 그렇게 치하하시니 몸둘 바를 모르겠습니다."

"그런데 홍칠구 대감은 참으로 능력도 좋소이다. 이 난리통에 음식은 물론이고 기녀까지 대동하여 먼 길을 오다니…… 난리중에는 도적떼가 판을 치기 마련인데 어떻게 그들을 따돌리셨소이까?"

관선생의 말투는 나긋나긋했지만 상대방을 쏘아보는 눈빛은 무척 강렬했다. 마치 상대의 머릿속을 훤히 꿰뚫어볼 것 같은 눈매였다.

"저희의 행차가 워낙 거창해서 도적들이 엄두를 내지 못하였나 봅니다. 가마꾼과 수레꾼에 저희 수하까지 100명이 넘는 인원이 이동을 하는데, 감히 어느 누가……."

"아아, 알겠소이다."

관선생이 홍칠구의 말을 잘랐다. 홍칠구는 머리를 연신 조아리며 관선생에게서 벗어나기 위해 걸음을 옮겼다.

"그런데…… 이 밤중에 어디를 가시려는 거요?"

홍칠구는 걸음을 멈추지 않을 수 없었다.

"아랫것들을 데리고 개경 구경이나 할까 합니다."

말해 놓고 나서 홍칠구는 다시 걸음을 옮겼다. 하지만 관선생은 홍칠구를 놓아주지 않았다.

"홍 대감께서는 무예를 익힌 적이 있소?"

"무슨 말씀이시옵니까?"

"홍 대감의 풍채나 관상을 보아하니 남 앞에서 굽실거리며 아부나 할 상이 아니라서 하는 말이오."

홍칠구는 관선생의 말에 대꾸를 하며 머리를 조아리면서도 조금씩 조금씩 걸음을 옮겼다.

"대감이 쌍성의 호족이라는 말도 얼른 믿어지지가……!"

관선생은 일격을 맞고 쓰러졌다. 홍칠구의 왼손은 관선생의 목젖을 강타하고 오른손 끝은 명치를 파고들었다. 관선생은 비명 한 번 내지르지 못하고 나무토막처럼 쓰러지고 말았다. 홍칠구는 실신한 관선생의 몸을 끌고 어두운 곳으로 가서 숨겼다. 홍칠구는 보초병들의 시선이 닿지 않는 곳으로 관선생을 유인하여 일격을 가한 것이었다.

홍칠구는 수레꾼과 가마꾼들에게 다가갔다. 수레꾼 복장을 한

두 사람이 그에게 바짝 다가섰다. 홍칠구가 말했다.

"시간이 별로 없다. 조심해서 행동하도록."

"네, 장군."

그는 이성계였다. 그는 개경을 정탐하기 위해 홍칠구로 변장하여 적진에 침투한 것이었다. 수레꾼과 가마꾼들 역시 이성계의 부장들과 특별히 날랜 병사들로 편성한 특공대였다. 그들은 개경 시내를 구경하는 척하면서 적정을 살폈다.

홍건적 10만 병력 중 3만이 개경의 도성 안에 주둔하고 있었다. 사유와 관선생의 부대가 주력부대였다. 나머지 병력은 북으로 평양, 해주, 원산, 함흥에, 남으로는 용인, 이천, 원주까지 진출해 있었다. 주원수와 사유는 태평정에, 반성과 관선생은 경덕궁에 지휘본부를 차리고 있었다.

송악산과 개경에는 하얀 눈이 내렸다. 총병관 정세운과 안우, 김득배는 병력을 움직여 개경 동쪽 외곽에 있는 천수사에 진을 치고 있다가 새벽이 되자 개경을 포위해 들어가기 시작했다.

밤늦도록 술판을 벌였던 홍건적 초병들은 추위를 이기려고 군데군데 모닥불을 피워 놓았다. 때문에 이들을 노리는 이성계의 병사들에게 위치가 그대로 노출되어 있었다. 새벽이 되어 기온이 떨어지자 초병들이 모두 막사 안으로 들어가면서 경비가 소홀해지기 시작했다. 이성계는 부대를 3개로 나누어 제1진은 서쪽의 오공산에, 제2진은 남쪽의 용수산에, 제3진은 남문 밖에 대기하게 했다.

새벽닭이 울자 이를 신호로 이성계 군단 병사들의 검은 그림자가 담을 뛰어넘기 시작했다. 이윽고 남문과 서쪽의 오정문이 열리고 이어서 동쪽의 수구문, 숭인문, 북동쪽의 탄현문, 북소문, 북서쪽의 눌리문이 열리면서 개경 성을 에워싸고 있던 병사들이 소리 없이 이동하기 시작했다.

이성계는 친위병을 이끌고 태평정에 본부를 둔 지휘부를 급습해 들어갔다. 술과 기생들에게 빠져 늦도록 흥청대던 장수들은 여기저기에 아무렇게나 널브러져 있었다. 기척을 느낀 기생들이 몸을 일으켰다. 하지만 기생들은 이성계의 병사들을 보고도 전혀 놀라지 않았다. 우신충, 고여 등 이성계의 장수들에 의해 20여 명의 홍건적 장수들은 반격도 제대로 못한 채 사로잡혔다. 이성계는 주원수의 방으로 향했다. 보초병들이 칼을 뽑아들 틈도 없이 이성계는 그들에게 달려들어 단박에 제압해버렸다. 이성계는 알몸으로 기생들 틈에 누워 있는 주원수를 깨웠다. 주원수가 몸을 일으키며 방어 자세를 취했지만 이미 이성계의 비수와 같은 손끝이 명치를 강타한 뒤였다. 이성계는 주원수를 어깨에 들쳐메고 밖으로 나왔다.

성안이 소란스러워지기 시작했다. 이성계의 장수 이대중은 홍건적의 주장인 사유의 목을, 이득환은 관선생의 목을 잘라서 들고 나왔다. 도성 안에 주둔하고 있던 홍건적의 병사들은 자신들의 장수들이 사로잡히고 목이 잘린 모습을 보고는 전의를 상실하고 말았다.

반성이 병사를 추슬러서 반격에 나섰다. 대세는 이미 기울고 난 뒤였지만 반성은 마지막 저항을 포기하지 않았다. 반성은 이성계의 발 앞에 죽은 듯이 쓰러져 있는 주원수를 보고는 소리를 질렀다.

"우리 주군을 살려내라! 우리를 속인 죄를 용서하지 않겠다."

반성은 쌍장을 날리며 이성계를 공격해 들어갔다. 이성계는 쌍수를 십자로 교차시켜 반성의 장풍을 흩어버렸다. 반성은 다시 무당파 권법의 초식을 전개하며 공격을 가했다. 두 주먹을 머리 위로 올렸다 아래로 내치더니 발로 땅을 차고 위로 솟구치면서 양발로 이성계의 가슴과 안면을 걷어차고 공중제비를 돌면서 방향을 바꾸어 공격자세로 들어갔다. 그의 동작 하나 하나에서는 엄청난 위력이 뻗어 나왔다. 이 갑작스러운 사태에 아무도 끼여들지를 못했다. 이성계조차도 반성의 공격을 예상하지 못했다. 그는 반성의 공격을 살짝 피했지만 투구가 벗겨지고 상투머리가 드러났다. 그리고 빗나간 반성의 장풍을 맞은 고려 병사 3명이 큰 타격을 입었다.

주원장과 주원수, 반성은 무당파의 명교(明敎) 교주 장무기를 추종하여 무당파의 권법을 익힌 적이 있었다. 무당파의 권법은 그 기초적인 동작들이 가공할 피괴력을 가지고 있었다. 무당파는 소림사의 분파중 하나였다. 소림사의 화공 장삼봉이 무공을 익힐 수 없다는 계율을 어긴 죄가 탄로나자, 무당산으로 도망쳐나와 창시한 문파였다. 소림사의 역사 뒤안길에는 이보다 오래 전에 이와 비슷한 비애의 반역사가 또 있었다. 화공 두타는 다른 스님들의 눈을 피해 부엌 천정 석가래 위에서 잠을 자다 우연히 발견한 구양진경을 가지고 무공을 익혔다. 그는 어느 소림사 축제일에 화공으로서 천대받은 분풀이로, 소림사의 방장스님과 고승들을 7명이나 죽이고 도망쳤다. 두타가 훔쳐본 구양진경(九陽眞經)은 페르시아의 셋째 왕자로 출가한 달마가 중국 낙양(洛陽) 동쪽 숭산(嵩山)에 있는 소림사(少林寺)에서 9년간 면벽좌선(面壁坐禪)하면서 몸보양을 위해 익힌 강신건체(强身健體)의 비법을 기록한 책이다. 이는 불교의 진리를 기초로 하여 만든 역근경(易筋經)과 세수경(洗髓經)에 바탕을 둔 것이었다. 세월이 바뀌면서 지상에서 지존을 꿈꾸는 소림사의 승려들은 달마대사의 진정한 구법(求法)보다는 이 경전 안에 숨어있는 비법을 편취하여 소림사 무림을 형성하였던 것이다. 두타는 소림사 권법의 최고 진수를 훔쳐본 죄인이 된 것이다.

두타의 제자들에 의하여 신라에 건너온 소림무공(少林武功)은 신라 화랑들이 연마하는 수박희(手博戱)와 결합하고, 고려시대에는 도교의 이기(理氣)와 결합하여 신공(神空)으로 변화되었다. 무공은 부단한 육체적 연습을 통한 기(氣)의 힘을 차입하지만 신공은 기의 힘을 차입하고 리(理)로서 다스려 주변 상황을 압도하는 신통술(百技神通飛脚術)이 되었다.

반성은 작은 나라 고려의 장수인 이성계를 얕보았다. 자기보다 고수인 주원수가 잡힌 것은 술에 취해 있었기 때문이라고 생각했으며, 만약 주원수가 온전한 상태였다면 이성계가 당해낼 도리가 없다고 본 것이다. 중원을 주름잡은 반성이 볼 때 이성계는 기껏 변방을 호령하는 우물 안의 개구리에 불과했다. 하지만 계속된 공격에도 이성계에게 치명타를 입히지 못하자 반성은 슬슬 불안해

지기 시작했다. 그는 사력을 다해 공격을 하느라 진기의 소모가 컸지만 이성계는 아슬아슬하게 공격을 막아내면서도 지친 기색이 없었다.

두 사람을 가운데 두고 대치한 고려 병사들과 홍건적의 병사들은 숨을 죽이고 그들의 대결을 지켜보았다. 두 사람의 대결 여부에 따라 전투의 승패는 판가름나게 되어 있었다. 반성은 공격을 멈추고 호흡을 가다듬었다. 이성계는 그 틈에 갑옷과 웃옷을 벗어 몸을 가볍게 했다. 이성계의 가슴에 선명하게 새겨진 반달가슴곰 털은 홍건적의 병사들과 반성을 주눅들게 만들 만큼 위엄을 발산했다.

이성계의 공격이 시작되었다. 그의 공격은 투박하고 거칠기 이를 데 없었지만 하나하나의 동작에 천 근의 무게가 실린 듯 위력이 있었다. 반성은 이성계가 펼치는 초식에 제대로 대응을 하지 못하고 서서히 밀리기 시작했다. 이성계의 팔뚝이 반성의 어깨를 강타할 때면 날카로운 금속음이 났다. 그의 발이 허공을 가를 때는 잔잔한 공기의 벽이 찢어지며 일시적으로 사물의 형태를 일그러뜨려 놓았다. 반성의 얼굴은 서서히 일그러졌다. 그의 이마와 목덜미에서는 새벽의 찬 기온에도 아랑곳없이 땀이 흘러내렸다. 반면에 이성계는 마치 혼자서 품새를 취하는 것처럼 동작이 자연스럽고 표정 또한 평안해 보였다.

이성계의 공격을 막아내던 반성의 자세가 균형을 잃어가기 시작했을 때 둔탁하던 이성계의 동작은 날렵하게 돌변했다. 그의 몸이 공중으로 솟아오르며 방향을 틀더니 발뒤꿈치가 반성의 턱을 강타했다. 착지한 이성계는 연이어서 손바닥으로 반성의 명치를 찍어누르듯이 내리쳤다. 반성은 비명도 지르지 못한 채 거품을 물고 쓰러졌다.

이성계는 홍건적 병사들을 향해 돌아섰다. 그의 어깨에서는 더운 김이 피어올랐고 가슴에 자란 반달가슴곰털은 미풍에 흔들리며 물결치고 있었다. 홍건적 병사들은 창과 칼을 앞으로 내밀고 방어 자세를 취하고 있었지만 그들에게는 싸울 의사가 없었다.

"홍두군 병사 여러분!"

이성계의 우렁찬 목소리가 새벽 공기를 가르며 울려퍼졌다.

"여러분은 오랑캐인 원을 몰아내고 송을 회복하고자 분연히 일어선 용감한 투사들입니다. 중국의 한(漢)족과 고려의 한(韓)족은 유사 이래 친분 관계를 유지해온 동지들입니다."

고려군과 이성계를 향하여 치켜들려 있던 홍두군 병사들의 무기가 조금씩 밑으로 내려지기 시작했다.

"우리는 지금 원이라는 공동의 적을 두고 있습니다. 우리가 힘을 합쳐야 할 때에 서로에게 피해를 입히고 있으니, 이게 웬일입니까? 나 이성계를 비롯한 고려의 군사들은 여러분을 적이라고 생각하지 않소이다. 여러분들도 우리 고려를 적으로 생각해서는 안 됩니다!"

홍건적 병사들은 술렁이기 시작했다. 그들 가운데에는 이성계의 말을 수긍한다는 듯 서로의 얼굴을 마주보며 고개를 끄덕이는 이들도 있었다.

이성계의 연설은 계속되었다.

"고려를 적으로 만든다면 여러분은 결코 원을 몰아내지 못할 것입니다. 홍두군이 아무리 용맹스럽다고는 하나 동시에 두 적을 상대한다는 것은 쉬운 일이 아닐 것입니다. 우리는 여러분에게 아무런 원한이 없소. 그 동안 홍두군의 침략으로 우리 고려가 입은 피해는 오늘 여러분이 당한 수모와 치욕으로 보상이 되었다고 생각하오. 이대로 조용히 물러간다면 우리도 더 이상의 보복을 가하지는 않겠소. 허나, 끝까지 저항한다면 한 사람도 살아서 돌아가지 못할 것이오!"

이성계의 말은 어떻게 들으면 화의를 청하는 것 같고 어떻게 들으면 협박을 하는 것처럼 들렸다. 홍두군 병사들은 어찌할 바를 모르고 갈팡질팡했다. 그들의 눈길은 자연히 부장들에게 쏠렸다. 어떻게든 이 난국을 타개하라는 무언의 압력이 계속 가해졌다.

홍두군의 장수로 보이는 이가 앞으로 나섰다. 그를 따라 홍두군 병사들 속에 있던 나머지 부장들도 하나둘 앞으로 나왔다. 그들은 이성계에게 다가가 그의 발 앞에 칼을 내던졌다. 장수들 중 서열이 가장 높아 보이는 자가 말했다.

"장군의 말은 백번 지당하오. 우리는 이대로 물러가겠소. 하지만 우리의 주군인 주원수 님을 잃고서 이대로 돌아간다면 우리는 배반자의 올가미를 쓰게 될 것이오."

"주원수 장군과 반성 장군은 죽은 게 아니오. 내가 그들을 치료할 테니 나중에 같이 가도록 하시오."

이성계는 뒤돌아 서서 비장(秘將)에게 지시했다.

"두 장군을 안으로 옮기고 약탕기와 더운물을 준비하라."

이성계는 주원수와 반성의 막힌 혈도를 풀어주고 뜨거운 기운을 입과 코에 불어넣어 주었다. 그리고 허리에 찬 물소뿔갑에서 앵두만한 환약 두 알을 꺼내어 두 개의 약탕기에 각기 달인 후 주원수와 반성에게 먹였다. 이는 백초비접(魄招斐蝶, 혼백을 부르는 나비)이라는 약으로 겨울에 동사한 사람을 살려낸다는 희귀한 약이었다.

태평정 밖으로 주원수와 반성이 모습을 드러내자 홍두군 병사들은 환호성을 질렀다. 그리고는 일제히 무릎을 꿇고 예를 갖추었다. 주원수는 손을 뻗어 부하 장수들과 병사들에게 일어서라는 신호를 했다.

"우리는 고려왕을 잡는 데에 실패했다. 하지만 이성계라는 걸출한 장군을 동지로 얻었으니 소득이 없는 것은 아니다. 나 주원수는 이성계 장군과 화의를 맺었다. 우리는 곧바로 철수한다. 홍두군의 용사 여러분은 오늘밤 아깝게 목숨을 잃은 관선생과 사유, 그리고 1만여 병사들의 죽음을 헛되이 하지 말라. 우리는 반드시 원을 축출할 것이다!"

주원수는 곁에 서 있는 이성계에게 고개를 돌렸다.

"이성계 장군이 있는 한 우리는 두 번 다시 고려를 침략하지 않겠소. 약속합니다. 이는 그대가 두려워서가 아니라 그대의 인품을 믿기 때문이오."

홍두군은 도성 밖으로 철수하기 시작했다.

한편 서북면도지휘사 이방실은 이여경, 안우경, 최영 등이 이끄는 병력으로 평양, 해주, 원산, 함흥, 용인, 이천, 원주를 공략하여

지리멸렬해 있는 잔적을 압록강 너머로 격퇴하였다.

2. 원장 나하추

이성계가 홍건적을 물리치기 위해 개경에 머무는 동안 동북면
은 진공상태에 놓이게 되었다. 이 때를 놓치지 않고 동북면을 차
지하려는 세력이 나타나기 시작했다. 6년 전 이성계가 부친 이자
춘의 명으로 쌍성총관을 공격하였을 때 처자를 버려 두고 압록강
너머로 도망하였던 조소생(趙小生)과 탁도경(卓都卿)이 그들이었
다.

1362년 2월 이들은 원의 심양성 승상 나하추를 충동하여 2만
명의 병력을 이끌고 홍원지방에 나타났다. 동북면 도지휘사 황상
과, 서해도도순찰사 한방신이 나하추와 대결하였으나 패주하고,
백성들도 항복하여 동북면은 다시 원의 수중에 들어가고 말았다.
몽양갔던 공민왕은 복주에 머물고 있었으므로 원군의 침입에 대
한 왕명을 내리지 못하고 있었다. 이성계는 자신의 본거지인 동북
면이 적들의 수중에 들어가 초토화되어가고 있다는 소식을 접했
지만 왕명 없이 개경을 떠날 수는 없었다.

공민왕은 4월에 이성계를 상호군(중장계급)으로 동북면병마사
에 임명하였다. 이때 이성계 군단의 병력은 고려의 정부군 3천명
과 동북면에서 육성한 2천여 사병(私兵)이었다. 이들 이성계의 2
천여 정병(精銳兵士)들은 홍건적의 항복을 받은 후여서 사기가 충

천하였다. 그들은 고향 동북면을 탈환하기 위하여 진군에 앞장섰다.

　이성계가 자신의 정병을 이끌고 덕산동에 도착했을 때는 6월말이었다. 덕산동에서 산골을 끼고 고개를 두어개 넘으면 달단동이 나왔다. 그곳에 원군의 장수 나연첩목아(那延帖木兒)가 지휘하는 부대가 주둔하고 있었다. 달단동은 여진부족 달단족이 살고 있는 부락이었다. 이들 부족들은 사냥을 즐기는 민첩한 사람들로, 옷은 산짐승 가죽으로 된 털옷을 입고 다녔다. 하지만 여름에는 털로 된 불알 주머니만 차고 다녔다. 처자(妻子)들도 아래만 가리고 위는 벗고 다녔다. 달단족의 털옷은 그들에게 겨울을 나는 의식주의 수단이었고 커다란 재산목록이었다.

　달단동에 진주한 나연첩목아의 원군들은 민가를 습격하여 닥치는 대로 달단족의 털옷을 빼앗고 몰아내어 부녀자와 노약자, 어린이들을 얼어죽게 만들었다. 달단족은 이를 갈며 깊은 산골마을로 숨어들어 때를 기다리고 있었다. 달단족뿐만 아니라 동북면 지방의 모든 주민들이 원군들의 말발굽에 짓밟혔다. 동북면 사람들은 자기들의 영웅인 이성계가 돌아오기만을 학수고대하고 있었다.

　이성계가 덕산동에 진을 치자 숨을 죽이고 있던 산골 사람들이 움직이기 시작하였다. 그들은 원군의 움직임을 낱낱이 보고했다. 주민들의 눈과 귀는 곧바로 이성계의 눈과 귀가 되어 그의 정보망은 거미줄처럼 짜여지고 있었다.

개구리와 소쩍새가 산골 가득히 울어대는 여름밤이었다. 이성계는 막사 안에서 이대중, 우신충, 이득환 등의 부장들을 소집하여 각처에서 올라온 보고를 검토하고 있었다.

"들녘에 아직 추수하지 않은 보리밭이 많다고 들었는데……?"

"모내기철이 지났지만 백성들이 도무지 농사일에 손을 대지 않으려고 한답니다."

"그럴 테지, 추수한들 뙤놈들이 약탈하여 가는데 땀흘려 벼농사를 지으려고 하겠는가?"

"이대로 가다가는 겨울철 양식이 어떻게 될지 걱정입니다."

"당장 군량미를 어디서 조달해야 할지도 모르겠군. 이대로 대치 상태가 길어진다면 우리에게 불리할 수밖에 없어. 그 전에 무슨 수를 내야겠는데, 섣불리 공격에 나섰다가는 우리만 낭패를 볼 수 있으니 그것도 쉽지 않군."

"장군께서 돌아왔으니 이제 백성들이 움직일 겁니다."

이때 밖이 소란스러워졌다.

"장군님 달단족의 추장이란 자가 찾아왔습니다."

비장의 보고였다.

"혼자인가?"

"예, 그렇습니다."

"어떻게 생겼던가?"

"곰가죽을 쓰고 왔는데…… 처음에는 곰인 줄 알고 깜짝 놀랐습니다."

"이리로 데려오게."

체구가 건장하고 강건해 보이는 사나이가 곰가죽을 어깨에 걸친 채 막사 안으로 들어섰다. 그는 막사에 들어서서 주위를 두리번거리며 눈을 반짝였다. 그의 몸은 온통 땀으로 번들거렸다.

"곰가죽을 쓰고 산길을 왔으니 오죽이나 덥겠는가!"

"저는 달단족의 추장 보개(甫介)라 합니다."

"반갑소. 내가 이성계요. 자, 이리로 앉으시오."

보개는 사십대 초반으로 보였고 표정에는 거의 변화가 없었다. 단단한 턱이 그의 강인함을 드러내고 있었다. 보개는 털옷을 옆구리에 끼고서 이대중이 내민 의자에 앉았다. 이대중이 땀으로 홍건히 젖은 보개를 안쓰러운 듯 내려다보고 있다가 병사를 불렀다.

"보개 추장님께 냉수 한 그릇 갖다 드리게!"

병사가 떠온 냉수를 받아든 보개는 단숨에 냉수 한 그릇을 비웠다.

이대중이 물었다.

"달단족의 추장이 어인 일이시오?"

"그믐날 밤에 원장 나연첩목아(那延帖木兒)가 이곳을 기습하러 올 겁니다."

"그믐이면 바로 내일 밤이 아니오?"

"그렇습니다. 며칠 전부터 알려드리려고 기회를 노렸는데, 저들의 눈을 피하기가 쉽지 않았습니다."

"적의 규모는 얼마나 됩니까?"

"잘은 모르지만 천 명 정도의 정예부대입니다."

"정예부대란 무슨 뜻인가요?"

"모두 몽고병사들이라는 뜻입니다."

이성계가 고개를 숙여 보이며 말했다.

"이렇게 알려주시니 참으로 고맙습니다. 추장께 보답을 해드려야겠는데 뭐가 좋은지 말씀해 보세요!"

"보답을 바라는 건 아닙니다"

"그래도 친분의 표시로 드리고 싶으니 어서 말씀해 보세요!"

"저희 달단족의 안전입니다. 장군께서 이 지역을 회복하시는 날 저희들의 안전을 보장해 주십시오."

"그거야 당연한 일입니다. 추장님과 달단족의 안전을 보장하겠습니다."

"감사합니다. 그러면 제가 여기 와서 신변안전을 보장받았다는 징표로 장군께서 글을 한 줄 써주십시오."

"아…… 그러지요."

이성계는 지필묵을 꺼내어 달단족의 안전을 보장한다는 글을 써 주었다. 이성계의 친서를 받아든 보개는 만족스러운 듯 미소를 지었다.

"장군, 감사합니다. 내일 밤 대비를 잘 하십시오. 오늘밤의 징표로 이 털옷을 드리겠습니다."

"감사합니다. 모든 일이 잘 될 겁니다."

보개는 일어나서 가볍게 인사를 하고 막사 출입구로 향하다가 걸음을 멈추고 돌아섰다.

"뻐꾸기는 때로 위험을 알려주기도 합니다."

그리고는 밖으로 나갔다.

　보개의 뜬금없는 말에 장수들은 서로의 얼굴을 바라보며 실소를 머금었다. 보개가 멀리 떠난 것을 확인한 후 이성계가 입을 열었다.

　"저 보개라는 자를 자네들은 어떻게 생각하는가?"

　그러자 장수들은 모두 한 마디씩 내뱉었다.

　"좀 불안해하는 것 같았습니다."

　"무언가 석연치 않습니다."

　"제가 보기에도 무언가 감추고 있는 것 같았습니다."

　"첩자로 온 것 같기도 합니다"

　"증서를 요구하는 것도 나하추의 요구사항이 아니었을까요?"

　"저들이 뭔가 흉계를 꾸미고 있는 게 틀림없습니다."

　"장군! 제가 뒤를 쫓아가서 보개란 놈을 잡아올까요?"

　이성계는 손을 내저으며 뒤로 물러앉았다.

　"아니네. 보개란 자는 우리가 자기를 철석같이 믿는다는 안도감을 가지고 돌아가야 해. 그러니 쓸데없는 짓 하지 말게!"

　"하오면 저들의 계략을 뚫어 보신 겁니까?"

　"보개는 지금 어려운 곤경에 처해 있는 게……."

　이성계는 갑자기 말을 멈추고 조용히 하라는 손짓을 했다. 장수들이 귀를 기울여보니 어디선가 뻐꾸기 우는 소리가 들려왔다.

　"웬 뻐꾸기 울음소린가?"

　장수들은 흔히 들을 수 있는 소리에 과민한 반응을 보이는 이성계가 이상한 듯 고개를 갸웃거렸다. 뻐꾸기 울음소리는 한 마리에서 두 마리로, 두 마리에서 세 마리로 늘어났다.

"보개가 막사를 나가면서 한 말 기억하는가? 저 소리는 그가 우리에게 위험을 알리는 신호다. 몽고군의 기습이다."

"보개는 몽고군의 기습은 내일밤이라고 하지 안았습니까?"

"몽고군들이 보개를 보내면서 연막을 쳤겠지! 보개는 양다리를 걸친 거야!"

"그럼 어떻게 하시겠습니까?"

"가자, 달단동으로!"

"거기는 몽고군 장수 나연첩목아가 지휘하는 정예부대 일천 명이 주둔하고 있는 적의 진지입니다."

"그들이 자기 진지를 비웠으니 우리도 우리 진지를 비우자는 것이고, 그들이 이곳에 진을 치고자 하니, 우리는 달단동에 진을 치자는 것일세. 진영을 바꾼다면 우리에게 훨씬 유리해. 기회야, 기회. 저들이 움직이는 병력은 일천이고, 우리는 이천이야. 가능한 일이지."

고려군 5천명 중 정병 2천이 주둔하는 덕산동의 병력만을 움직인다는 것이었다. 나머지 3천의 병력은 멀리 떨어진 정주(定州)에 위치하여, 급박한 상황에서 동원이 불가능하였다.

"장군님, 무슨 말씀인지 알 듯 말 듯합니다. 지금 출동명령을 발하신 겁니까?"

"지금 출동명령을 발한다. 제장들은 잘 들어라! 병사들은 몸을 가볍게 하고, 말과 활과 창과 방패 이외는 아무것도 가져가지 않도록 하라! 척후부대는 마을 앞 어귀에서 적의 진입을 저지하고 적에게 밀리면 다시 마을 앞 개울가로 후진배치하고 다시 밀리면 주둔지 병영은 적에게 넘겨주어 적의 화공을 피하여 마을 뒤 동산에서 저지선을 편다. 이렇게 단계적으로 적의 추격을 저지하면서 적과의 대치 상태를 계속 유지할 것. 기병 2개 부대는 진군하여 달단동 십 리 밖에 도달하면 일단 진군을 멈추고 진용을 정비한 다음 일진은 동, 이진은 남, 삼진은 서, 사진은 북으로 나누어 진군하여 포위한 다음, 일제히 기습하여 달단동을 점령한다. 보병 5개부대는 동산 너머 계곡 양쪽 언덕에 매복한다. 날이 밝아올 무렵이면 적들은 우리의 계략에 빠진 것을 알고 다시 달단동으로 올 것이다. 그때 적들이 동산을 넘어오면 동산을 지키는 척후부대는 동산 넘어 계곡으로 적을 유인하면서 빠져나오다 계곡을 벗어나기 전에 뒤로 돌아 적과 대치하라. 이때 계곡 양편에 매복하고 있던 군사들이 일제히 화공을 퍼붓는다!"

이성계의 작전지시는 거침이 없었다. 장수들은 저런 작전을 어떻게 이런 급박한 상황에서 생각해낼 수 있는지 혀를 내두를 뿐이었다.

원장 나연첩목아와 그의 부장(副將) 동첨백안보하(同僉伯顔甫下)는 정예 원군 1천 명을 동원하여 3진으로 나누었다. 첨병에는 보개와 달단족 병사들이 앞서고 중간에는 동첨백안보하가, 후미에는 나연첩목아가 진군하였다. 원군이 덕산동 고려군 진지에 당도하였을 때는 6월 그믐 달빛도 없는 캄캄한 밤중이었다. 원군들은 고려군 방어진지에 화약에 불을 붙여 화살에 매달고 화공을 퍼부었다. 고려군 진지에는 환한 불꽃이 밤하늘을 수놓으며 폭음이 지축을 흔들었다.

　원군들이 보기에 덕산동의 고려군 병사들은 갑작스런 기습에 겁을 먹고는 우왕좌왕하는 것처럼 보였다. 그들은 성문을 열어놓고 보급품과 무기도 버려둔 채 모두 달아나기 시작했다. 원군들은 함성을 지르며 성안으로 몰려들어 손쉽게 성을 점령하여 버렸다. 기세가 오른 원군은 무기를 높이 쳐들고 소리를 질러댔다. 나연첩목아와 동첩백안보하 두 장수는 별 희생 없이 적진을 점령한 사실에 크게 만족하고 있었다.

　"장군, 생각보다 싱겁게 끝났습니다."

　동첩백안보하의 말에 나연첩목아는 석연치 않은 듯 고개를 갸웃거리며 대꾸했다.

　"이성계가 싸워보지도 않고 도망갔다는 게 믿어지지가 않아요."

　"저놈들 꼬리를 놓치지 말고 추격해서 아예 모두 섬멸해 버릴까요?"

　"이성계가 그렇게 호락호락한 인물은 아니오. 유인책을 펴놓고 반격을 노릴지도 모르니 그만두고 오늘은 병사들에게 휴식을 주도록 하시오."

　한편 이성계의 기병들은 원군과 다른 길을 택해 달단동 원군진영을 포위하고 적정을 살폈다. 전투 병력은 모두 출동하고 소수의 경비병들이 모깃불을 피워놓고 군데군데 누워서 잠을 자고 있었다.

　이성계의 비장이 횃불을 앞으로 던지며 돌격명령을 하달하였다. 이를 신호로 고려의 기병들이 함성을 지르며 일제히 뛰어들어 말발굽과 창검으로 원군진영의 경비병들을 섬멸하기 시작하였다. 원의 경비병들은 반격 한 번 제대로 못하고 목이 떨어져나갔다. 요행히 말을 타고 도망한 자들도 있었다. 이성계는 이들을 추격하지 않도록 저지했다.

고려군이 점령한 달단동 원군 진영의 창고에는 엄청난 양의 군량미가 쌓여 있었고, 화약고에는 산더미처럼 화약이 쌓여 있었다. 이 정도면 나하추가 부럽지 않을 것 같았다. 이성계는 기병들에게 화살에 화약을 하나씩 매달고 있으라고 하였다. 적이 나타나면 화공으로 저들을 공격하려는 것이다.

이성계는 기병 1개 부대를 달단동 점령지에 주둔시키고 1개 부대는 그들이 왔던 지름길로 가지 않고 원군이 덕산동으로 진격했던 길을 따라 진군하였다. 원군들이 야간에 이동했던 행군로에는 아직도 말똥에서 가느다란 연기가 올라오고 있었다. 지척을 분간할 수 없는 밤에 말린 말똥에 불을 붙여놓으면 반딧불처럼 반짝거려 낙오자를 예방해주는 좋은 길잡이가 되었다.

나연첩목아와 동첨백안보하가 점령지를 정돈하고 마악 잠이 들려고 하는데, 전령들이 급한 소식을 전해왔다.

"장군, 장군! 크, 큰일 났습니다."

전령들은 숨이 턱에 차서 말도 제대로 못하였다.

"무슨 일이냐?"

"달단동이 이성계에게 점령당했습니다"

순간 나연첩목아의 눈은 눈알이 튀어나올 정도로 커졌다.

"뭐뭐, 뭐라고 했느냐?"

"어젯밤에 이성계와 기병들이 몰려와 기습을 당하였습니다."

"경비병들은 어떻게 되었느냐?"

"모두 싸우다 죽어 갔습니다. 장군 여기가 문제가 아니라 빨리 달단동을 탈환해야 합니다."

나연첩목아와 그의 부장 동첨백안보하는 승리에 도취된 병사들을 추슬러서 달단동으로 향했다. 동산에 오르자 그곳을 지키던 고려군이 골짜기로 도망하기 시작하였다. 화가 난 원군들은 도망가는 고려병사들의 꽁무니를 놓치지 않으려고 주위도 살피지 않고 계곡을 향해 달리기 시작하였다. 계곡이 끝나는 지점까지 도망가던 고려군이 갑자기 돌아서서 화살로 원군을 공격하기 시작했다. 원군들은 갑작스런 반격에 대열이 흐트러지기 시작했다. 그들은 다시 대오를 정비하여 전투대세를 갖추었다. 이때 계곡 양쪽에 매복하고 있던 고려군들이 일제히 일어나서 화살공격을 퍼부었다. 원군이 기습을 받고 우왕좌왕하는 가운데 화살에 폭약을 장착한 고려군의 화공이 시작되었다. 때마침 이성계와 기병들이 도착하여 원군 진영에 있던 화약을 계곡 안에 갇힌 원군을 향해 퍼부었다. 계곡은 불바다가 되었고 말과 원군들의 시신이 흙먼지와 연기 속에서 여기저기 날렸다.

승상 나하추는 여진인 달로화적 소악산총관 불화와 함께 동첨백안보하에게서 지난밤에 있었던 이성계와의 전투 결과를 보고받았다. 동첨백안보하는 구사일생으로 도망쳐 나왔던 것이다.

나하추는 자신의 귀를 의심했다.

"방금 무, 무어라고 했는가?"

"승상, 어젯밤에 덕산에 갔던 선봉부대가 전멸했습니다."

"전멸하다니, 선봉부대 1천 명이 전부 말인가?"

"우리가 달단동을 비우고, 덕산의 고려군 진지를 공격할 때, 이성계는 덕산동을 비우고, 달단동을 기습했습니다. 뒤늦게 적의 계략을 알고 달단동 진지를 탈환하기 위해 군사를 움직였으나 매복하고 있던 적들에게 전멸하고 말았습니다."

"기밀이 샜다면, 그 보개란 놈한테서 샌 게 아닌가?"

"그들도 다 죽었습니다."

보개와 그의 부족 병사들은 원군의 달단동 탈환 공격에서도 첨병으로 나섰다. 그러나 그들은 계곡으로 들어서기 전 전열에서 이탈하여 몸을 숨겨 고려군의 공격을 피할 수 있었다. 하지만 동첨백안보하는 이러한 사실을 모르고 있었다. 그는 첨병에 섰던 이들도 다 죽은 줄 알았던 것이다.

"고려군의 병사가 도대체 얼마나 되느냐?"

"덕산동에서 우리 원군을 기다리면서 눈속임을 한 병사들과 달단동의 우리 진영을 공격한 부대, 그리고 계곡에 매복하여 화공을 펴부은 부대뿐만이 아니라 정주에도 대규모의 부대가 주둔하고 있다고 하니 아마 몇 만은 될 것으로 생각됩니다."

고려군은 덕산동에 있던 이천과 정주에 있는 삼천을 합쳐 오천에 불과했다. 동첨백안보하는 간밤의 신출귀몰한 고려군의 작전에 얼이 빠지고 겁을 집어먹어 피해망상에 시달리고 있었다. 그리고 패장으로서의 체면을 유지하기 위해 그는 고려군의 규모를 부풀려서 보고한 것이었다. 이러한 보고에 접하고 나니 나하추는 섣불리 보복을 나설 수 없는 입장에 처하고 말았다.

"내 아우 나연첩목아는 어떻게 되었는가?"

동첨백안보하는 아무런 말을 못하고 머뭇거렸다. 대신 소악산 총관 불화가 거들었다.

"……이성계에게 걸려서 살아남는 자가 없다고 합니다. 홍건적 주원수도 이성계에게 사로잡혔다가 다시는 침략하지 않겠다는 약조를 하고 겨우 풀려났다고 합니다."

나하추는 얼굴이 하얗게 변하더니 손을 부르르 떨었다.

"그 말은 내 아우가 죽었을 것이라는 말이렷다."

동첨백안보하가 머리를 조아리며 대답했다.

"생사가 확인된 바는 없습니다만……."

"총관, 당장 그 이성계놈을 잡아 내 앞에 끌고 오라!"

소악산 총관 불화는 아무런 대답도 못하고 고개만 떨구고 있을 뿐이었다.

"총관, 왜 말이 없는가?!"

나하추는 의자에 몸을 묻고 이마에 손을 짚었다. 군사의 수적으로 우세한 위치에 있다고는 하지만 이성계의 군단과 맞대결을 벌인다면 원군의 피해도 적지 않을 것이었다. 홍건적의 도전이 만만치 않은 상황에서 함부로 대군을 이끌고 전장에 나선다면 그 공백을 틈타 홍건적이 치고 들어올지도 모르는 형국이었다. 이러한 점을 잘 알고 있는 불화가 묘안을 내놓았다.

"승상, 제가 머리를 써보겠습니다."

나하추는 별로 기대를 하지 않는 듯 의자에 몸을 묻은 채 불화를 건너다보았다.

"우리 진영에 이성계와 대적할 만한 장수는 승상 말고는 없다고 판단됩니다."

"그래서?"

"우리를 감언이설로 꼬드겨서 이 지경으로 만든 조소생과 탁도경을 인질로 잡아두게 하고 협상하자는 조건으로 이성계와 그의 8부장을 이 곳에 초청하여 오도록 하겠습니다."

심드렁하던 나하추의 표정이 달라지면서 눈이 빛을 발하기 시작했다.

"이 곳에 오면은?"

"궁사를 매복해 두었다가 모두 죽여버리는 것입니다. 그러면 장수를 잃은 고려군은 즉시 패퇴하리라고 봅니다."

"이성계가 그렇게 호락호락 이 곳으로 오겠는가?"

"조소생과 탁도경이 인질로서의 무게가 약하다면…… 제 목숨도 인질로 제공하겠습니다."

"내 아우의 복수를 위해 총관의 목숨까지 내걸 생각은 없네."

"아닙니다. 제가 조, 탁 두 사람을 데리고 함께 가야지, 그들이 제발로는 아니 갈 겁니다."

나하추는 고개를 저었다.

"만에 하나 잘못 되면 총관까지 잃을 수도 있어. 다른 방도를 찾아보게."

"승상, 저를 아끼는 줄을 아오나 이성계만 유인해서 잡는다면 고려군 모두를 잡는 거나 같사옵니다. 이는 사적인 복수가 아니라 전쟁의 승패가 걸린 계책이옵니다. 승상, 허락하여 주십시오!"

나하추는 불화의 계략이 썩 내키지는 않았다. 동생인 나연첩목아에 비교할 수야 없겠지만 소악산 총관 불화에 대해서도 그는 깊은 애정을 가지고 있었던 것이다. 하지만 그대로 손을 놓고 있을 수도 없는 노릇이었다. 덕산동과 달단동의 패배와 동생의 죽음에 대해 설욕을 하지 않는다면 원군의 사기는 더더욱 곤두박질칠 수밖에 없었다.

"승상, 사사로운 정을 버리시고 대의를 이루시옵소서."

불화의 간청이 한 번 더 이어지자 결국 나하추는 고개를 끄덕이고 말았다.

"앞으로 주전장은 산골짜기가 아닌 평야를 택하겠다. 이 곳 홍원도 바닷가이니 결코 우리에게 유리한 곳이 아니다. 내일 함흥평야에서 무력시위를 벌여 이성계 군단의 기를 꺾어 놓겠다. 그런 다음 총관은 이성계에 대한 유인책을 펼치도록 하라."

나하추는 함흥평야에 진을 치고 기마병들로 하여금 들판을 말을 타고 누비도록 지시했다. 바닷가와 산골짜기를 벗어난 몽고의 기마병들은 초원지대의 용사들답게 용맹성을 과시하며 함흥평야를 질주했다. 그들은 마치 고삐를 벗은 야생마처럼 끓어오르는 힘을 주체하지 못하고 괴성을 질러댔다. 나하추는 간밤의 기습작전 실패가 가슴을 무겁게 짓눌렀지만, 활기를 되찾은 병사들의 모습을 대하자 조금씩 자신감이 되살아나는 것을 느꼈다.

이때 이성계의 5천여 병사가 '영(令)'과 '동북면 병마사'라고 적힌 가지각색의 깃발을 수없이 휘날리며 삼면에서 기마행진을 좁혀오고 있었다. 이성계에게 두려움을 갖고 있는 원의 기병들은 순간적으로 위축되며 전열이 흐트러졌다. 하지만 이성계 역시 평야지대에서 원의 발빠른 기병들을 어떻게 해볼 도리가 없었다. 두 군사들은 전면전을 피하고 접전을 벌이다 되돌아서는 심리전으로 일관하다가 서로 물러났다.

원군이 덕산동과 달단동 전투에서 패하고 전쟁이 답보상태에 빠지자 이 싸움을 싱겁게 이길 수 있다며 나하추를 부추겼던 고려의 반역자 조소생과 탁도경은 안절부절못하고 가슴을 졸이고 있었다. 때마침 소악산 총관 불화가 자신들을 찾아오자 조와 탁은 가슴이 철렁 내려앉았다.

"총관, 어서 오십시오."

조소생과 탁도경이 절을 했다. 불화의 표정이 밝지 않은 것을 본 조소생과 탁도경은 불안한 마음을 감출 길이 없었다.

"승상은 며칠 전 이성계를 기습하러 갔다가 전멸한 병사들의 죽음과 아우 나연첩목아의 죽음에 크게 분개하며 나에게 이성계를 잡아오라 하셨소."

"승상과 총관께 면목이 없습니다."

"우리를 이성계의 인질로 잡혀 있게 하고, 대신 이성계와 그의 8부장들을 승상께서 원군 진내로 초청하신다고 합니다."

"우리를 담보하여 중요한 협상이라도 하신다는 겁니까?"

"두 분 대감은 너무 걱정하지 마시오. 승상께서 이성계를 잡아원수를 갚아 드릴 테니 승상을 믿으시오"

"정말로 이성계가 그의 8부장을 이끌고 원군진영에 나오리라고 생각하십니까?"

"적어도 평화적인 협상으로 승상이 철군한다는 믿음을 주어야지요."

"무슨 특별한 미끼라도 있는 겁니까?"

"손자병법에 '부전이굴인지병 선지선자야(不戰而屈人之兵 善之善者也)'라고 하지 않았던가요? 싸우지 않고 적을 굴복시키는 것이 최선이라고 했소. 이성계가 원의 대군을 대적하여 이 같은 방책을 외면할 수 없을 겁니다."

"총관께서 하는 말이 무슨 뜻인지 이해가 안 갑니다만, 우리가 인질로 잡히고 원군이 안전하게 철수하겠다는 말 같은데…… 그렇다면 저희는 차라리 자결하겠습니다."

"헛된 죽음으로 책임을 피할 생각은 하지 마시오! 두 분과 나를 담보로 해서 이성계와 그의 부장들을 우리 진영으로 끌어들인 뒤 승상께선 이성계와 맞대결을 벌일 것이오. 하지만 승상의 승패와 상관없이 이성계와 그의 8부장들은 우리 궁사의 화살에 고슴도치가 되고 말 것이오."

조소생과 탁도경은 아무 말 없이 고개만 떨구고 있었다.

"이성계를 잃은 고려군은 오합지졸에 불과하오. 그렇게 되면 그들이 먼저 우리를 방면하는 조건으로 자신들의 목숨을 구걸할 것이오. 너무 염려하지 마시오."

한편 보개는 첨병으로 나섰던 달단족 병사들을 이끌고 전장에서 멀리 도망하여 깊은 산 속에서 숨어 지냈다. 나하추에게 잡히면 원군의 기밀을 누설한 죄와 군을 이탈한 죄로 당장 목이 날아갈 판이었다. 또한 자신의 부하들이 인질로 잡혀 있어서 어쩔 수 없는 입장이었다고는 하나 원군의 덕산동 공격 직전에 이성계 진영에 찾아가서 허위정보를 제공하고, 원군의 길잡이를 했던 일도 마음에 걸렸다. 그러나 마냥 산 속에서 지낼 수만은 없었다. 그는 병사들을 이끌고 달단동의 새로운 주인이 된 이성계에게로 향했다.

보개는 두려운 마음을 안고 이성계 앞에 섰다. 그는 추장으로서의 의연함을 잃지 않으려 노력했다.

"추장, 잘 오셨소."

막사로 들어서자 이성계는 보개 일행을 반갑게 맞아주었다. 이성계의 환대에 보개는 마음이 조금 풀렸다.

"이 장군님, 승전을 축하합니다. 지난번 본의 아니게 공격일자를 거짓으로 전달한 것과 원군의 길잡이를 한 죄를 용서하십시오."

"용서랄 게 뭐 있겠소. 본의가 아닌 줄 알고 있었소. 뻐꾸기 소리로 위험을 알려주지 않았다면 우리는 큰 낭패를 보았을 것입니다.!"

"신호를 보내기는 했습니다만, 장군께서 알아듣지 못하시면 어떡하나 내심 걱정을 많이 했습니다."

병사가 차를 날라 왔다. 이성계와 보개는 달단동 전투에 대해서 이야기를 나누었다. 보개와 달단족 병사들이 첨병에 나섰다가 달아났다는 이야기를 하자 이성계는 너털웃음 터뜨렸다. 두 사람의 이야기가 무르익어 갈 즈음 이성계가 보개에게 물었다.

"추장, 나하추를 이 땅에서 쫓아버릴 묘안이 없을까요?"

"저 따위가 장군께 무슨 도움이 될 수 있을지 모르겠습니다."

"아무거나 생각나는 대로 말씀해주시오. 인(人), 천(天), 지(地), 도(道), 풍(風), 수(水) 등등 말이요."

"……음, 그렇다면 한 사람이 있기는 합니다."

"어서 말해 보세요. "

"압록강 너머 달단족 천호 이두란첩목아(李豆蘭帖木兒)라고, 저의 숙부 되시는 분이 계십니다. 그분은 몽캐들을 무척 싫어하십니다. 나하추를 격퇴하신 후에 달단부족의 옛 지위를 보장하고 농지와 사냥터를 돌려주신다면 장군께 충성할 것입니다."

"이 땅은 대대로 달단부족이 터전을 삼아온 여러분의 땅이오. 나하추를 내쫓는다면 당연히 이 땅은 여러분에게 돌려드릴 것이오. 그리고 또한 지난번 써준 나의 친서는 여전히 유효하오."

"그렇게 말씀해주시니 감사합니다. 즉시 숙부에게 달려가서 도움을 청하도록 하겠습니다."

보개가 일어섰다. 이성계가 같이 자리에서 일어서며 놀란 음성으로 물었다.

"아니, 지금 가시려고요?"

"한시라도 서둘러야 할 줄 압니다. 그럼……."

보개와 그의 병사들이 막사를 나서려 할 때 이성계의 비장이 뛰어들어와 소식을 전했다.

"장군! 여진인 소악산 총관 불화라는 자가 요동성 승상 나하추 장군의 친서를 가져왔답니다."

보개와 일행이 이성계를 바라보았다. 이성계는 막사의 뒷문을 손가락으로 가리켰다.

"여러분은 저리로 나가시는 게 좋을 것 같습니다. 좋은 소식을 기다리겠습니다."

보개 일행은 이성계에게 고개를 숙여 보인 후 막사 뒷문으로 빠져나갔다. 이성계가 비장에게 말했다.

"들라 하라."

불화가 막사로 들어서서 이성계에게 예를 갖추었다. 불화의 뒤에는 조소생과 탁도경이 고개를 숙이고 있었다.

"이리로 앉으시지요."

이성계는 불화에게 자리를 권하고 나서 조와 탁에게 말을 건넸다.

"두 분의 식솔들은 우리가 개경으로 모셨소이다. 곧 다시 만나게 될 것이오."

이성계의 말에 조와 탁은 얼굴을 붉혔다. 6년 전 이성계가 쌍성총관부를 공격했을 때 처자를 버려두고 달아났던 씁쓸한 기억이 되살아난 것이었다.

"심양 승상께서 친서를 보내셨다고요?"

"예 장군, 여기……."

불화가 품에서 서신을 꺼내 이성계에게 건넸다.

'고려 동북면 병마사 이성계 장군과 귀 8부장을 함흥성의 원군사령부로 초청합니다. 쌍성의 예속문제를 정치적으로 해결합시다. 장군의 고매한 무공을 한 수 가르침 받고자 합니다. ― 원 심양승상 나하추 백'

이성계는 친서를 내려놓으며 불화의 얼굴을 들여다보았다.

"으흠, 양국 병사들 앞에서 양국 장수가 무공으로 결판을 내자?"

"그렇습니다."

"나하추 장군의 무공이 지대하신 모양입니다."

"원나라 정통 무신(武臣)의 후예로서 중원의 무림계에서 고수급으로 인정을 받고 있습니다. 주원장이 그를 피하는 정도입니다."

"제가 나 장군을 이기면 원군이 평화적으로 철수하겠다는 겁니까?"

"그렇습니다."

"지게 되면 8부장의 목까지 내놓으라는 것이겠지요?"

"원나라의 쌍성통치를 인정하고 고려군이 철수하는 것입니다. 저와 뒤에 계신 두 분을 인질로 이장군의 안전을 보장하겠습니다."

이성계는 알 듯 모를 듯한 미소를 머금은 채 고개를 끄덕였다. 그날 밤 이성계는 8부장들을 불러놓고 은밀하게 회의를 가졌다. 밤이 깊어가는 줄도 모르고 그들의 이야기는 길게 이어졌다. 이성계는 회의의 끝에 8부장들에게 마지막으로 다짐을 시켰다.

"어떠한 일이 있어도 나를 믿어야 합니다. 이 작전의 성패는 여러분의 흔들리지 않는 믿음에 달려 있소."

8부장들은 입술을 굳게 다문 채 고개를 끄덕였다.

다음날 이성계는 8부장을 대동하고 함흥성 원군 진영에 당도하였다. 성문 앞에 마중 나온 동첨백안보하가 그들을 안내했다. 나하추가 기다리고 있다가 그들을 맞았다.

"어서오십시오, 장군."

"초청해주셔서 영광입니다."

"이렇게 와 주셔서 오히려 제가 감사합니다."

이성계와 나하추의 눈길이 마주쳤다. 두 사람 사이에는 팽팽한 긴장감이 감돌았다.

"승상께서는 적진에 나와 고생이 많으십니다."

"적진이라니요? 여기가 심양구의 관할구역 중 요지라서 오히려 심양보다 편합니다."

"하하하하. 말씀을 참 재미있게 하십니다. 이곳은 고려의 땅 동북면입니다. 제가 동북면 병마사이고요."

"허허허허. 고려의 땅이라면 고려군이 있어야 하는데, 지금 보니 원나라 병사뿐이질 않습니까?"

"그렇지 않아도 내 그 일로 승상께 감사를 드릴 참이었소. 우리가 홍건적을 상대하는 동안 이 곳의 치안을 원군이 대신해줘서 얼마나 고마운지 모르겠습니다. 이제 저희들이 왔으니 그만 고향으로 돌아가서 편히 쉬시기 바랍니다."

　나하추는 눈꼬리를 위로 치켜올리며 불편한 심기를 여지없이 드러냈다. 이성계와 나하추의 설전(舌戰)은 한동안 계속되었다. 설전의 강도가 높아질수록 주위를 둘러선 장수들간의 긴장감은 점점 고조되었다. 하지만 이성계는 일촉즉발의 상황에도 불구하고 시종일관 여유를 잃지 않았다. 이윽고 나하추가 손을 앞으로 내저으며 승복한다는 뜻을 내비쳤다.

　"좋소, 좋소. 우리 계집년들이나 일삼는 말싸움은 그만둡시다. 이 장군은 무예만 출중한 줄 알았더니 입담도 제법이시구려."

　"어디 제 입담이 승상을 따라가기야 하겠습니까? 그나저나 여기로 저희를 초청하신 용건부터 밝히시지요."

　"초청장에 명기한 바와 같이 이 지역의 예속문제를 정치적으로 풀기 위해 이 장군과 부장들을 모셨소."

　"승상께서는 이 지역을 상황에 따라 양보할 수도 있다는 말씀인데, 고려군은 그러한 융통성을 애초에 배우지 못했습니다."

　"그럼 어떻게 하겠다는 거요?"

　"사수(死守)하겠습니다."

　"사수라…… 군인다운 말이오. 하지만 나는 정치인이라 정치적 흥정을 좋아하오."

　"좋습니다. 제안해 보십시오."

　"고려군은 우리 원군의 상대가 될 수 없소. 괜한 만용으로 아까운 목숨들을 잃게 하지 마시고 장군과 여덟 부장의 목숨으로 고려를 지키시오."

　이성계는 두 눈을 부릅뜨고 나하추를 노려보았다.

"나는 이 곳에 오면서 이미 목숨을 버렸소. 하지만 결코 개죽음을 할 생각은 없으니 승상도 목을 걸어야 할 것이오."

"좋소. 적진에서 그렇게 큰소리를 칠 수 있는 장수도 별로 없을 것이오. 나의 상대로 손색이 없소! 우리의 장수 20여 명과 귀장의 8부장 앞에서 나도 목숨을 걸겠소. 밖에서 잠시 기다리시오."

나하추는 비장을 불러 뭐라 지시를 내리고 안으로 들어갔다. 이성계와 그의 8부장은 비장과 동첨백안보하의 안내를 받아 후원으로 나갔다.

후원에 있는 천지연(天地淵)에서는 찬란한 비슈누(Vishunu, 광명)와 락슈미(Laksmi, 생명) 연꽃이 피어 있었다. 연못가에는 버드나무가 긴 가지를 늘어뜨리고 있었고 백일홍 나무에는 빨간 꽃이 피어 있었다. 연못 너머에는 갈대가 우거졌고, 다시 잣나무와 소나무, 히말라시타 숲으로 이어졌다. 연못 위에는 마하바라타(Mahabarata) 안개가 피어오르며 상서로운 서기(瑞氣)와 소름 끼치는 악기(惡氣)가 모이고 흩어지는 가운데 알 수 없는 형상들이 생성과 소멸의 소용돌이를 일으키고 있었다. 이러한 기(氣)의 취산(聚散)은 연못에 빠져드는 모든 존재물의 타고난 운명을 시험하는 창조주(創造主)의 힘이 감도는 듯했다. 이성계는 선심개천(善心開天, 선한 마음을 가지면 하늘이 돕는다)을 되뇌었다.

도복으로 갈아입은 나하추가 후원으로 나와 자랑스러운 듯 말했다.

"장군, 이렇게 아름다운 곳을 보신 적이 있소? 나는 여기가 극락이 아닌가 하는 착각을 종종 일으키고는 하오."

"소장도 소시적에 이곳에서 무공을 수련했습니다."

"아하, 그래요? 이런 곳에서 무공을 연마했다면 그 실력도 남다
를 것 같소이다."

"그냥 숨바꼭질을 하면서 노는 정도였지요."

연못 가운데는 구개신기산(口開身氣散)이라는 정자가 있었다.
이곳에서는 이치에 맞지 않는 말을 하면 신기가 흩어져 버린다는
이야기가 전해지고 있었다.

"장군, 우리 저 못 가운데에 있는 정자로 갑시다. 따라오시지
요!"

나하추는 연못가의 납작한 돌 하나를 집어들더니 물위로 던졌
다. 돌이 물방울을 튀며 앞으로 날아갔다. 나하추는 재빨리 몸을
날려 돌 위에 발끝을 올려놓고는 물위를 건넜다. 연못 주변에 있
던 장수들과 병사들의 입에서 탄성이 터져나왔다. 그의 경공술은
신의 경지에 이르러 있었다. 이때 못가에 피어 있던 비슈누
(Vishunu) 연꽃 한 송이가 광채를 발하더니 물 속에 검은 그림자
를 드리우고 정자를 향하여 스르르 움직이기 시작하였다. 나하추
가 못 가운데 정자에 다다르자, 물 속에 있던 비슈누(Vishunu)에
서 검은 신영(身影)이 날아 정자가운데로 들어갔다.

나하추는 물위에서 사뿐히 정자 앞에 내려 호수 건너편을 보며
이성계를 찾았다. 이성계는 보이지 않았다. 나하추는 자기의 경공
술을 보고 이성계가 어지간히 질렸으리라고 생각했다. 나하추는
득의만면 미소를 지으며 정자 안으로 들어섰다. 그는 정자 안으로
들어서다 말고 흠칫 놀라며 뒤로 물러섰다. 정자 안에는 이미 사

람 하나가 들어앉아 있었다. 나하추는 조심스럽게 다가가서 그 사람을 자세히 보았다. 그는 자신의 눈을 의심하지 않을 수가 없었다. 정자 안에 앉아 있는 그 사람은 바로 이성계였다. 이성계는 이미 결가부좌를 틀고서 내공을 모으고 있는 중이었다.

'신영으로 몸을 숨겨 나의 그림자에 묻어 왔다면 내가 몸이 무거워서 날지를 못하였을 건데 그것도 아니고, 도대체 무슨 비술(秘術)을 썼길래……? 하여튼 상대다운 상대를 만났으니 가는 데까지 가보자.'

나하추는 중원과 만주에서 자기와 대적할 만한 고수를 찾지 못한 터였다. 하지만 이성계와 마주하자 두려움과 호기심이 동시에 일어나며 묘한 기분에 사로잡혔다. 그는 이성계 앞으로 가서 그와 마주보며 가부좌를 틀고 앉아 내공을 끌어올리는 운기조식에 들어갔다.

나하추의 장수 20여 명과 이성계의 8부장은 연못가에 서서 정자 안의 두 사람을 지켜보고 있었다. 하지만 정자 안은 어두워 멀리서는 그들을 볼 수가 없었다. 이성계의 부장 중 한 사람이 정자로 다가가기 위해 연못에 발을 담갔다. 그러자 수십 마리의 물고기떼가 그를 향해 달려들었다. 놀란 부장은 얼른 물 속에서 발을 빼고는 못가로 올라왔다. 날카로운 이빨을 가진 수십 마리의 물고기가 수면 위로 튀어올랐다가 다시 물 속으로 사라졌다. 원군의 장수들이 그 모습을 보고 웃음을 터뜨리며 저희들끼리 빠른 몽고말로 떠들어댔다. 연못에 발을 담갔던 부장이 몽고말이 유창한 이대중에게 물었다.

"저 몽캐들이 뭐라는 거요?"

"자네가 물고기밥이 될 뻔했다는군. 저 연못 속에 빠지면 황소 한 마리도 순식간에 사라져 버린다는데."

연못은 아름다운 풍경과는 달리 나하추가 풀어놓은 피라나로 가득했다. 그는 연못에 염소나 소를 던져놓고 피라나가 달려들어 뜯어먹는 광경을 즐기는 취미를 가지고 있었다. 연못 속에 발을 담갔던 장수는 한숨을 내쉬며 이마의 땀을 훔치는 시늉을 했다.

정자 안의 두 사람은 각자 가부좌를 틀고서 마주 앉아 있을 뿐이었다. 그들의 싸움은 기(氣) 대결로 흘렀다. 나하추가 눈을 감은 채 이성계의 기를 짚어나갔다. 그의 감은 두 눈에 검은 반달곰이 보였다. 이성계는 상대방에게서 호랑이의 기를 느끼고 있었다. 연못가에서 정자 안을 살펴보는 장수들은 두 사람이 아무런 싸움도 벌이지 않는 채 앉아 있기만 해서 이상하다는 듯 고개를 갸웃거렸다. 그러나 그들은 곧 두 사람의 몸에서 아지랑이 같은 것이 피어오르면서 어떤 형상을 띠는 것을 보았다. 이성계의 몸에서 피어오른 아지랑이는 곰의 형상을 띠고 있었고, 나하추의 기는 호랑이의 형상을 띠고 있었다. 장수들은 놀라서 입을 쩍 벌렸다.

이성계와 나하추는 가부좌를 튼 채 가만히 앉아 있는 가운데 곰과 호랑이가 그들의 주위를 맴돌며 서로를 탐색하고 있었다. 두 마리의 맹수는 갑자기 지붕으로 뛰어올라 싸움을 벌이기 시작했다. 두 맹수가 서로 뒤엉키자 또렷하던 형상이 흐트러지고 엿가락처럼 늘어지기도 했다. 맹수가 내뱉는 울음소리에 내공이 약한 병사들은 피를 토하며 쓰러졌다. 장수들은 단전에 기를 모아서 고막과 내장을 후벼파는 듯한 사자후(獅子吼)를 가까스로 견뎌냈다.

　두 마리의 맹수는 다시 정자 안으로 뛰어들어서 맹렬하게 싸우기 시작했다. 영원히 승부가 나지 않을 것 같은 막상막하의 싸움이었다. 싸움의 한가운데에 있는 이성계와 나하추는 꼼짝 않고 앉아 있을 뿐이었다. 어느새 원의 장수들은 호랑이를 응원하고 있었고, 이성계의 부장들은 곰을 응원하고 있었다.

　맹수들이 공중으로 치솟으며 지붕이 날아가 버렸다. 맹수들은 이제 황룡과 청룡으로 변해 있었다. 장수들은 어떤 용을 응원해야 할지 몰라서 멍하니 두 용의 싸움을 지켜볼 뿐이었다. 두 마리의 용은 하늘에서 천둥과 번개, 비를 일으키며 싸우다가 연못 안으로 떨어졌다. 연못이 부글부글 끓기 시작하더니 곧 물위에 현무(玄武)와 주작(朱雀)이 떠올랐다. 현무는 뱀과 거북이 하나의 몸통에 붙어 있는 머리가 둘인 괴물로 입에서 하얀 독무를 내뿜었다. 주작은 빨간 색의 화려한 깃털이 나 있고, 딱 벌어진 가슴, 위로 솟구친 꼬리, 날카로운 부리, 힘찬 발가락을 가지고 있었다. 현무는 주작에게 하얀 독무(毒霧)를 뿜어 주작의 코에 독기를 불어넣으려 했다. 주작은 입에서 불을 뿜어내 독무를 태워 버렸다. 이번에는 현무가 주작의 목을 노렸다. 현무의 두 머리는 상하 좌우로 빙글빙글 돌며 주작을 혼란에 빠뜨렸다. 그러더니 현무의 사두(巳頭, 뱀머리)가 주작의 목을 물었다. 막 독니에서 독기를 쏘려는 찰나 주작의 날카로운 발톱이 뱀의 턱을 움켜잡았다. 뱀은 숨이 막히고 입이 딱 벌어졌다. 그러자 주작은 빨간 불덩이 한 알을 뱀의 입 속에 집어넣고 뱀의 목을 풀어주었다. 이때 귀두(龜頭, 거북머리)가 달려들어 주작의 머리를 부셔버리려고 철환(鐵丸, 철탄알)을 쏘았다. 하지만 뱀머리가 불똥을 삼키고 뱃속이 뜨거워 몸을 비트는 바람에 철환은 빗나갔다. 곧 이은 주작의 화공에 현무는 형체가 가물거리더니 나하추의 몸속으로 쑥 빨려 들어갔다. 그와 동시에 주작도 이성계의 몸 속으로 스며들었다. 이성계의 8부장이 환호성을 질렀다.

"주작이 우리 장군님이셨다!"

부장들은 서로의 손을 맞잡으며 기뻐했다. 반면에 몽고의 장수들은 걱정스러운 표정으로 정자 안을 살폈다.

나하추는 몸에 힘이 빠지고 내상을 입어 더 이상 운기조식으로 내공을 끌어올릴 수도 없었다. 그의 앞에는 이성계가 행좌를 튼 채 눈을 감고 앉아 있었다. 이성계의 표정은 조금도 흐트러짐이 없었다. 나하추는 갑자기 몸을 일으켜 이성계의 머리를 수도로 내리치려 했다. 그때 이성계가 두 눈을 부릅뜨고 나하추를 노려보았다. 이성계의 눈이 반짝 빛을 발하는 순간 나하추는 저만치 나가떨어지고 말았다. 이성계가 몸을 일으켰다. 파랗게 질린 나하추는 몸을 날려 연못을 건너 갈대밭으로 도망하였다. 이성계는 달아나는 나하추를 눈길로 좇으며 가만히 서 있다가 어떤 기미를 감지한 듯 몸을 동그랗게 말았다. 그 순간 갈대밭에 숨어있던 원군의 이백여 궁사들이 일제히 화살에 화약을 매달아 불을 붙이고 정자를 향하여 화공을 퍼부었다. 무수히 많은 불꽃이 정자에 내려꽂히면서 우레와 같은 폭음과 함께 순식간에 정자는 흔적도 없이 흩어지고 말았다. 이성계 역시 정자와 같은 신세가 되고 말았다. 폭발력에 퉁겨져 나온 이성계의 투구와 칼만이 연못가로 툭 떨어졌다.

"장군!"

8부장들이 무기를 빼들고 공격 태세를 갖추었다. 그와 동시에 군데군데에 매복하고 있던 원의 병사들이 튀어나와 그들을 에워 쌌다.

갈대밭으로 도망쳤던 나하추가 돌아와 8부장 앞에 섰다. 이대중이 그의 면상에 침을 뱉었다.

"너는 더러운 놈이다! 너의 이 비겁한 행위는 길이길이 비웃음을 살 것이다!"

그러자 나하추의 부장 중 하나가 이대중의 명치를 칼집 끝으로 내질렀다. 이대중은 몸을 구부리며 쓰러졌다. 나하추는 얼굴에 묻은 침을 닦으며 야비한 웃음을 흘렸다.

"앞서도 말했지만 나는 정치인이다. 정치인은 무력보다는 머리가 앞서야 하는 것이다. 너희의 장군인 이성계는 곰처럼 미련하게 자신의 힘만 믿고 설치다가 당한 것이다."

나하추는 야비한 웃음을 거두고 비장에게 말했다.

"놈의 몸뚱이를 찾아라. 개에게 먹이로 던져줄 것이다."

비장이 대답했다.

"살점 하나 남지 않았습니다. 연못 속의 피라나가 모두 다 먹어치운 모양입니다."

"영웅다운 산화(散華)로구나 뒤끝을 남기지 않는 걸 보니. 이성계는 육보시를 했으니 부처가 될 거다. 카하하하!"

목이 꺾어져라 웃어젖히던 나하추의 표정이 갑자기 일그러지기 시작했다. 그는 고통을 참지 못하겠는 듯 몸을 비틀어대더니 피를 토하며 주저앉았다.

"승상!"

동첨백안보하를 비롯한 장수들이 나하추를 일으켰다. 그의 입에서는 피가 끊이지 않았다. 장수들 중 하나가 소리쳤다.

"의원을 불러라! 승상께서 위독하시다!"

나하추의 증상은 다소 차도를 보이다가도 급속도로 악화되었다. 본토에서 파견된 명의들이 손을 썼지만 소용이 없었다. 나하추는 이성계의 8부장을 대령하도록 하고 심문을 했다.

"너희들의 우두머리가 내게 독을 썼다. 이성계놈이 내게 술수를 부린 것이다. 그 놈이 어떤 독을 썼는지 빨리 불어라. 해독약을 구하지 못하면 네놈들의 사지를 하나씩 절단해 개에게 던져버리겠다."

이성계의 8부장 중 한 명인 이득환이 가소롭다는 듯 입가에 비웃음을 머금고 말했다.

"우리의 장군께서는 너처럼 비겁한 분이 아니다. 너는 우리 장군의 기에 내상을 입은 것이다. 우리 장군의 분신인 주작이 네 뱀대가리에게 불똥을 먹였으니 너는 필시 고통에 시달리다가 죽을 것이다. 크하하하!"

나하추는 그렇지 않아도 검게 타들어 간 얼굴이 더욱 흙빛으로 변했다.

"다시 묻겠다. 주작의 해독약이 어디 있는지 말해라."

"주작을 불러내어 그에게 물어봐라. 우리는 모른다."

"이성계가 없는 고려군은 오합지졸에 불과하다. 내일 당장 고려군을 공격하여 그들을 굴복시키겠다. 네놈들은 너희 부하들이 피라나의 먹이가 되는 것을 목격하게 될 것이다. 그때도 해독약을 내놓지 않는지 어디 두고보겠다."

아전 하나가 후원으로 들어서며 소리쳤다.

"불화님이 오시었습니다!"

나하추가 놀라며 몸을 일으켰다.

"뭐라고?! 소악산 총관이 왔다고?"

곧 불화와 조소생, 탁도경이 후원으로 들어섰다. 나하추는 불편한 몸을 이끌고 그들에게로 다가갔다. 불화가 땅에 엎드려 절을 올렸다.

"소신, 승상께 문안드리오."

"일어서시오. 이게 어떻게 된 일이오?"

"간밤에 달단족의 추장인 보개가 우리를 구해주었습니다. 그는 구원군을 데리러 간다며 떠났습니다."

나하추는 동첨백안보하를 돌아보았다.

"보개는 죽었다고 하지 않았는가?"

"워낙 혼란스러운 상황어라……."

동첨백안보하가 얼굴을 붉히며 말끝을 흐렸다. 나하추는 못마땅하다는 눈길로 동첨백안보하를 보고 있다가 불화의 손을 이끌었다.

"소총관 덕분에 이성계를 죽이고 놈의 8부장도 사로잡았소. 이 모든 게 소총관의 덕이오."

그러고 나서 나하추는 곁에 선 장수들에게 말했다.

"이제 거칠 것이 없다. 내일 당장 고려의 잔당들을 해치우러 출동한……."

나하추는 말끝을 단단히 묵지 못하고 얼굴을 찡그렸다. 다시 고통이 시작된 것이었다.

"승상, 괜찮으십니까?"

불화가 걱정스러운 얼굴로 다가서서 나하추를 부축했다. 나하추는 이성계의 8부장을 노려봤다. 8부장들은 나하추의 눈길을 피하지 않고 고개를 빳빳이 세웠다.

"내일 고려놈들을 쓸어버리고 포로들을 한 놈씩 연못에 던질 것이오. 그러면 이 놈들이 해독제를 내놓겠지."

다음날 원군은 일제히 진용을 갖추고 함흥평야로 나가 고려군 진지를 향하여 대규모 공격을 감행했다. 이성계의 고려군도 일제히 원군의 공격에 맞섰다. 나하추는 온몸에 독기가 퍼져서 자리에 드러눕고, 원군은 동첨백안보하와 불화가 지휘했다. 원군들은 말을 타고 전광석화저럼 치고 빠지면서 고려군을 교란시키며, 점점 전장의 주도권을 찾아가고 있었다.

전투가 시작된 지 4일째 되는 날 양군은 함흥 남쪽 이백여 리 지점에 있는 평원에서 대치하고 있었다. 북쪽의 절마봉과 남쪽의 만등산을 잇는 선을 따라 동쪽에는 원군, 서쪽에는 고려군이 진을 치고 있었다.

한무리의 병사들이 절마봉을 내려오고 있었다. 보개와 그의 병사들이 달단부족의 기를 흔들며 원군을 향해 말을 타고 달려오고 있었다. 동첨백안보하가 보개를 맞으러 앞으로 나섰다. 불화는 보개에게 은혜를 입었다고는 하지만 출신이 천한 보개에게 내색을 하기 싫어 자리를 지키고 있었다.

원군 가까이 다가온 달단족 병사들이 갑자기 활에 화살을 재우더니 원군을 향해 쏘기 시작했다. 원군으로서는 전혀 예상치 못한 일이었다. 보개가 자신의 숙부인 이두란첩목아와 천여 명의 여진족 병사들을 이끌고 전장에 나타난 것이었다. 달단족의 기습을 받은 원군의 선봉이 무너져 내렸다. 불화는 지휘봉을 휘두르며 전열을 재정비했다. 어디선가 물소와 코끼리떼가 울부짖는 듯한 굉음이 울리기 시작했다. 불화가 무언가 뜨거운 기운이 다가온다고 느끼는 순간 그를 호위하고 있던 네 명의 병사를 차례로 뚫고 지나온 화살이 그가 탄 말의 가슴에 정통으로 박혔다. 불화는 말에서 떨어졌다. 정신을 차리고 고려군 쪽을 바라보던 그의 눈이 커졌다. 그는 도저히 믿어지지 않는다는 듯 머리를 세차게 흔들고 눈을 비볐다. 전장의 먼지 사이로 화살을 자신에게 겨냥한 채 말을 타고 달려오고 있는 사람은 다름 아닌 이성계였던 것이다. 그는 이성계를 보는 순간, 도저히 넘볼 수 없는 굳건한 장벽이 자신을 가로막고 있음을 느꼈다. 그는 자신의 패배와 원의 멸망을 예감하며 몸을 떨었다.

이성계는 불화 앞에 멈춰 서서 말 위에서 그를 내려다보았다. 불화의 눈에는 눈물이 번져 있었다. 이성계는 화살을 거두고 칼을 뽑아 들더니 원군을 향해 내달렸다.

불화는 몸을 일으켜 비틀비틀 걷기 시작했다. 그는 원군 막사

안에 몸을 숨기고 있던 조소생과 탁도경의 목을 베었다. 그리고는 막사 앞에 놓여 있는 백기를 들고 휘둘렀다. 눈물 때문에 먼지가 엉겨붙은 그의 얼굴은 보기 안타까울 정도로 일그러져 있었다.

전투가 진정 상태에 들어섰을 때 불화는 이성계에게로 다가갔다. 그의 두 손에는 조와 탁 두 사람의 목이 들려 있었다.

"이 장군, 노여움을 푸시오. 이놈들 꼬임에 빠져 우리가 큰 잘못을 저질렀습니다. 용서하십시오."

불화는 말을 하면서도 울음을 그치지 않았다. 이성계는 말에서 내려 불화에게 다가갔다.

"그대의, 주군을 위한 충정을 내가 어찌 모르겠소. 그대의 슬픔이 나의 기쁨일 수 없으니 우리는 적이 되어서는 안되는 사람들이었소. 그렇게 잘못을 비니 마음이 풀립니다. 앞으로는 형제의 우의를 가지고 서로 존중하며 평화를 유지합시다."

"너그러운 말씀 고맙습니다. 이곳을 전쟁이 없는 지대로 만들기 위해 장군께서도 노력해 주십시오."

"그리 약속하지요. 승상께서는 괜찮으십니까?"

"심각합니다."

"한번 뵈올까요?"

"그래 주시겠습니까?"

불화는 눈물을 흘리면서도 입가에 미소를 지었다.

이성계는 원나라 병영의 진중으로 들어갔다. 이성계가 소악산 총관 불화와 화해하자 여진인들은 조소생과 탁도경 휘하의 50여 명을 모두 참수해 버렸다. 압록강 접경지대에 살고 있는 여진인들은 이들을 살려 두어 이성계의 눈 밖에 날 필요가 없다고 생각했던 것이다. 여진인들은 이성계를 반은 자기네 동족으로 여기고 호의적으로 대했다. 이성계 선대들의 혼맥을 보면 모계가에 여진인들이 섞여 있었기 때문이었다.

나하추는 주작의 화독이 온몸에 퍼져 사경을 헤매고 있었다. 이성계가 들어가자 그는 벌벌 떨더니 혼절해 버렸다.

"장군, 우리 승상의 병을 고쳐 주십시오. 제발 부탁입니다."

이성계는 지긋한 눈길로 불화를 바라보며 고개를 끄덕였다.

"참미나리와 얼음열매와 홍두오공(머리가 빨간 지네)과 홍두꺼비의 하얀 피를 구해오세요."

소총관과 원의 장수들이 이들을 구해오자 이성계는 뿔갑에서 야고(억새풀 뿌리 기생초)의 꽃가루환을 꺼내서 구해온 약재로 해독제를 제조하여 나하추에게 달여 먹였다. 나하추는 곧 평온한 표정으로 잠이 들었다. 며칠 뒤 원기를 회복한 나하추는 이성계에게 감사를 표하며 연신 머리를 조아렸다. 그는 이성계의 8부장들에게도 깊이 사과하고 쌍성을 고려의 영토로 인정한 후 압록강 너머로 철수했다.

이두란첩목아(李豆蘭帖木兒)는 압록강 일대에서는 유명한 장수였다. 그는 곰과 호랑이를 맨손으로 때려잡는다고 소문이 나 있을 정도로 장사였다. 이성계는 보개와 이두란첩목아의 도움을 고맙게 생각하여 이들과 의형제를 맺었다. 이두란첩목아는 고려식으로 이두란이라 개명하였다. 그는 보개와 함께 이성계의 심복(心腹)이 되어 종신토록 충성하였다.

나하추는 심양으로 돌아가 불화의 후임으로 임명된 소악산 총 관을 통해 공민왕과 이성계에게 양마를 보내어 우호관계를 요청 하였다. 소악산 총관 불화는 원나라로 귀국하지 않고 이성계에게 귀순하였다. 그의 본명은 통두란(統豆蘭)으로 후에 이지란(李之 蘭)으로 개명하고 이성계를 형님으로 모시며 그림자처럼 수호하 는 심복이 되었다. 소악산 총관과 병사들을 잃은 나하추는 명나라 태조 주원장에게 항복하였다. 이성계가 오랜 숙적 조소생과 탁도 경 두 세력을 쓸어버림으로써 기름진 함흥평야 일대는 안정을 되 찾았다.

3. 최영의 견제

우왕 6년(1380년) 8월, 왜구가 창궐하여 양광 전라도와 경상도 를 휩쓸었다. 진압에 나선 장수들은 곳곳에서 왜구에게 패하여 속 수무책이었다. 우왕과 최영은 할 수 없이 동북면의 이성계를 불러 내었다. 이성계는 삼도도순찰사(三道都巡察使)에 임명되어 왜구 토벌에 나섰다. 당시 정몽주는 삼도도순찰사 이성계의 전투일지 를 일일이 기록 작성하는 종사관으로 종군하였다. 정몽주는 성격 이 호방하여 무장들과 잘 어울렸다.

성계는 나하추가 보내준 적토마를 타고 왜구를 쫓고 있었다. 정 읍의 벌판은 옛날(1232년) 고조부 이안사가 말을 타고 달리던 평 원이었다. 그의 좌우에는 동북면 출신 이대중, 우신충과 여진인

이두란, 보개, 이지란 등이 휘하 편장들과 함께 보필하였다. 그들은 삼남평야를 짓밟고 노략질하는 왜구들을 이 잡듯 잡아내어 섬멸해 나갔다.

왜구의 장수를 사로잡고 보니 뜻밖에도 '아기바투'라는 앳된 소년이었다.

"어린 녀석이 도둑놈의 두목이라니. 내 너의 소행을 보면 목을 쳐 높이 달아 두어 까마귀밥이 되게 하고 싶다만, 네가 아직 어린 아이라 앞으로 참회하고 착하게 살기를 바라는 뜻에서 목숨만은 살려둔다. 대신 내 너의 귀를 잘라 고려 사람의 무서움을 평생 알게 하리라."

이성계는 아기바투의 양 귀를 잘라 버렸다. 이를 본 종사관 정몽주는 의사를 불러 아기바투의 귀를 다시 붙여주었다.

이성계는 최무선을 불러 군자금을 나누어주고 화약과 화포를 만들어 삼남을 지키도록 했다. 그는 휘하 편장들의 일부를 주둔시키고, 개경에 올라가 머물렀다.

최무선과 나세등은 이성계의 휘하 편장들과 연합하여 군산 앞바다에서 화약과 화포로 왜구선단 오백여 척을 불사르고 해상의 주도권을 되찾았다. 운봉전투를 계기로 이성계는 자신의 군단을 정예화시키고, 동북면이라는 국지적 한계를 극복하여 전국토를 무대로 활동영역을 넓혀 놓았다.

이성계는 거대한 군단을 이루어 위세가 하늘을 찔렀으나, 군사를 먹이고 입히고 무장시키는 일이 현안으로 대두되어 밤잠을 이루지 못했다. 조정으로부터 군수보충을 받는 최영이 부러울 따름이었다. 문득 이성계는 수많은 전장을 누비는 사이 잊고 있었던 부친 자춘의 유언을 떠올렸다.

'성계야, 어려움이 닥칠 때면 개경에 있는 광명사로 가서 주지를 찾거라. 그곳으로 갈 때는 반드시 목걸이를 차야 하며 사람들의 눈에 띄지 않도록 조심해야 한다. 광명사에 갔다오고 나면 너도 모든 사실을 알게 될 것이다. 이후로 너의 행동은 이전과는 많이 달라질 것이야. 모든 일을 판단할 때는 나라와 백성이 임금 위에 있음을 항상 염두에 두어야 한다.'

이성계는 부친이 왜 그런 유언을 남겼는지 알 수가 없었다. 그는 부친이 임종 직전에 건네준 목걸이를 꺼냈다. 황금으로 만든 줄에 청옥구슬이 달려 있는 목걸이였다. 그는 그것을 목에 걸고 평복으로 갈아입은 후 숙소를 나섰다. 말을 달려 광명사에 도착했을 때는 부연 새벽빛이 스며들고 있었다. 새벽 예불을 준비하고 있던 승려 중 하나가 이성계에게 다가와 합장을 했다.

"주지 스님을 뵈러 왔습니다."

"곧 예불을 시작합니다. 조금만 기다려 주십시오."

광명사 마당에 있는 원공국사 지종의 비석이 눈에 띄었다. 이성계는 부친 자춘을 통해 지종이 자신의 조상이라는 사실을 알고 있었다. 그는 숙연한 마음으로 비석을 쓰다듬었다. 비석 앞에 앉아 파르스름하게 밝아오는 하늘을 올려다보고 있을 때 뒤에서 인기척이 났다.

"어인 일로 소승을 찾으셨소?"

주름이 자글자글한 노승 한 사람이 서 있었다. 이성계는 몸을 일으켜 노승에게 합장을 했다.

"소인은 이자춘의 자 성계라 하옵니다. 부친의 유언을 따라 이곳을 찾았습니다."

그러자 노승의 얼굴이 밝아졌다. 그러다가는 이내 표정을 거두고 주위를 살폈다. 주위에 아무도 없는 것을 확인한 노승은 이성계의 손을 잡았다.

"자, 안으로 드십시오. 그렇지 않아도 소승이 죽기 전에 대인을 뵐 수 있을까 하고 염려하던 중이라오."

노승은 광명사의 주지 지선이었다. 이성계는 주지의 방으로 안내되어 그와 마주앉았다. 성계는 목에 차고 있던 목걸이를 벗어서 스님에게 건넸다. 주지는 건네받은 신표와 자신의 목에서 푼 신표를 손바닥에 올려놓고 찬찬히 들여다보았다. 두 개의 목걸이는 생김새가 똑같았다. 신표를 이리저리 확인한 지선은 일어나 합장을 하고 큰절을 올렸다.

"소승은 대인을 기다려 왔습니다. 소승의 법명은 지선(知禪)입니다."

"소인을 기다리셨다는 말씀입니까?"

"이렇게 만나 뵙게 되어 영광입니다. 원공국사 지종을 모시고, 이씨 가문의 종손을 기다리는 일이 소승의 임무입니다."

주지를 지켜보고 있던 이성계가 말했다.

"목걸이가 두 개 있는 줄은 몰랐습니다."

목걸이를 들여다보고 있던 주지는 흡족한 미소를 지으며 고개를 끄덕이고는 이성계의 눈을 들여다보았다.

"이 목걸이들은 장군의 먼 조부 되시는 이양무 어른께서 만드신 거지요. 세상이 혼란스러워져 비밀이 잊혀지면 이 목걸이가 길잡이가 될 거라는 말씀을 남기셨다고 합니다. 이 두 목걸이는 저희 광명사측 비밀의 전수자와 전주 이씨 집안의 상속자가 서로를 알아보는 신표입니다. 이 외에도 신표는 또 있습니다."

"또 있다고요?"

이성계는 곰곰이 생각을 해보았다. 부친으로부터 물려받은 것은 목걸이와 유언과 신궁, 목판과 그림이 전부였다.

"혹시 신궁이나 그림을 두고 하시는 말씀이옵니까?"

주지는 입가에 미소를 머금은 채 고개를 가로 저었다.

"장군께서는 가슴을 열어 내게 보이십시오."

이성계는 그제야 가슴에 난 반달가슴곰털을 두고 하는 말이라는 사실을 깨달았다. 이자춘에게는 아들이 여럿 있었지만 부친의 가슴털을 닮은 아들은 이성계뿐이었다. 이성계는 웃옷의 고름을 풀고 가슴을 열었다. 그의 가슴은 온통 검은 털로 뒤덮여 있었고 젖꼭지 사이에는 하얀 털이 선명하게 자라나 있었다. 주지는 고개를 끄덕였다.

"장군께선 나를 따라오시오."

이성계는 주지를 따라 불당으로 향했다. 불당에는 비밀 통로가 지하로 연결되어 있었다. 지하에는 관이 놓여 있고 관속에는 소금이 가득 담겨 있었다.

"안에 손을 넣어보십시오."

이성계는 주지를 한 번 바라보고는 두려운 마음을 접어 소금 사이로 손을 집어넣었다. 속에는 자루가 수십 개 들어 있었다. 자루를 꺼내 안을 들여다보니 놀랍게도 염금이 가득 들어 있었다. 이성계는 목소리를 낮춰서 말했다.

"이만큼의 금이라면 나라라도 세우겠습니다. 도대체 이 많은 황금이 어디서 났습니까?"

"이양무 어른께서 하늘의 도움으로 얻은 황금입니다. 장차 십팔자왕의 예언을 실현시킬 후손을 위해 그 어른께서 예비해 놓으신 거지요. 장군의 부친 되시는 이자춘 장군께서도 생전에 이 곳에 오셨습니다. 하지만 그분께선 황금을 보고도 가지고 가지 않으셨어요. 자신에게는 당장 쓸모가 없다고 하셨습니다. 재물에 눈이 어두워지면 대사를 망칠 수 있다고 생각하셨겠지요."

이성계는 입술을 굳게 다문 채 눈을 감았다. 널 속에 있는 황금을 몽땅 가지고 간다면 자신의 군사를 더욱 크게 키울 수 있을 거라는 생각이 머릿속에서 떠나질 않았다. 그와 함께 자신의 그러한 생각이 개인적인 욕심에서 비롯된 것은 아닌가 하는 의구심도 가졌다. 이성계는 개인의 영달을 위해 대의를 명분으로 내세우는 것이 아니라고 스스로 믿게 하려 했으나 마음속에 있는 조그마한 윤리의 티끌이 자꾸만 가로막았다. 잠시 후 눈을 뜬 이성계가 입을 열었다.

"아버님과 조상님의 뜻을 잘 알겠습니다. 저 역시 꼭 필요하지 않다면 욕심을 내지 않겠습니다. 오늘 저는 자루를 다섯 개만 가지고 가겠습니다. 이 황금으로 헐벗고 굶주리고 있는 저희 병사들을 먹이고 입히겠습니다."

주지는 미소를 입가에 머금은 채 고개를 끄덕였다.

이성계가 광명사를 떠나기 전 주지에게 물었다.

"황금이 더 있습니까? 혹시 더 있다면 어디에서 나는지 알 수 있을까요?"

주지가 굳은 표정으로 대답했다.

"황금이 필요하다면 필요한 만큼 얼마든지 드릴 수 있습니다. 하지만 그 이상은 알려드릴 수가 없습니다. 그 모든 것이 이양무 어른의 뜻이었습니다. 그리고 그러한 어른의 뜻은 지금까지 대대로 잘 지켜져 왔습니다."

이성계는 멋쩍은 웃음을 지었다.

"제가 괜한 것을 물었습니다. 다음에 또 뵙도록 하겠습니다."

이성계는 말을 몰아 자신의 진영에 도착했다. 그는 황금을 풀어 무기를 만들도록 하고 군사들을 입히고 먹였다. 이성계의 군단은 더욱 더 위용을 갖추게 되었다.

왜구의 장수 아기바투는 이성계가 귀를 잘랐다가 붙여준 게 잘 못 아물어 인상이 박쥐처럼 보였다. 그는 그것을 최대의 수치로 여겼다. 그는 이성계에게 복수의 칼을 갈았다. 그는 최무선에게 박살난 선단에서 돌아온 몇 척 안 되는 배를 보충하는 데 5년이란 세월을 보냈다. 드디어 선단이 150척에 이르렀다. 이 정도면 이성계의 거점 동북면을 기습하여 초토화시킬 수 있다고 생각했다. 그들은 화약과 화포까지 치밀하게 준비하였다.

우왕 11년(1385년) 9월, 쓰시마, 이키, 히젠, 마쓰우라의 왜구들은 정읍, 운봉에서 이성계에게 당한 치욕을 설욕하기 위해 동북면에 들이닥쳤다. 이때 이성계는 개경에 있었다. 이 틈에 왜구는 함주, 홍원, 북청, 합란북(哈欄北)을 침략하여 백성들을 죽이고 가축과 재물을 노략질하였다. 이러한 사실은 곧 고려 조정에 보고되었다.

"전하, 왜구들이 이번에는 동북면을 침략하였다는 보고입니다."

"그곳은 이성계 장군의 자치 지역이 아니오?"

"그렇습니다. 지금 이성계 장군은 개경에 있습니다."

"이성계 장군을 빨리 보내야 하지 않겠소?"

우왕의 그 물음에 최영은 반대 의사를 밝혔다.

"전하, 저에게 생각이 있습니다. 신에게 이번 일을 맡겨 주시옵소서."

우왕과 조정의 대신들은 의아한 표정으로 최영을 바라보았다. 최영의 말은 계속 이어졌다.

"그곳의 찬성사 심덕부를 원수로 홍징, 황희석, 정승하 장수를 보내서 왜구를 막으라고 하였사옵니다. 이성계만 되고 그들이라고 못 막을 바도 없을 것이옵니다. 그들도 전투경험을 쌓도록 해야 합니다."

"문하시중께서 알아서 잘 조치하셨으리라 믿습니다."

최영의 그 같은 조치는 사실 누가 보더라도 부당한 것이었다. 전투경험이 없는 장수들에게 기회를 주기 위해 최선책을 포기하는 것은 국가와 백성의 안녕을 책임지고 있는 지도자가 해서는 안 될 판단이었던 것이다.

최영이 그처럼 백성을 위험에 빠뜨리는 고육책을 쓰면서까지 이성계의 개입을 막은 데에는 다른 이유가 있었다. 동북면은 왕권보다는 이성계의 입김이 더욱 크게 작용하는 이성계의 아성이었으며, 그의 세력은 수많은 전장에서의 승전으로 인해 변방인 동북면을 벗어나 점점 더 중앙으로 확대되고 있는 실정이었다. 최영은 이대로 이성계의 세력이 불어날 경우 왕권이 위협받을지도 모른다는 우려를 갖고 있었던 것이다. 국가의 존폐가 달린 문제가 아닌 한 이성계 세력의 뿌리라 할 수 있는 동북면이 어느 정도 깨져야 이성계의 날개도 꺾을 수 있다는 계산을 최영은 머리 속에 그리고 있었다. 결론적으로 따져볼 때 최영의 그 같은 우려는 결코 헛된 기우가 아니었다. 최영에게 왕의 안위는 수만 백성의 목숨보다 우위에 있는 절대가치였던 것이다.

이성계는 동북면 지역이 왜구에게 짓밟히고 있다는 소식을 접했지만 최영과 우왕이 자신에게 출격 명령을 내리지 않아 조바심이 나서 견딜 수가 없었다. 참다 못한 이성계는 우왕을 배알하였다.

"전하, 제가 동북면의 왜구를 섬멸하겠습니다. 저를 보내 주십시오."

"문하시중의 생각은 어떠시오?"

최영은 이성계의 다급한 심정과는 달리 느릿느릿한 말투로 말했다.

"전하, 신이 전장상황을 알아보고 대비하겠습니다."

이성계는 최영을 노려보고 나서 우왕에게로 눈길을 돌렸다.

"전하, 저에게 들어온 보고로는 찬성사 심덕부와 홍징, 황희석, 정승하 장수들이 홍원에서 왜구에게 대패하고 도망가 버렸다고 합니다. 제가 가지 않으면 개경이 위협받게 됩니다."

"문하시중, 그게 정말이오?"

우왕이 놀라 최영에게 물었다. 최영은 당황한 듯 얼굴을 붉혔지만 여전히 느긋하게 대처했다.

"전하, 전장의 상황이 어떻게 급변할지 모르니 조금 더 기다려 보심이 옳은 줄로 압니다."

이성계가 발끈해서 소리쳤다.

"그럼 문하시중께서는 이곳 개경이 짓밟히는 것을 눈으로 보고서야 제 말을 믿으시겠다는 말씀입니까!"

"말을 함부로 하지 마시오. 지금 상황을 알아보는 중이니 조금만 기다려 보시오."

최영을 상대해봤자 득이 될 게 없다고 생각한 이성계는 우왕에게 더욱 다가서며 일렀다.

"전하, 동북면이 입술(脣)이라면 개경은 이(齒)입니다. 입술이 없으면 이도 견딜 수 없는 법입니다. 동북면과 개경은 순치와 같사옵니다."

이성계의 설득에 우왕은 겁을 먹기 시작했다. 우왕은 최영의 눈치를 살피며 떨리는 음성으로 말했다.

"문하시중, 이장군을 동북면 왜구토벌지휘사로 임명하는 것이

어떨까요?"

　조정의 대신들도 모두 최영을 주시하고 있었다. 최영은 마지못해 고개를 끄덕이고는 황급히 자리를 떴다. 우왕은 한숨을 내쉬며 이성계에게 말했다.

　"경을 동북면 왜구토벌지휘사로 임명하니 가서 최선을 다해서 왜구를 섬멸하시오."

　이성계는 분통이 터졌다. 속이 타고 입에 침이 말랐지만 임금 앞이라 내색을 할 수도 없어 더욱 답답했다. 그는 끓어오르는 분노를 삼키며 신하로서의 예를 갖추었다.

　"전하, 성은이 망극하옵니다. 왜구를 섬멸하고 돌아오겠습니다."

　어전을 물러나온 이성계는 곧장 무장을 갖추고 수하의 장수들과 군사들을 이끌고 동북면으로 향했다.

　이성계가 함주에 이르자 그의 부장 이두란, 고여, 편장 이천기, 오일 등이 모여들었다. 그들은 이성계가 아니면 누구도 움직일 수 없는 세력이었다. 이들 동북면 정병들은 이성계의 지휘 아래 지세를 이용하고 매복과 기습을 감행하여 전세를 뒤집었다. 차츰 밀리던 왜구들은 지리멸렬 흩어지기 시작하였다. 이성계가 돌아오자 사기가 충천한 여진인들은 왜구들의 씨를 말리기로 작정을 한 듯 왜구를 보는 족족 도륙하였다. 동북면에 출정하였던 왜구들은 생존자가 없었다.

　이성계는 동북면 지방의 왜구토벌작전의 공을 인정받아 부수상 격인 수문하시중(守門下侍中)에 올랐다.

4. 무학대사

1388년 초, 명나라는 고려에 철령위를 설치하고, 관리를 파견하여 철령 이북의 땅을 명의 요동부에 예속시키겠다는 통보를 해왔다. 친원배명 정책을 펴던 최영은 우왕에게 주청하여 요동정벌을 계획하고, 전국 5도의 각 성에 성을 수축하는 한편 군사를 서북면에 집중 배치하여 명나라의 기습작전에 대비하였다.

이성계는 우왕과 최영이 요동정벌에 집착하는 것이 마음에 걸렸다. 국토를 침략한 외적을 막는 것은 군인이 된 자로서 당연한 도리겠으나 최영의 요동정벌 계획에는 정치적인 야심이 섞여 있다는 생각이 들었기 때문이었다. 더군다나 고려군은 잦은 전쟁으로 인해 극도의 피로감에 빠져 있었다. 섣부르게 무력으로 일을 해결하려고 한다면 오히려 고려가 위험에 처할지도 모르는 일이었다.

때이른 더위가 찾아와 이마에 송골송골 땀이 맺히는 봄날이었다. 이성계는 선죽교 옆 나무 그늘 밑에서 하염없이 흐르는 냇물을 바라보며 상념에 젖어 있었다.

"형님, 거기서 혼자 뭐하십니까?"

이성계가 돌아보니 이지란이 다가오고 있었다. 이지란과 보개, 이두란 등의 부장들은 사석에서 이성계를 '형님'이라고 불렀다.

"물을 바라보고 있으려니 상념이 절로 사라지는군."

"요즘 머리를 어지럽히는 일이 많으시죠?"

"나는 천상 군인으로 태어난 모양이야. 정치를 하자니 마음이 편치 않아."

이지란도 이성계와 같이 물을 바라보았다. 졸졸거리며 흘러가는 시냇물 소리에 새가 지저귀는 소리가 언뜻언뜻 스며들었다가는 흩어졌다. 이성계는 꼼짝 않고 앉아 물에 시선을 놓고 있었지만 그가 진정으로 무엇을 보고 있는지는 이지란으로서는 알 길이 없었다. 이성계를 곁눈질하던 이지란이 조심스럽게 말을 걸었다.

"형님, 오늘 저랑 같이 어디 좀 안 가시겠습니까? 아주 재미있는 스님 한 분이 있다고 들었습니다."

이성계가 고개를 외로 틀고 이지란을 향해 눈살을 찡그렸다.

"무학대사라는 분인데, 아주 괴짜에다가 예사 사람이 아닌가봅니다. 천문지리와 음양 도참설은 물론이고 파자점과 해몽술에도 도통하고 사주팔자에도 능하답니다. 답답하실 때는 그런 위인을 만나 이야기를 나누는 것도 좋을 듯합니다."

"나도 그 스님에 대해서는 들은 바가 있네. 원에 유학 가서 인도 지공스님에게서 선불교(禪佛敎)를 전수 받고, 공민왕 왕사(王師)인 나옹 스님이 전법제자(專法弟子)로 삼았는데, 나옹의 제자들이 무학대사가 천민출신이라고 반대해서 의발(衣鉢, 가사와 바리띠)을 전수 받지도 못했다고 하더군."

"그래서요?"

묻는 쪽은 오히려 이지란이 되어 있었다.

"나옹 스님은 궁리 끝에 전법제자임을 알리는 시 한 수를 지어 그에게 주었다고 하더군. '이 세상 모든 사람이 너를 인정하지 않아도 나는 너를 인정하겠다' 그런 뜻이었겠지. 그 이후로 무학대

사는 세상을 등지고 토굴 속에 살면서 도통(道通)했다는 것 아닌
가?"

"아이고, 우리 형님, 아시는 것도 많수. 그러면 잘 됐습니다. 말
나온 김에 오늘 그 스님에게 한번 가 봅시다."

"가서?"

"뭐, 이것저것 물어보고, 세상 살아가는 이야기도 나누고 그러
는 거지요?"

"자네는 그 스님을 만나본 적이 있는가?"

"아닙니다. 저도 말만 들었지 만나보지는 못했습니다."

이성계는 다시 물에 시선을 놓았다. 이지란은 한참 열이 올랐다
가 이성계의 반응이 시큰둥해지자 털썩 주저앉으며 툴툴거렸다.

"하기야 뭐 형님이 그런 것 믿는 분도 아니고……"

이성계는 그런 이지란을 곁눈으로 보고 있다가 그의 어깨를 툭
쳤다.

"가세. 가서 자네 처자 사주나 풀어보세."

이성계와 이지란은 말머리를 나란히 하고 무학대사가 있는 석
왕사를 찾았다.

이성계와 무학은 얼굴을 마주 대하자마자 상대방의 범상치 않
은 관상에 적이 놀랐다. 두 사람 다 위인을 알아보는 심미안을 갖
추고 있었던 것이다. 이성계는 상대방을 뜯어보는 자신의 눈길에
행여 적의라도 담길까 싶어 일부러 주위를 두리번거리며 딴청을
피웠다. 무학은 지긋한 눈길로 이성계의 눈을 들여다보다가 눈을
감았다. 두 사람의 하는 모양을 보고 있던 이지란이 끼여들었다.

"두 분이 오늘 초면이 아니시오? 원수진 사람들처럼 서로 외면하니 이게 무슨 일이오?"

그제야 이성계가 헛기침을 하며 무학을 향해 합장을 했다. 무학도 눈을 떠서 얼굴을 붉히며 합장으로 답례를 했다.

"스님, 우리 형님 관상이나 봐주시오."

그러자 이성계가 손을 내저으며 이지란을 가로막았다.

"그보다는 제가 얼마 전에 상서로운 꿈을 하나 꾸었는데, 해몽을 부탁드리겠습니다."

사주나 관상, 해몽에 전혀 관심이 없을 것 같던 이성계가 도리어 나서서 부탁을 하니 이지란은 놀라지 않을 수가 없었다.

"꿈 애길 해보십시오."

이성계는 헛기침을 두어번 내뱉은 후에 이야기를 시작했다.

"제가 말을 타고 어딘가에 도착해보니 두만강에서 동해바다로 옥수같이 맑은 강물이 흘러드는 것이 보였습니다. 그 강물이 하도 맑아서 손을 담가보려고 말에서 내려서는 순간 땅의 머리가 들려 제 왼쪽 가슴에 안겼습니다. 그래서 왼팔로 땅의 머리를 감싸안고 오른손은 땅의 머리 위로 흐르는 강물에 담가 물이 흐르는 방향으로 손을 저으며 물을 동해로 흘려 보냈습니다. 그게 전부입니다."

곁에서 이지란이 퉁바리놓았다.

"에이, 무슨 꿈이 그렇습니까? 돼지라도 한 마리 덥석 안지 않으시고……."

무학대사는 이지란의 말에는 신경도 쓰지 않고 이성계에게 물었다.

"땅의 머리라니…… 어떻게 보이던가요?"

"반도의 머리가 나타나 보였습니다. 백두산에서 삼수, 무산, 회령, 경원, 경흥땅이 한꺼번에 보였습니다. 꿈속에선 제가 어마어마한 거인이었나 봅니다."

"왼팔로 나라의 머리를 안고 오른손으로 나라의 머리를 쓰다듬으셨다는 말씀인데…… 또 다른 것은 없었습니까?"

이성계는 머리를 갸웃거렸다. 무학대사가 다시 물었다.

"동해는 어땠습니까?"

"파도는 없고 끝없이 푸른 바다가 이어졌습니다."

"잠깐만 기다리십시오."

무학대사는 일어나서 불상 앞에 촛불을 켜고 향을 피웠다. 그는 합장을 하고 밖으로 나갔다가 커다란 책을 들고 나왔다. 대사는 수많은 글이 수록된 두꺼운 불교 경전을 이성계 앞에 놓았다.

"손이 가는 대로 책을 펴 보십시오."

이성계가 책을 잡았다가 놓으면서 첫 장을 폈다.

"이 중에서 마음에 드는 글자를 손가락으로 짚어 보십시오."

이성계가 문(問)자를 짚었다.

"본은 어디시옵니까?"

"전주이옵니다."

"전주 이씨라……."

무학은 긴장한 빛이 역력한 눈길로 이성계를 바라보았다.

"나무아미타불 관세음보살. 임금 군(君)자가 겹으로 보입니다. 이는 왼쪽으로 봐도 그렇고, 오른쪽으로 봐도 그렇습니다. 이 점괘는 꿈하고도 일치합니다. 당신은 고려 땅의 머리를 팔에 안았으니 고려의 주권을 한 몸에 지닌 것이요, 백두산에서 흐르는 물을 해가 뜨는 동해로 흘려 보냈으니 스스로 태양이 되어 솟아오른다는 뜻이요, 왼손으로 나라를 안았으니 왕명을 거스르고 주권을 차지한다는 뜻입니다. 당신은 물이 흐르듯이 내어 맡기고 있으면 주권이 통째로 그 뒷면까지 보이면서 품에 안기게 될 겁니다. 흐르는 물을 손으로 저어 흘려 보낸 것은 아주 자연스럽게 백성의 뜻……"

"닥치시오!"

이성계는 버럭 화를 내며 일어섰다.

"지금 나에게 역적질을 하라 부추기는 거요!?"

이지란은 누가 들을세라 문으로 다가가 바깥을 살폈다.

"그 따위 하찮은 사술로 사람의 마음을 어지럽히다니…… 요사한 짓 그만두시고 불도에 정진하시오!"

무학은 눈을 감은 채 목탁을 두드렸다. 이성계는 거친 숨을 내쉬다가 몸을 돌렸다.

"가자!"

이지란은 이성계와 무학대사를 번갈아 보다가 엉거주춤 몸을 일으켜 이성계의 뒤를 따랐다. 무학대사는 자리에 앉은 채 염불을 외웠다.

석왕사를 빠져 나온 이후로 이성계는 말이 없었다. 표정이 굳어져 있는 그의 뒤를 따르며 이지란은 눈치만 살폈다. 뭐라고 한 마디 말이라도 걸면 날카롭게 퉁겨져 나올 것만 같았다. 그래도 이지란은 자신이 모시는 윗사람이 왕이 될지도 모른다는 점괘에 마음이 두근거리지 않을 수가 없었다. 그는 용기를 내어 이성계의 말에 자신의 말을 바짝 붙였다.

"그런데 문(問)자를 군(君)자로 풀이하는 게 참 이상합니다. 형님이 다른 글자를 짚었어도 그런 풀이가 나왔을까요?"

이성계가 무서운 눈초리로 이지란을 쏘아보았다. 이지란은 가슴이 뜨끔했지만 못 본 척 능청스럽게 말을 이었다.

"그래도 무학도사가 도량이 깊은 승려인데, 헛소리야 하겠습니까?"

이성계의 일갈이 떨어졌다.

"그만 닥치지 못하겠느냐!? 미혹한 사람들의 마음을 어지럽히고 복채나 뜯어내자는 수작을 왜 모른단 말이더냐!? 우리 가문이 역적으로 몰려 삼대가 멸하는 걸 보고 싶지 않거든 입 닥치거라!"

이지란은 이성계의 호통에 몸을 움츠리며 입을 쑥 내밀었다.

하지만 다음날에도 이지란은 이성계를 집요하게 물고 늘어졌다. 이성계가 연못가에 앉아 물을 바라보고 있을 때 이지란이 뜰로 들어서서는 급한 몸짓으로 이성계에게 다가왔다.

"어린아이처럼 웬 호들갑이냐?"

이성계의 책망에도 아랑곳없이 이지란은 이성계를 뜰 후미진 곳으로 이끌었다.

"제가 성문 밖의 거지를 말쑥하게 차려 입혀서 무학대사에게 보냈습니다. 그리고는 경전을 펴거든 문(問)자를 짚으라고 일렀더랬습니다."

이성계의 눈꼬리가 위로 치켜 올라갔다.

"네 이놈! 아직도 요승의 사술에서 헤어나지 못하고 미련한 짓을 했더란 말이냐!?"

이지란은 이성계가 호통을 칠 때 두 눈을 꼭 감았다가 다시 뜨면서 계속 말을 이었다.

"글쎄, 그랬더니 무학대사가 뭐랬는 줄 아십니까?"

이성계는 듣기 싫다는 듯 자리를 급히 떴다. 이지란은 그를 뒤따르면서 이야기를 이어나갔다.

"단박에 거지인 줄 알아내더랍니다. 왜 멀쩡한 사람을 보고 거지 취급하느냐고 따졌더니, 문(門)에서 입(口)을 벌리고 구걸을 하고 있으니 네가 거지가 아니고 무엇이냐고 하더랍니다. 신통하지 않습니까?"

이성계는 걸음을 멈추고 이지란을 노려보았다. 칼이라도 들고 있다면 금방이라도 내리칠 기세였다. 이지란은 고개를 조아리며 슬금슬금 물러났다. 뜰에 혼자 남은 이성계는 눈살을 찌푸린 채 하늘을 올려다보았다. 마른번개라도 칠 듯 두꺼운 먹구름이 잔뜩 껴 있었다.

5. 위화도 회군

최영은 요동정벌을 강력히 반대하는 이자송을 제거하고 세자와 왕족들을 한양산성으로 피신시키는 등 국가 전체를 전시체제로 몰고 갔다.

우왕이 이성계를 찾았다.

"전하, 부르셨사옵니까?"

"내가 요동을 공격하고자 하니, 경은 마땅히 힘을 다하시오."

"전하, 요동 정벌에는 네 가지 불가(不可)한 점이 있습니다. 소(小)로써 대(大)를 거역하는 것이 첫째 불가한 것이고, 농사철에 군사를 일으킴이 둘째 불가한 것이며, 요동을 공격하게 되면 왜구에게 침입할 틈을 주게 되므로 이 점이 셋째 불가한 것입니다. 게다가 전쟁이 정점에 이를 때는 여름철이라서 비가 자주 내리므로 아교가 녹아 활이 녹고, 군사들은 질병을 앓을 것입니다. 이점이 넷째 불가한 것입니다."

우왕은 이성계의 사불가론을 옳다고 생각했다. 왕은 최영을 불러 이성계가 내세운 사불가론을 거론하며 요동정벌에 대한 의견을 개진했다. 우왕은 내심 최영이 마음을 바꾸기를 기대했다. 하지만 최영은 뜻을 굽히지 않았다.

"이번 기회에 요동을 정벌하지 않으면 우리 민족은 두고두고 명과 같은 강국의 손아귀에서 벗어날 수 없습니다! 언제까지 우리가 이민족의 간섭을 받으며 속국으로 살아야 하옵니까!? 신을 비롯한 대신들의 이 결정은 우리의 후세를 위한 민족 최대의 도박이 될 것이옵니다. 중론을 모아도 힘이 모자랄 판국에 전하께옵서 흔들리시면 아니 되옵니다."

이성계의 말도 최영의 말도 모두 일리가 있었다. 우왕은 쉽사리 결정을 내리지 못하고 갈팡질팡했다.

"전하, 신을 믿으시옵소서. 우리는 결코 명에 비해 군사적으로 뒤지지 않사옵니다. 우리에게는 이성계와 같이 하늘이 내린 장수가 있사옵니다. 요동 정벌은 반드시 성공할 것이옵니다."

그해 4월, 우왕은 최영을 팔도도통사로 삼고, 좌군도통사에 조민수, 우군도통사에 이성계를 임명하고 요동 정벌군을 출병시켰다.

요동 정벌군은 좌우군 3만 8천 830명, 겸속 1만 1천 634명, 말 2만 1천 682필을 10만 병력으로 위장하여 출동했다. 병력도 대규모이지만 말이 동원된 수로 보아서 기동력도 대단하였다. 요동 정벌군이 압록강에 당도한 것은 5월 중순이었다. 압록강 가운데에는 위화도라는 섬이 있었다. 그들은 압록강에 나무다리를 만들어 위화도로 진입하여 전열을 가다듬었다. 거기서 다시 강 건너 만주까지 나무다리를 설치해야 했다. 요동 정벌군은 위화도를 중간 기점으로 양쪽에 다리를 설치하여 강을 건넌 후 요동성을 공략할 계획이었다. 이때 장마가 시작되며 강물이 불어나기 시작했다. 정벌군은 북으로 진군하지 못하고 섬에 장기간 주둔하게 되었다. 부대마다 무단 이탈자가 속출하고 비 피해로 사상자가 늘어났다.

요동 정벌군의 행군을 가로막는 문제점은 한두 가지가 아니었다. 요동까지는 많은 강을 건너야 하는데 장마철이라 우마차가 기동을 못하여 군량 운반이 불가능했다. 그리고 습기로 활이 풀려서 활을 쓸 수가 없었다. 화살대와 화살촉을 연결하는 아교도 녹아내렸다. 말과 병사들은 장대비에 그대로 노출이 되어 건강상태도 말이 아니었다.

이성계는 조민수와 상의하여 군대를 서경에 주둔시켰다가 가을에 출병할 것을 상소하였다. 그러나 우왕과 최영은 이를 묵살하고 오히려 위화도에 있는 장수들에게 금과 비단 말 등을 보내며 진군을 독려하였다.

5월 18일 이성계는 조민수와 함께 좌우군합동 장수회의를 소집하였다. 장수들은 회의장 천막 입구에 도착해서 신발에 엉겨붙은 황토를 떼어내느라 한동안 애를 먹었다. 하늘에는 아직도 회색구름이 잔뜩 긴 채 빗방울을 뿌리고 있었다. 이들은 한결같이 검은 장막이 드리운 것처럼 얼굴이 어두웠다. 장수들이 모이자 장내가 시끄러워졌다.

"이런 개자식들! 먹을 물도 없고, 샘이 모두 흙탕물이에요. 밥도 못 먹이면서 무슨 전쟁을 하자는 말입니까?"

우왕과 최영을 향해 대놓고 욕지거리를 일삼는 장수들도 있었다. 하지만 누구 하나 그들에게 불충하다고 충고를 하는 이는 없었다. 모두들 우왕과 최영의 섣부른 판단에 불만을 갖고 있었다.

"어디 못 먹은 게 사람뿐이오? 말들은 더해요. 말 먹일 풀이 없어요. 사람 입보다 말 입이 더 겁나요."

"우리 새끼들은 말을 잡아먹었습니다. 조금 있으면 저희들끼리 잡아먹을 겁니다."

"그 늙은이가 죽으려고 환장을 했지. 그놈을 데려다 압록강 붉은 물에 쳐 넣어야 한다구요."

장수들은 저마다 욕지거리라도 내뱉지 않고는 분이 풀리지 않는다는 듯 큰소리로 떠들어댔다. 하지만 조민수와 이성계가 들어서자 그들은 입을 다물었다. 이성계 우군도통사가 회의를 주재했다.

"제장들, 우중에 고생이 많으리라 생각합니다. 비가 계속될 것 같으니 저지대에 있는 부대는 미리 고지대로 이동하여 병력이나 장비 군수물자가 비에 훼손되지 않도록 대비하시기 바랍니다. 또한 섬 외곽 내륙에 있는 경비대의 경비활동을 강화하도록 해야 합니다. 우중에 적의 기습이라도 받게 된다면 더 큰 어려움에 직면하게 될 것입니다. 앞으로 장마가 물러나고 강물이 빠져 군사를 움직이려면 한달 또는 그 이상 지체할지도 모릅니다. 무엇보다 이러한 우리의 취약점이 적들에게 노출된다면, 우리 군대뿐 아니라 고려가 도리어 역공에 처할 수도 있다는 것을 유의하시기 바랍니다. 그래서 제장들과 함께 문제점을 짚어보고 대책을 세우고자 하오니 기탄 없이 얘기하시기 바랍니다."

"장군, 지금 이 상황에서 무슨 대책이 있겠습니까? 이 전쟁을 무리하게 주장한 자들부터 쓸어버려야 합니다."

"맞아요. 최영부터 죽여야 합니다."

이성계는 지휘봉으로 탁자를 내리치며 소리쳤다.

"감정적인 언사는 삼가시오! 그렇지 않아도 군사가 동요하고 있는 판국에 장수들이 먼저 흐트러지면 어떻게 기강을 잡을 수 있겠소!?"

이성계는 군인들 사이에서 신격으로 추앙받고 있었다. 그의 일갈이 떨어지자 장수들은 모두 입을 다물고 자리에 앉았다.

"서경도원수 심덕부입니다. 저는 이곳을 관할하는 장수로서 압록강에 대해서 잘 압니다. 장마는 보통 한달 동안 지속되고 심하면 압록강이 넘쳐서 위화도뿐 아니라 이웃 심도까지 잠기는 경우도 있습니다. 강물이 불어서 우리가 건너온 나무다리라도 떠내려간다면 병사들과 말을 모두 굶겨 죽이는 최악의 사태가 올 수도 있습니다. 빨리 위화도를 벗어나지 않으면 큰일납니다. 만주벌판에는 크고 작은 강들이 많은데 수백 리가 물에 잠겨서 보급추진이 불가능합니다. 장마가 끝나고 나면 무더위가 기승을 부리고, 말이나 가축이 죽어서 전염병이 창궐하게 될지도 모르는 일입니다. 자칫하면 병사들과 말들을 다 죽이게 됩니다. 이러한 이유로 무조건 회군하심이 지당한 줄 아옵니다."

"회군에 동감이오."

"회군에 찬성합니다."

여기저기서 장수들이 산발적으로 자신들의 의견을 표했다.

"좌중군 조순입니다. 변방의 국가가 상국(上國)을 범(犯)하는 것은 옳은 일이 못되나 임금의 명(命)을 듣지 않고 회군하는 것은 더욱 옳지 않다고 봅니다. 따라서 소장은 회군에 반대합니다."

그는 30여명의 장수들 가운데 위화도회군을 반대한 유일한 장수였다. 장내는 잠시 어색한 침묵이 흘렀다. 그러자 이성계가 조민수 장군을 돌아보았다.

"좌군도통사께서 의견을 말씀해 보시지요."

"우리 좌군의 수장격인 서경도원수 심덕부 장수께서 알기 쉽게 압록강과 만주의 특성을 잘 설명해 주셨습니다. 저도 회군하자는 여러 장수들의 의견에 찬성합니다. 본인과 이성계 도통사께서는 이미 회군에 대한 상소를 올린 바 있습니다."

"회군에 대한 다른 의견 없습니까?"

"네, 장군. 전라도 부원수 최운해 한 말씀 올리겠습니다. 우리가 역사에 없던 요동 정벌을 5만 명의 병력을 10만 명이라고 허풍을 치면서까지 감행해야 할 이유는 없다고 봅니다. 요동 정벌 계획 뒤에는 최영의 음모가 있다고 봅니다."

"음모라니? 얘기해 보시오."

"회군하지 않고 진군하면 고려군은 질병과 적군과의 전투로 전멸당할 겁니다. 전쟁에 패하면 전쟁배상을 위한 세금징수로 백성들이 죽어날 것이고, 일선에 투입된 이성계, 조민수 도통사와 예하 장수들의 목을 베고 사과를 해야 할 겁니다. 이때 최영은 주도권을 놓지 않고 전쟁의 마무리를 하고 있을 겁니다. 요동을 정벌한다 해도 우리 병졸은 절반 이상이 죽거나 불구가 되고, 병력은 형편없이 약화될 것입니다. 정벌 후의 수성은 더욱 어려워서 교체할 병력도 없고 거기서 빠져 나오지 못하고 유배당하는 것이지요. 결국 승리의 열매는 팔도도통사인 최영의 것이 됩니다. 최영의 지위는 이 전쟁의 승패와는 관계가 없습니다. 이는 최영이 우리를 사지에 몰아넣으며 독전하는 이유이고, 중앙에서 통제하기가 어려운 우리 군벌세력을 약화시키려는 음모가 있는 겁니다. 여기서 간과할 수 없는 가장 큰 문제는 주력부대가 만주에 주둔시 본토가 외침을 당하면 국가 존립이 위험하다는 것입니다."

"옳소. 옳아요."

"최운해 장수가 정확히 간파했어요. 우리 최영을 죽입시다."

장수들이 이구 동성으로 소리쳤다. 몇몇은 최운해의 웅변에 박수를 보내기도 했다. 장수들은 모두 일어나서 저마다 흥분하기 시작했다. 젊은 장수들의 가슴에 쌓인 불만과 분노는 항명으로 발전하고 있었다. 이를 지켜보는 이성계는 마음이 무거웠다. 애초에 사불가론을 펴며 요동 정벌의 부당성을 상소하였으며 전장에 나와 있는 지금도 여전히 이 전쟁이 무모한 도전이라고 생각하고 있는 그였으나, 자신이 왕명을 거스르는 역적 무리의 수괴가 되어 칼날을 임금에게 향해야 한다는 사실을 받아들이기는 힘들었다.

장수들이 물러가고 난 뒤 이성계는 착잡한 마음을 가라앉히기 위해 진영을 둘러보았다. 하지만 그의 마음은 더욱 더 무거워졌다. 비를 피할 곳도 없어 고스란히 장대비를 맞으며 몸을 떨고 있는 병사들을 대하자 목에 묵직한 이물이 걸린 듯 가슴이 답답했다. 그는 우장을 벗고 병사들과 같이 비를 맞았다. 어디선가 구성진 목소리가 고향에 두고 온 식구들을 그리워하는 노래를 부르고 있었다. 병사들은 노랫소리를 들으며 비의 장막 너머에 있는 어둠을 향해 넋을 놓고 있을 뿐이었다.

'이들을 집으로 돌려보내야 한다.'

이성계는 두 주먹을 불끈 쥐었다.

'나라와 백성이 임금 위에 있다.'

가슴에 자리잡기 시작한 결의를 더욱 단단히 다지기라도 하겠다는 듯 그는 두 눈을 부릅뜨고 어둠을 응시했다.

5월 20일 이성계는 조민수와 함께 말머리를 돌려 서경으로 향했다. 평양에 있던 우왕은 조전사 최유경의 급보를 받았다.

"전하, 이성계와 조민수가 왕명을 어기고 위화도를 빠져 나와 회군하고 있답니다."

"아니, 회군이라니. 회군이라면 어떻게 되는 건가?"

"왕명을 어겼으니 반역입니다."

"뭣이라!? 반역!"

"전하……"

"팔도도통사는 어디에 있느냐? 최영 장군을 빨리 찾아오라!"

이때 회군보고를 접한 최영이 얼굴이 파랗게 질려 달려왔다.

"전하, 위험하오니 빨리 개경으로 돌아가셔야 하옵니다."

"팔도도통사! 놈들이 반역을 하였다는데 이성계와 조민수를 파직하고 극형에 처하시오."

"전하, 반드시 그리하겠습니다. 우선 몸을 피하셔야 하옵니다."

"내군과 중군은 어디 있소?"

"내군은 그들을 막기에 역부족이옵니다. 중군이 있는 개경으로 모시겠습니다."

개경에 돌아온 최영은 궁성의 수비를 튼튼히 하였다. 그리고 전국 방방곡곡에 포고문을 붙였다.

'역적 이성계와 조민수를 잡아 목을 베어오는 자에게는 신분고하를 막론하고 포상과 관직을 하사함. 이는 왕명임.'

이러한 포고문을 보자 야심에 찬 군관들뿐 아니라 산적이나 건달들까지 팔자를 고쳐볼까 하여 최영의 진영에 몰려들었다.

위화도에서 회군을 단행한 지 보름만에 개경에 당도한 좌우군은 수적으로 우세한 병력을 앞세워 개경의 도성을 포위하였다. 이성계의 우군이 지문하사 유만수군(軍)을 선봉으로 숭인문을 공격하였지만 최영의 군사에 패하고 물러났다. 또한 좌군의 서경도원수 심덕부군(軍)이 선의문을 공격하였으나 이 역시 최영의 군사에 밀려났다.

이성계는 난감했다. 동족을 향해 칼을 들이대자니 칼을 잡은 손에 힘이 들어가지 않았다. 그리고 이성계의 회군은 왕명을 거슬렀다는 이유로 명분이 없어 군사의 사기도 올라가지 않았다. 이성계가 난관에 빠져 있을 때 성균관 대사성 정도전이 이성계를 찾아왔다. 정도전은 파직과 유배로 곤경에 처했을 때 이성계의 천거로 관직에 되돌아온 이였다. 이성계보다 두 살 아래인 그는 이성계를 친형처럼 따랐다.

"지금 명분 싸움에서 형님이 최영에게 밀리고 있습니다."

다 알고 있다는 듯 이성계는 고개를 끄덕였다.

"그렇다고 힘으로만 밀어붙인다면 나중에 후유증이 심하게 됩니다."

그 말에도 역시 이성계는 고개만 끄덕일 뿐이었다.

"명분 싸움에서 주도권을 잡아야 합니다."

"신하가 임금을 치는 판국에 우리에게 내세울 만한 명분이 어디 있는가?"

"있사옵니다."

정도전은 이성계에게 귓속말을 전했다.

우왕의 선왕인 공민왕은 왕비가 죽은 후 정사는 뒷전으로 미뤄둔 채 방탕을 일삼았다. 그 틈에 공민왕의 절대적인 신임을 얻고 있던 승려 신돈이 정권을 장악했다. 신돈은 첩인 반야에게 태기가 있자 공민왕의 방에 들여 합궁하게 한 후 자신의 씨로 왕을 잇게 하고자 했다. 공민왕은 왕자 우가 신돈의 씨임을 알면서도 우를 숨겨두었다가 나중에 후실인 한씨 소생의 아들임을 내세워 태자로 책봉했다. 하지만 이 세상에 비밀은 없었다.

정도전의 귓속말을 듣고 있는 이성계의 표정이 일그러지더니 급기야 긴 한숨을 내쉬었다.

"그건 비겁한 짓이네. 차라리 역적의 수괴가 되어 역사의 심판을 받겠네."

"아니 될 말씀입니다! 진정 피를 보실 작정이십니까? 우리끼리 피를 흘리는 소모전을 치른다면 결국 호시탐탐 고려를 노리는 왜구나 명에게 구실을 제공할 뿐입니다."

이성계는 한숨만 내쉴 뿐이었다.

"모든 것은 이 아우에게 맡겨 주십시오. 사대부와 유생들을 끌어들이기 위해서는 정몽주의 이름을 빌려야 하실 것입니다."

"진정 그리 해야 한단 말인가. 진정 이 방법밖에 없단 말인가."

이성계는 혼잣말을 하듯 중얼거렸다. 그의 얼굴은 보기 안쓰러울 정도로 일그러졌다. 차라리 변방을 지키는 무장으로 남았더라면 이러한 일을 겪지 않았을 거라는 후회가 가슴을 후벼팠다.

삼 일 후 새벽, 도성 안팎에는 사대부와 대간들, 유생들이 연서한 격문이 뿌려졌다.

'우왕은 죽은 신돈의 자식이다. 그의 어미는 신돈의 첩 반야다. 백성들은 이임인과 최영에게 속았다. 우왕을 폐하고 정통 왕가의 왕씨를 모시는 폐가입진(廢假立眞)을 하여야 한다. 예문관대제학 정몽주와 유생들은 이성계, 조민수 장군과 함께 왕가의 적통을 바로 세우고, 백성을 속인 역적 최영을 탄핵하기로 하였다.'

　이러한 격문의 효과는 곧바로 나타났다. 숭인문을 지키던 윤소종과 남재가 올바른 왕을 세워야 한다는 뜻에 찬동하는 의사를 밝혔다. 다음날 이들은 숭인문을 열고 이성계군에 가담하여 왔다. 최영 휘하 중군의 전투의지가 무너지면서 중군에서 많은 병졸들이 이탈하기 시작했다. 회군들이 성안으로 물밀듯이 덮쳐왔다. 선의문을 지키던 우현보와 송광미가 우왕이 숨어있는 화원으로 후퇴하였다. 최영도 남은 병사들을 추슬러서 화원으로 철수하였다. 화원(畫院)은 궁중의 미술관으로 화공들이 그림을 그리고 보관하는 왕의 별관이었다. 육각형 5층으로 지어진 화원에는 죽(竹), 산수(山水), 인물(人物), 조수(鳥獸), 화초(花草)의 그림들이 가득히 보관되고 있었다. 좌우군은 화원으로 물밀듯이 달려가 담을 무너뜨리고 달려들었다. 그러자 화원을 지키던 최영의 장졸들은 손을 들고 말았다. 화원에 돌아온 최영은 모든 것을 포기한 듯 화원의 경호실에서 곽충보와 그 병졸들에게 사로잡혔다. 우왕은 화원 5층에 있는 왕의 화실에 있었다. 우왕을 빙 둘러싼 화원의 승지와 20여명의 화공들이 무릎을 꿇고 최후의 순간을 기다리고 있었다. 화실의 어의 뒤 중앙벽면에는 공민왕이 그렸다는 사모화(思慕畫)가 걸려 있었다. 눈썹 같은 반달이 어스름 비추는 괴괴한 밤에 사당 지붕처마에 인경이 울고, 위패가 모셔진 사당 안에서는 촛불 사이로 향연(香煙)이 피어오르고, 향연 사이로 머리를 풀고 하얀

옷을 입은 보탑실리 공주가 아이에게 젖을 빨리며 미소를 짓고 하늘로 올라가는 그림이었다. 정면에는 우왕이 그린 솔개그림이 걸려 있었다. 뱀이 개구리를 잡아먹는데 솔개가 다시 뱀과 개구리를 잡는 그림이었다. 우왕 자신이 솔개가 되고자 한 것이었다. 하지만 그는 지금 또 다른 솔개에게 희생될 판이었다. 눈을 감고 있던 우왕은 장졸들과 함께 밀어닥친 이성계의 아들 이방원에게 붙들렸다.

6월 15일 개경을 함락시킨 이성계와 조민수는 요동 정벌을 명령한 최영을 축출하고 우왕을 폐위시켜 정권을 완전히 장악하였다.

하지만 반목은 거기에서 그치지 않았다. 궁성을 장악한 회군세력은 우왕을 폐한 후 새로운 왕의 옹립을 둘러싸고 조민수파와 이성계파간에 세력다툼의 양상이 빚어졌다. 이성계 일파는 왕자가 아직 어리므로 왕의 종친들 중에 한 사람을 뽑아 세우고자 했고, 세력이 약한 조민수는 이색과 연대하여 아홉 살인 왕자 창을 왕으로 옹립하였다.

정권을 장악한 회군세력은, 명나라 연호는 물론, 의관을 착용토록 함으로써 명과의 싸움을 피했다.

창왕의 옹립으로 갈등을 빚어온 조민수는 이성계 일파의 전제개혁을 반대하였다. 이성계 일파의 주시를 받아온 조민수는 과거의 부정부패로 조준(趙浚) 등의 탄핵을 받아 창녕(昌寧)에 유배되었다. 그후 창왕의 생일에 특사로 풀려났으나, 또다시 창왕의 혈통을 에워싼 논쟁으로 이성계 일파에 대항하다가 서인(庶人)으로 강등되고, 이듬해 다시 창녕으로 유배된 후, 배소에서 죽었다.

1389년 11월, 조준, 정도전 등은 자신들이 우왕을 축출했기 때문에 언젠가는 창왕이 자신들을 척결할 것이라는 우려감으로 우왕과 창왕을 신돈의 아들이라고 몰아 폐가입진(廢假立眞)을 주창하여 창왕을 폐위하여 강화도에 유폐시켰다.

6. 정몽주와 이방원

12월에 홍왕사에 문하시중 이성계를 비롯하여 위화도회군 출신 군벌 장수들인 심덕부, 지용기, 박위, 신진유학세력인 정몽주, 설정수, 성석린, 조준, 정도전 등 아홉 공신이 모여, 신종의 7세손인 정창군 왕요를 옹립하기로 결정하였다.

왕요는 고려 제34대 왕(공양왕)으로 즉위하였다. 이때 그의 나이 45세였다. 공양왕이 즉위하여 가장 먼저 내린 명은 우왕과 창왕의 주살이었다. 이때 우왕의 나이 25세였고 창왕은 10살이었다. 이들은 신돈의 후손이라 하여 능도 쓰지 않고 시호도 없었다.

정권을 장악한 아홉 공신은 정치, 경제, 사회, 교육, 문화 등 국정 전반에 걸쳐 유교 중심의 과감한 개혁작업을 시도하였다. 개혁세력 중 남은, 조준, 정도전, 박위 등은 이에 만족하지 않았다. 유교적 왕도정치를 꿈꾸는 이들에게는 고려왕조가 큰 걸림돌이었다. 그들은 역성혁명을 감행하여 철저한 유교사회를 건설하려고 하였다. 하지만 정몽주, 지용기, 이숭인, 이종학 등 온건개혁파의 생각은 달랐다. 그들은 고려왕조를 그대로 유지하면서 순차적으로 개혁을 실시하여, 사회 전반에 무리가 없도록 시행하는 것이 신하된 도리라고 주장하였다.

역성혁명파에는 이성계라는 거목이 강력한 무력적 기반을 형성하고 있었다. 시간이 지나면서 중도파인 심덕부, 성석린이 역성혁명파에 가담해 버리자, 양 세력의 균형이 깨지면서 역성혁명파에 힘이 쏠리기 시작했다. 온건파는 유일하게 무력적 기반을 가진 지용기가 왕익부의 역모사건에 연루되면서 제거되자, 오로지 문신관료들만 남게 되었다. 정몽주는 강력한 정치력을 발휘하여 이색의 문하생들을 다수 끌어들임으로써 신진관료들과 유학자들로 탄탄한 지지세력을 이루었다. 따라서 공양왕의 두터운 신임을 받게 되었다. 정몽주는 역성혁명을 주장하는 남은, 정도전을 제거하고, 궁극적으로 이성계를 제거하려는 기회를 노리게 되었다.

이방원은 사태가 불리하게 돌아가자 정몽주를 척살할 계획을 세우고 이를 부친인 이성계에게 고했다. 하지만 이성계는 정몽주가 아까운 인재임을 내세워 방원을 만류했다. 방원과 함께 이성계를 찾은 정도전은 폐가입진(廢假立眞)의 계를 써서 적과 동지를 확실히 가려내자고 제안했다.

1392년 3월 명나라에 갔다가 돌아오는 세자를 마중하기 위해 황주에 갔던 이성계가 사냥 중에 낙마하는 사건이 발생했다. 세간에는 이성계가 허리를 쓰지 못하고 자리를 보전한 채 병색이 완연하다는 소문이 파다하게 퍼졌다. 하지만 그 소문은 정도전이 정적들의 반응을 살피기 위해 부풀려서 퍼뜨린 것이었다. 정적의 우두

머리가 병중에 있다는 소식을 접한 정몽주는 때를 놓치지 않았다. 그는 이성계의 수족을 자르고 문하시중의 자리마저 대신하게 되었다.

상황을 지켜보고 있던 이방원이 이성계에게 모든 사실을 보고했다.

"아버님. 남은, 정도전, 조박, 남재, 윤소종이 귀양을 갔습니다."

"죄목이 무어더냐?"

"정도전은 가풍이 부정하고 가계가 불명확하다는 이유로……"

"허허, 정도전이 제가 세운 폐가입진의 계략에 스스로 걸려들고 말았구나."

"이제 피아(彼我)가 분명해졌습니다. 적들을 치겠습니다."

"정몽주도 말이냐?"

"그가 아버님의 수족을 다 자르고 문하시중에 올랐습니다. 아버님은 문하시중에서 해임되었습니다. 다음은 아버님의 목을 달라고 할 위인입니다."

이성계는 비록 정몽주와 적대관계에 놓이기는 했지만 그의 학문과 인품, 충정을 높이 사고 있었다. 그런 사람을 제거하자니 가슴이 아팠다.

"방원아, 그는 죽이기에는 너무 아까운 인물이다. 네가 가서 다시 한 번 설득해보도록 하거라."

방원이 물러간 후 이성계는 긴 한숨을 내쉬었다. 그는 두 눈을 감고서 부친 이자춘을 떠올렸다.

'아버님, 이것이 진정 십팔자왕의 길이옵니까? 너무나 많은 사람이 피를 흘렸습니다. 이것이 진정 십팔자왕의 길이옵니까?'

이성계는 자신이 무언가를 잘못하고 있다는 사실을 알고 있었다. 하지만 그는 만주 벌판을 누비며 외적과 사투를 벌이던 무장에서 이미 수많은 정적을 둔 정치인으로 변해 있었다. 칼과 방패로 국토를 수호한다는 명분은 사라지고 간계와 술수로 정적들을 제거해야 하는 길에 너무 깊이 발을 들여놓은 것이었다. 이성계는 최영이 무리하게 요동정벌을 주장하지 않았다면, 위화도에서 왕명을 거스르고 회군을 하지 않았다면 분명 자신은 다른 길을 걷고 있을 것이라고 생각했다. 그리고 분명 그 길은 의로운 길이었을 것이라고 또한 생각했다. 이성계는 앞으로 자신이 간계와 술수와 모함이 난무하는 정치판에 더욱 깊이 발을 들여놓을 수밖에 없는 운명에 처했음을 깨닫고 회한의 눈물을 흘렸다.

정몽주가 퇴청하고 있었다. 가마가 선죽교 근처에 다다랐을 때, 길가의 가죽나무 위에서 까마귀 한 마리가 가마를 내려다보며 까악 까악, 울었다. 가마 앞뒤에는 8명의 호위병이 창을 들고 따르고 있었다. 아전은 물럿거라를 계속 외치며 고려 최고의 실력자가 행차함을 알렸다. 선죽교 위에 말을 탄 이방원이 길을 막고 있었다. 호위병들이 이방원을 알아보고는 일방적으로 밀어붙이지 못하고 가마를 멈추게 했다.

"나 이방원이다. 대감을 좀 뵙자고 여쭈어라!"

아전이 가마에 대고 말했다.

"대감마님, 이방원이 대감마님을 뵙자고 합니다."

가마 안에서 목소리가 새어나왔다. 낮은 음성이었지만 위엄이 서려 있었다.

"오늘은 이 몸이 실로 피로하외다. 할말이 있으시면 내일 중추원으로 오시오."

이 말을 들은 방원이 큰 소리로 말하였다.

"대감, 내 부친의 측근들을 모두 귀양보내고 나니 마음이 편하시오? 대감의 진의가 도대체 무엇이오?"

정몽주가 가마에서 내려섰다. 그는 이방원을 바라보며 나직이 말했다.

"나는 그대의 부친을 도와 혁명을 이룬 사람이오. 내가 그대의 부친을 도운 것은 어지럽혀진 종사를 바로 세우기 위함이었지 이 나라의 왕조를 배반하기 위해서가 아니었소. 자의든 타의든 이 장군과 나는 다른 길을 걷게 된 거요. 나는 그대의 부친을 존경하오. 하지만 내가 존경하는 사람은 무장으로서의 그이지 정치인으로서의 그가 아니오."

이방원의 눈에 이슬이 맺혔다. 그는 두 주먹을 불끈 쥐고 입술을 파르르 떨었다. 하지만 그의 얼굴에 나타난 것은 분노가 아니라 슬픔이었다. 이방원은 고개를 떨구고 있다가 슬픈 눈을 들어 정몽주를 바라보았다.

"나는 지금 매우 서럽소. 나는 진작에 그대를 척살하려 했으나 아버님께선 그대와 같은 사람이 이 나라에 있어야 한다고 극구 말리셨소. 하지만 이제 분명히 해야겠소. 그대와 내가 가야 할 길은 너무도 다르오. 나는 지금 매우 서럽소."

정몽주의 아전이 소리쳤다.

"네 이놈! 감히 누구 앞이라고 함부로 입을 놀리느냐? 저 놈을 잡아서 강물에 던져버려라!"

정몽주가 말릴 새도 없이 호위병들이 달려들어 말 위의 방원을 끌어내리고는 선죽교 아래 강물로 던져 버렸다. 이때 선죽교 아래 강둑에 매복해 있던 방원의 병사들이 일어나서 일제히 활을 겨누고 정몽주의 호위병들을 쏘았다. 호위병들은 화살에 맞아 모두 쓰러져 죽었다. 사태가 이렇게 벌어지자 아전과 가마꾼들은 정몽주를 가마에 두고 모두 도망가 버렸다. 이방원의 수하장수 조영규가 정몽주를 가마에서 끌어내어 선죽교 위에 세워두고 목을 쳐 죽였다. 그의 목에서 뿜어져 나온 피가 선죽교 돌다리 위를 벌겋게 물들였다.

방원이 선죽교 위로 올라왔다. 그는 정몽주의 시신을 정중히 거두도록 이르고 혼잣말을 내뱉었다.

"대감, 용서하오. 우리가 적으로 만난 것을 누구를 탓하겠소. 대감의 신하된 충절을 높이 사겠소이다. 너무 원망하지는 마시오. 내가 대감을 죽이지 않았으면 대감이 우리 아버지를 이렇게 죽였을 게 아니오?"

이방원은 서산의 지는 해를 보며 실성한 사람처럼 웃어대기 시작했다. 어떻게 들으면 울음소리 같기도 했다.

성리학의 대가이며, 충효로 일관된 삶을 살아온 정몽주는 56세를 일기로 그렇게 생을 마감하였다.

7. 개국(開國) 조선(朝鮮)

이성계는 아침에 잠에서 깨자마자 몸을 일으키고는 고개를 갸 웃거렸다. 둘째 부인인 강씨가 그 모습을 보고는 의아한 표정을 지었다.

"잠자리가 편치 않으셨습니까?"

"아니오. 그냥……."

이성계는 대답을 얼버무렸다.

아침상을 물리자마자 이성계는 의관을 갖추고 길을 나서 이지 란을 찾아갔다. 이지란이 아침나절에 이성계의 방문을 받고는 역 시 의아한 표정을 지었다.

"무슨 일이십니까?"

이성계는 말을 꺼낼 듯 말 듯 한참을 머뭇거리다가 비로소 입을 열었다.

"자네 나랑 같이 좀 가줄 데가 있네."

"아침부터 어디를 가시려고요?"

"일단 말을 몰고 나오게. 가보면 알게 되네."

이지란은 영문도 모르고 이성계를 따라 나서게 되었다. 가는 도 중에도 어디로 가느냐고 이지란이 여러 차례 물었지만 이성계는 까닭 모를 미소로만 응답을 할 뿐 말이 없었다. 이윽고 말을 멈춘

이성계가 이지란에게 말했다.

"여기네."

이지란이 주위를 둘러보고는 깜짝 놀랐다.

"아니, 여기는……!"

석왕사였다. 이성계는 무학대사를 만나러 가는 길에 혼자 나서기가 서먹해 이지란을 대동한 것이었다. 이성계가 부끄러운 내색을 하며 말했다.

"어젯밤에 요상한 꿈을 꾸었는데 심상치가 않아. 무학대사에게 해몽을 부탁할까 하네."

이지란은 낯을 붉히는 이성계를 보며 허허, 웃음을 지어 보이면서도 마음 한 구석이 무너져 내리는 것을 느꼈다. 무학대사의, 왕이 될 거라는 해몽과 파자점을 보고 역정을 내며 호통을 치던 때의 이성계가 문득 그리워진 까닭이었다. 이지란은 무참한 기분을 누르며 이성계에게 웃음을 비쳤다.

"무슨 꿈을 꾸셨길래 이렇게 일찍 나서셨습니까? 궁금합니다."

"대사를 만나면 이야기하겠네."

이성계는 이지란을 앞세우고 석왕사로 들어섰다. 무학대사와 마주하게 되자 이성계는 과장된 몸짓으로 예를 갖추고 반가움을 표시했다. 그 모습을 보며 이지란은 가슴이 더욱 아렸다. 동북면을 호령하고 만주 벌판을 얼어붙게 만들었던 맹장은 이제 처세가 몸에 익은 초로의 정치인으로 변해 있었던 것이다.

무학대사는 예전에 이성계로부터 무안을 당한 사실은 까맣게 잊은 듯 이성계를 반갑게 맞았다. 방에 마주 앉은 두 사람은 서로의 안부와 근황을 필요 이상으로 물으며 시간을 보냈다. 예를 갖출 만큼 갖추었다고 판단이 선 무학대사가 먼저 이성계에게 찾아온 용건을 물었다.

"대사, 해몽을 부탁할까 하고 염치 불구하고 찾아왔습니다."

"소승이 도움이 될 수 있다니 무척 기쁩니다. 어서 꿈 얘기를 해보시십시오."

"낡은 기와집 대청에서 잠을 자는데, 갑자기 집이 흔들리더니 집이 와르르 무너졌습니다. 무너진 집더미에 깔렸다가 헤치고 나왔지만 상처가 전혀 없었습니다. 그런데 등에 무너진 지붕의 서까래 3개를 짊어지고 있는 것이 아닙니까. 괴이한 일이다 생각하고 있는데 어디선가 사람들이 구름처럼 몰려와서 모두 엎드려 절을 했습니다."

눈을 감고 이성계의 이야기를 듣고 있던 무학대사의 입가에 미소가 번졌다. 마음이 조급해진 이성계가 무학대사를 보챘다.

"그게 무슨 꿈입니까?"

"낡은 기와집은 고려왕조요, 기와집이 무너진 것은 고려왕조가 멸망한다는 것을 뜻합니다. 대감께서 서까래 세 개를 짊어지고 있는 형상은 왕(王)을 나타내는 것으로, 새로운 나라를 건설하여 임금이 되신다는 뜻입니다. 만백성이 찾아와 절을 하는 것은 백성들이 오래도록 염원해온 성군이 되심을 나타내는 것입니다. 소승이 전에도 예언했듯이 대감은 곧 새로운 국가의 개국 태조가 되실 것입니다. 이는 하늘에서 대감을 임금으로 지목하신 것이니 천의를 거스르지 마시옵소서. 나무아미타불 관세음보살."

　이지란은 눈을 커다랗게 뜨고서 이성계를 바라보았다. 이성계
는 무학대사의 해몽을 예상하고 있었다는 듯 표정이 담담했다.
　"형님, 축하드립니다. 제 생각으로도 그 꿈은 분명 형님께서 개
국 태조가 되신다는 꿈 같습니다."
　이성계에게는 이지란의 음성이 들리지 않았다. 그의 시선은 먼
과거, 또는 미래를 향하고 있었다. 뿌연 장막 너머에 사람들의 그
림자가 서성였다. 이성계는 그들이 십팔자왕의 꿈을 안고 긴 세월
을 예비해온 자신의 조상들임을 알아볼 수 있었다. 긴 세월의 유
랑과 이민족과의 목숨을 건 사투 속에서도 끈질기게 살아남으며
후대에 이루어질 야망을 위해 모든 것을 바친 사람들. 그들에게는
단 한 순간의 안식조차도 허락되지 않았으리라. 이성계는 부친으
로부터 전해들은 전주 이씨 혈족의 파란 많은 가족사가 눈앞에 재
현되는 환상을 체험하고 있었다. 그는 개경에서 이양무와 이별하
며 아들의 등을 쓸어 내리던 이린의 젖은 눈길을 보고 있었다. 그
는 험난한 뱃길로 야인의 땅 동북면으로 떠나던 이안사를 향해 흔
들던 이양무의 손짓을 보고 있었다. 그는 우미인의 죽음을 접하고
홀로 눈물을 삼키던 이안사의 슬픔을 느끼고 있었다. 그는 어린
아들 춘을 두고 미지의 땅을 찾아 떠나던 이행리의 가슴속에 웅크
린 원인을 알 수 없는 갈증에 목이 매이기도 했다. 그는 쌍성을 탈
환하기 위해 분연히 일어선 이자춘의 의기에 몸이 달아오르기도
했다. 이성계는 자신에 이르러 환상이 걷히자 냉기와도 같은 외로
움에 몸을 떨었다. 이제 그 영웅들은 가고 세속의 간사한 이기에
물든 늙고 추한 자신만이 남아 있었다.

이성계가 눈을 떴을 때 이지란이 그 앞에 서서 걱정스러운 표정으로 내려다보고 있었다. 무학대사는 이성계의 가슴속을 어지럽히는 회한을 아는 듯 지긋한 눈길로 그를 바라보며 염불을 외고 있었다. 이성계는 눈물이 번진 눈으로 이지란을 올려다보며 낮은 음성으로 말했다.

"왜 하필 나란 말인가! 왜 하필……"

이지란이 그의 몸을 일으켰다.

"형님, 개국 태조로서의 포부를 크게 가지십시오. 앞으로는 더욱 몸을 중히 여기셔야 합니다."

하지만 여전히 이성계에게는 이지란의 말소리가 들리지 않았다.

정몽주가 격살 당하자 고려 문무백관의 시선이 이성계에게 집중되었다. 반이성계파인 이숭인 등이 축출되어 유배길에 오른 반면 유배 중이던 조준은 정계에 복귀하여 이성계파를 결집시켰다. 이성계와 조준은 나머지 중신들에 대한 분류작업에 들어가 반개혁 세력들로 판단되는 자들을 제거하였다. 6월에는 남은과 정도전을 유배지에서 불러 올려 중책을 맡겼다.

1392년 7월 정도전, 조준, 남은 등 고려 조정 50여 명의 중신들은 이성계를 왕으로 추대할 것을 결의하고, 대왕대비(공민왕의 제4비)인 정비 안씨를 찾아가서 공양왕의 폐위와 이성계의 옹위를 명하는 교지를 요청하였다.

정비 안씨는 안극인의 딸로서 공민왕의 다섯 부인 가운데 제4비였다. 그녀는 1364년에 입궁하여 궁중의 온갖 패륜과 퇴폐가 난무하는 환경 속에서도 자신을 깨끗하게 지켜와 궁인들로부터 존경을 한몸에 받았다. 그러나 그녀의 가슴에는 온갖 수모와 인고의 나날이 고통스럽게 각인되어 있었다. 그녀는 미모가 빼어나게 아름다워서 공민왕의 사랑을 받았었다. 그래서 한때 모함을 받아 궁중에서 쫓겨났다가 다시 입궁한 일도 있었다. 이듬해 노국대장공주가 죽자 미친 행각을 벌이는 공민왕은 왕자를 낳겠다는 욕심으로 익비, 정비를 귀족들의 젊은 자녀들에게 겁탈하도록 하였다. 공민왕의 협박을 이기지 못해 익비는 왕의 원대로 아이를 잉태하였으나, 아이를 잉태하게 한 홍륜 등을 제거하려다가 도리어 왕이 살해되었던 것이다. 그러나 정비는 머리를 풀고 목을 매는 자살소동을 벌였다. 이에 놀란 공민왕은 정비 근처에 아무도 접근을 못하도록 엄명을 하였다. 이런 사연으로 해서 그녀는 깨끗하게 충절을 지킬 수 있었다. 그 후 이인임이 정권을 농락하던 시절에는 어린 우왕에게 시달렸다. 사춘기에 접어든 우왕이 젊고 아름다운 정비에게 반하여 시시때때로 수작을 걸어왔던 것이다. 정비는 동생 안숙로의 딸을 왕비(현비)로 맺어주고 우왕의 사슬에서 풀려날 수 있었다.

정비는 이성계를 신임하고 있었다. 신돈, 이인임, 임견미, 최영 등이 정권의 핵심에서 권력다툼을 할 때, 이성계는 변방에서 묵묵히 외적을 지키며 초연한 몸가짐을 보여주었기 때문이었다.

"대왕대비 마마, 현왕의 나약함으로 나라가 사분오열되어 백성들이 하루도 편안한 날이 없습니다. 신 등 문무백관들은 회의를 거듭하여 그 동안 수없이 많은 외적을 물리치고 국가에 빛나는 공을 세워 온 백성의 추앙을 받는 이성계 문하시중을 왕으로 옹립하는 교지를 내려주기를 청하오니 하교하여 주시옵소서.”

“이 힘없는 대비도 공들의 바른 뜻을 잘 알고 있습니다. 나는 공들보다 문하시중 이성계를 더 잘 알고 있어요. 나는 나의 부군 공민왕의 든든한 후계자를 만들지 못한 사람입니다. 이번에 왕다운 왕을 만드는 것 같아 매우 기쁩니다. 앞으로 이성계는 성군이 되실 겝니다. 경들은 충성을 다해 잘 모시어 성군으로 만드시고, 이 나라 만백성이 성은을 입고 평안하게 살도록 하시오.”

“대왕대비마마, 망극하옵니다.”

“도승지는 교지를 받아 적으시오.”

“네 마마. 준비하고 있습니다.”

“나 대왕대비는 제신들의 청을 받아 백성들과 나라를 위하여 제34대 왕 요를 폐위하고, 이성계 문하시중을 왕으로 책봉하노라.”

“대왕대비마마, 망극하옵니다.”

정비가 공신들의 요청을 수용함은 이 나라에 내린 하늘의 축복이었다. 정비가 공신들의 요청을 거절했더라면 이성계의 역성혁명 과정에서 더 많은 피의 희생을 치렀을 것임에 틀림없었다.

대왕대비 정비 안씨는 조선 개국을 여는 위대한 여인이 되어, 많은 개국공신들의 사랑과 보살핌 속에 여생을 편안히 살다가 생을 마쳤다.

1393년 2월, 이성계는 국호를 조선으로 정하여 새로운 왕조를 열고 조선의 태조가 되었다. 이로써 고려왕조는 개국한 지 474년 만에 제34대 공양왕을 끝으로 역사의 뒤편으로 사라졌다.

　태조가 된 이성계는 민심을 혁신하기 위해서 도읍을 개경에서 한양으로 옮겼다. 천도는 막대한 재정이 뒷받침되어야 했다. 도읍을 창건하는 일에는 백성의 혈세를 재정적 기반으로 할 수밖에 없었다. 이는 민심을 안정시킨다는 당초의 취지에 역행하는 처사였다.

　태조는 염금으로 재정을 충당하기 위해 광명사를 찾았다. 그 사이 광명사 주지는 예전에 그가 만났던 지선대사 대신 공밀이라는 젊은 승려가 주지 자리를 대신하고 있었다. 태조가 광명사 주지승 공밀에게 목걸이를 내밀자 공밀은 엎드려 절을 했다.

　"전하, 소승이 몰라 뵙고 무례를 행했습니다. 용서하여 주시옵소서."

　"대사께선 그만 일어나시오. 나는 오늘 일국의 왕으로 여기에 온 것이 아니라 전주 이씨의 자손으로 온 것이오. 사람들의 이목이 두려우니 군신의 예는 앞으로 갖추지 마시기 바랍니다."

　공밀은 몸을 일으켜 태조와 마주앉았다.

　"선대 주지로부터 십팔자왕에 대한 이야기는 들었습니다. 저에 이르러 예언이 실현되어 무한한 영광으로 생각하고 있습니다. 앞으로 저를 이을 후임들도 왕을 모시게 될 것이니 각별히 일러두도록 하겠습니다."

"글쎄요…… 제가 지목한 세자가 반드시 왕이 된다는 보장이 있을까요?"

"그게 무슨 말씀이십니까?"

태조의 표정이 어두워졌다. 그는 왕의 옹립을 둘러싼 고려 말기의 권력다툼을 떠올렸다. 세자로 지목되었다가도 왕권이 추락하면 조정의 권력에 의해 하루아침에 세자가 뒤바뀌는 궁중의 혼란을 그는 누구보다도 잘 알고 있었다. 그뿐만이 아니었다. 왕이 되었다가도 반정에 의해 목숨을 잃을 수도 있는 것이 왕의 위치였다.

이성계는 생각에 잠겼다가 입을 열었다.

"나는 가끔 내 자신에게 이런 질문을 던집니다. 내가 과연 십팔자왕이 맞느냐는."

"전하께옵선 분명 하늘이 내린 성군이옵니다."

"내가 하늘이 내린 왕이라면 내가 세운 이 나라도 영원히 지속되어야 하겠지요?"

"소승은 분명 그러하리라 믿습니다."

"하지만 나는 자신이 없습니다. 아들놈 중에 방원이가 내 가슴털을 쏙 빼닮았습니다. 나는 차남이었지만 부친의 가슴털을 타고났다는 이유로 상속자가 되었소. 우리 집안의 전통을 따르자면 방원이를 세자로 앉혀야 하는데 그 놈은 남과 타협할 줄 모르고 성격이 불같아서 적을 많이 만들어요. 과연 방원이가 왕으로서의 제명을 다할 수 있을지 모르겠습니다."

"전하께옵선 하늘이 내린 인물이니 하늘의 뜻이 함께 하실 겁니다."

"허허, 그래요? 대사의 말을 들으니 마음이 한결 가벼워지는구려. 하지만 대사……."

"네, 말씀하십시오."

"하늘의 뜻을 미천한 우리 인간이 어떻게 알겠습니까? 어쩌면 나는 십팔자왕이 아닌지도 몰라요."

"그런 말씀 마옵소서."

"다음에 이 목걸이를 가지고 오는 나의 후손이 왕이 아닐지도 모르지요. 그래도 목걸이를 가지고 오거든 염금을 내주시구려. 나의 핏줄이 끊기지 않는다면 이 흉칙한 가슴털도 끊기지 않을 겁니다, 허허허."

"전하, 흉칙하다니요."

태조는 웃음을 그치지 않았다. 불당을 울리는 그의 웃음소리는 공허하기만 했다.

태조는 광명사에서 가지고 온 염금을 풀어 천도에 필요한 재정을 충당했다. 그는 정도전과 무학을 대동하고 새로운 도읍지를 돌아보았다. 북악산 아래 왕성을 잡아 남향으로 궁궐을 지으니 한강과 관악산이 보였다. 무학의 주장으로 관악산의 화기를 막기 위해 불을 잡아먹는다는 전설의 동물 해태를 석상으로 세웠다. 또한 태조는 한양에 장엄하고 화려한 수정궁을 짓고 성대하게 천도식을 가졌다. 수정궁은 바다 속의 용왕이 산다는 전설 속의 궁전을 본떠서 천정과 벽, 바닥을 유리알처럼 투명한 수정으로 장식했다. 그곳에 들어서는 사람의 마음까지 비춰본다는 수정궁은, 역심을 품은 자는 저주를 받아 죽게 된다는 무서운 소문이 나돌기도 했다.

궁성 안팎에서는 화려한 불꽃이 솟아올랐다. 역성혁명을 축하하는 불꽃놀이는 전국의 모든 지방으로 퍼져나가 며칠 동안 계속됐다. 백성들도 축제 분위기에 한껏 젖어들었다.

방원을 비롯한 한씨 소생의 왕자들은 모두 왕위를 탐냈다. 하지만 왕비 강씨는 자신이 낳은 막내아들 방석에게 그 자리를 물려주고 싶어했다. 여기에 현실적인 권력을 행사하는 정도전은 어린 방석을 세자로 앉히고 자신이 재상이 되어 권력과 직분이 이원화되는 이상적인 왕도정치를 꿈꾸었다. 이렇게 왕비와 정도전의 뜻이 들어맞자, 그들은 태조 이성계를 설득하여 11살의 어린 방석을 세자로 책봉하였다.

태조가 강씨 소생의 방석을 태자로 책봉하자 조정 안팎에서는 논란이 끊이질 않았다. 부친 이성계와 함께 수많은 전장을 누비며 공을 세웠으며 이성계가 태조가 되는 데에도 막중한 역할을 담당한 방원에게 조정 대신들의 시선은 집중되어 있었던 것이다. 조정 대신들이 태조의 결정에 당황한 기색을 드러냈지만 세자 책봉과 관련하여 어느 누구보다도 마음의 상처를 입은 이는 첫째 부인 한씨 소생의 여섯 왕자들, 그 가운데에서도 특히 방원이었다. 태조가 왜 방석을 세자로 책봉했는지는 아무도 알 수가 없었다.

정도전은 권력의 집중을 위해서 왕족들이 가지고 있는 막강한 군사력을 빼앗아야 했다. 그래서 그는 사병 혁파를 부르짖었다.

1396년 왕비 강씨가 사망하자 세자를 등에 업은 정도전 등은 세력이 급격히 약화되었다. 때마침 이성계마저 몸이 약해져 병석에 눕게 되자, 1398년 한씨 소생의 여섯 왕자는 세자 책봉의 부당성을 부르짖으며 들고일어났다. 그들은 정도전, 남은 등을 제거하고 강씨 소생의 방번, 방석 두 형제를 참살했다. 이것이 '제1차 왕자의 난'이었다. 이성계는 이 사건으로 몹시 상심하여 그해 9월 한씨 소생의 둘째 아들 방과(정종)에게 왕위를 물려주고 자신은 상왕으로 물러나 앉았다.

　조선 왕실의 다툼은 끊이질 않았다. 1400년에 방간이 '제2차 왕자의 난'을 일으킨 것이다. 방간의 난은 방원에 의해 평정되었다. 이후로 권력을 움켜쥔 방원은 태종이 되었다. 방과는 상왕, 이성계는 태상왕이 되었다. 이성계는 왕권을 두고 형제들끼리 살육전을 행하는 데 주동적이었던 태종에게 옥새를 넘겨주지 않은 채 소요산으로 떠났다가 다시 함주(함흥)에 머물렀다. 태종은 이성계에게 문안을 올리기 위해 차사를 보냈지만 그때마다 차사들은 이성계의 화살에 희생되고 말았다. 여기에서 '함흥차사'라는 말이 생겨났다.

　이성계는 1402년 태종이 보낸 무학대사의 간청으로 한양으로 돌아왔으나 태종과의 서먹한 관계는 회복되지 않았다. 그는 이후로 불교에 매진하며 마음을 추슬러갔다. 1408년 병석에 누운 이성계는 창덕궁 별전으로 은밀히 태종을 불렀다. 죽음을 예견한 이성계는 왕에게 취하는 예를 삼가고 부자의 관계로 태종을 대했다. 이성계는 잦아드는 목소리로 태종에게 말했다.

　"개국 원년에 배극렴 등이 너를 세자로 추천했을 때 그들의 말을 따랐더라면 형제들끼리 죽고 죽이는 비극은 없었을 것이다. 나 역시 일찍이 너를 세자로 점찍어두었으나 따로 생각한 바가 있어 마음을 고쳐먹었던 거야. 나는 왕이 조정 대신들의 허수아비 노릇을 하다가 비극적인 최후를 맞는 광경을 여러 번 목격하였다. 내가 그러한 패륜 정치의 정점에 있었기에 왕이 되면 목숨을 보전하기가 힘들다는 피해망상에 시달렸다. 특히 너는 자질이 충분하고 성격이 호방하나 남과 타협할 줄 모르는 기질 때문에 언젠가 정적들로 인해 곤경에 처할 것이라고 생각했다. 그래서 나이가 제일 어리고 성격이 무난한 방석이로 하여금 세자의 직무를 맡도록 했던 것이다. 그런데 그게 잘못이었어. 나의 과오로 인해 너희들로 하여금 혈육을 참살하게 하는 크나큰 죄를 짓게 했으니……"

"아버님!"

태종의 볼을 타고 눈물이 흘러내렸다. 그 역시 지난날의 회한으로 편치 않은 나날을 보내던 중이었다.

"나는 이제야 알았다. 진정한 왕은 권력을 얻은 자가 아니라 민심을 얻은 자라는 것을. 나는 십팔자왕이 아니었어. 너는 성군이 되어 성심으로 백성을 보살펴 진정한 십팔자왕이 되거라."

"아버님 말씀, 잊지 않겠습니다."

이성계는 불편한 몸을 일으켜 요 옆에 놓인 물건들을 태종에게 건넸다. 청옥구슬 목걸이와 신궁, 그림, 그리고 그림을 찍어낼 수 있는 목판이었다.

"대대로 물려 내려온 귀한 유산이니라. 언젠가 어려움이 닥치거든 목걸이를 매고 광명사 주지를 찾거라. 네게 큰 도움을 줄 것이다. 그리고 그림은 내 무덤을 쓸 때 관 위에 놓도록 하거라. 그림

속에 나오는 길을 따라가면 조상님들을 뵐 수 있을 거야. 아아, 무슨 낯으로 조상님들을 뵐지……"

이성계는 자리에 누우며 태종에게 물러가라는 손짓을 했다. 태종은 머리맡을 지키고 있다가 부친이 잠든 것을 확인하고 나서야 자리에서 일어섰다.

동북면의 호랑이로 한 시대를 풍미하며 수많은 외적의 침입으로부터 단 한 번의 패전도 없이 굳건하게 국토를 지켜내고 십팔자왕의 예언을 실현시켜 조선을 개국한 태조 이성계는 그해 5월 24일 창덕궁 별전에서 파란만장한 삶을 마감했다.

태종은 중앙제도와 지방제도를 정비하여 왕권을 강화하고 고려 잔재를 청산했으며 토지, 조세 제도를 정비하여 국가 재정의 안정을 꾀했다. 노비제도를 새롭게 정비하고 신문고를 설치하여 억울한 일을 당한 양민의 호소에 귀를 기울였으며 귀족 중심의 관리 등용제도를 혁파하고 능력과 실력 위주로 관리를 등용할 수 있는 제도적 장치를 마련하는 한편 기술 교육을 위해 10학을 설치하였다. 또한 군사제도를 정비해 국방을 강화하고, 왜인범죄논결법을 마련해 왜인들의 범죄행위를 다스렸으며 부산포와 내이포에 도박소를 두어 왜인의 무역을 합법화함으로써 왜인들의 범죄를 예방하였다. 태종은 이 외에도 많은 선정을 베풀어 성군으로 백성들에게 추앙을 받았다.

태종 이방원은 정빈인 원경왕후 민씨에게서 4명의 아들을 얻었다. 그 중 셋째인 도(충녕대군, 후에 세종이 됨)가 태종의 신체적 특징(가슴털)을 닮은 데다 자질도 가장 뛰어났으나 어쩐 일인지 태종은 첫째인 제(양녕대군)를 세자로 책봉했다. 하지만 하늘의 뜻을 거스를 수는 없었다. 제는 성격이 자유분방한 데다 궁중생활에 적응하지 못하고 방황을 일삼았다. 하는 수 없이 태종은 제를 세자에서 폐하고 도를 세자로 책봉했다.

도는 태종의 뒤를 이어 조선 제4대 왕 세종에 등극하여 선정을 베풀고 수많은 업적을 남겼다. 그러나 그는 선왕들과는 달리 학문에 심취하였으며 체질이 병약하여 각종 질병에 시달렸다. 세종은 6명의 비에게서 17명의 아들을 두었다. 그 역시 선왕들과 마찬가지로 자신이 지목한 세자가 왕으로서의 명을 누릴 수 있을지 걱정이 많았다. 세종은 장영실과 함께 광명사를 찾아 왕가의 비밀을 유지할 수 있는 장치를 보완했다. 그는 승려측 비밀의 전수자를 삼화사로 옮기도록 조처하고 목걸이를 제외한 신궁과 그림, 목판을 삼화사에 맡기고 세상을 떴다.

세종의 뒤를 이은 문종은 39세의 젊은 나이에 죽고, 어린 나이에 등극한 문종의 아들 단종은 왕권 쟁탈전에 희생이 되고 말았다. 이 무렵부터 왕을 잇는 전주 이씨의 적통은 흐려지기 시작했다. 더 이상 가슴에 반달곰을 닮은 털을 가진 왕은 나오지 않았고 목걸이의 행방도 묘연해졌으며 염금을 찾는 십팔자왕의 후손 역시 나타나지 않았다. 세월이 흘러가는 가운데 조선을 개국한 이씨 왕조 적자의 가슴에 반달가슴곰털이 있었다는 사실을 기억하는 사람은 아무도 없었다.

제15장 검은산의 비밀

1. 양무의 나무

강립과 그의 대원들이 두타산 일대를 탐사하기 시작한 지 1주일 뒤 양삼봉은 베트남으로 향했다. 그는 추적자들의 이목을 끌지 않기 위해 아무도 눈치채지 못하게 조용히 떠났다.

두타산성에서 살인사건이 발생한 지도 20여 일이 지났다. 그 동안 경찰은 우에다 교수에게 안내인을 소개했던 바텔 오페르트를 용의선상에 올리고 수사를 진행해왔다. 하지만 바텔은 사건이 발생한 직후 일본으로 출국을 한 상태였기 때문에 그의 신병을 확보하는 데 실패했다. 사건이 발생하자마자 바텔이 한국을 떠났다는 사실은 의혹을 가중시켰다. 경찰은 바텔과 그의 재단에 대한 대대적인 수사를 실시했다. 그런 과정에서 몇 가지 흥미로운 사실이 드러났다.

강립은 박 형사를 통해서 경찰의 수사진행 상황을 상세히 알 수 있었다. 박 형사는 갈비뼈가 부러지는 부상을 당해 거동이 불편했지만, 일선에 있는 형사들과 지속적으로 연락을 하며 수사의 진행 상황을 보고받고 있었다.

우선 신고엽이라고 자신을 소개했던 인물은 재일 한국인으로 한국과 일본 이중국적을 가지고 있었다. 주민등록법이 철저한 한국으로서는 대단히 예외적인 사항이었다. 그는 야쿠자의 일원으로 한국과 일본 경찰로부터 마약과 관련한 몇 가지 범죄로 인해 수배대상에 올라 있기도 했다. 도경식은 대독과학기술고등학교 졸업생으로 대학에 진학한 후 일본으로 건너갔지만, 일본에서의 행적은 베일에 싸여 있었다. 경찰은 바텔과 일본 야쿠자의 연계 가능성에 초점을 맞추고 두타산성에서 일어난 살인사건을 우에다 교수와 야쿠자를 둘러싼 국제범죄로 그 범위를 확대했다. 한국 경찰은 일본 경찰과 공조하여 신고엽의 근황을 탐문하는 것으로 수사를 다시 시작하고 있었다.

바텔 재단을 조사하는 가운데에도 은폐되어 있던 사실들이 드러나기 시작했다. 우선은 교육부에서 대독과학기술고등학교에 지원한 원조금의 일부가 바텔 개인에 의해 착복되었다는 사실과 타인의 명의를 도용해 바텔이 운영한 사업이 탈세를 조장했다는 혐의가 있었다. 이러한 일은 보통 사학재단에서 가끔 벌어지는 일이기는 했지만, 공자금의 개인 착복과 탈세 혐의는 남의 나라에서 인재를 양성한 참 교육자의 허울을 쓰고 있던 바텔의 명성을 실추시키기에는 충분한 것이었다. 그리고 또 한 가지가 있었다. 대독과학기술고등학교의 졸업생 중에 해외로 유학을 간 30여 명이 이후로 행방이 묘연해졌다는 사실이었다. 그들은 바텔재단에 의해 유학을 떠난 것으로 되어 있어서 바텔 재단은 그들의 행방불명에 대해 해명을 하지 않으면 안 되었다. 이 마지막 사항은 20여 년 전 강립이 꾸르실료 교육에 참가했을 때 같은 방을 썼던 박성훈 신부가 이미 의문을 제기했던 부분이었다.

박 형사의 이야기를 듣고 난 후 강립이 물었다.

"그럼 이제 바텔은 어떻게 되는 건가?"

강립은 박 형사에게 하게체를 쓰고 있었다. 나이가 한참 아래인 박 형사가 강립에게 하대(下待)할 것을 원했기 때문이었다.

"당분간 한국에는 발을 들여놓기가 어려울 겁니다."

고개를 끄덕이며 생각에 잠겨 있던 강립이 다시 물었다.

"바텔이 야쿠자와 연관이 되어 있다면 호백수와 바텔은 결국 같은 편이란 말인데, 왜 호백수는 나를 돕는 걸까?"

박 형사가 고개를 갸웃거렸다.

"저도 그 사람에 대해서는 아는 것이 거의 없습니다. 돈을 주며 우에다 교수의 신변과 목걸이를 보호해 줄 것을 부탁했을 뿐이었습니다."

강립은 턱을 매만지며 생각에 잠겨 있다가 박 형사의 어깨를 툭 건드렸다.

"그만 쉬게. 새로운 사실이 있으면 나한테 연락 주고."

"네, 그러겠습니다."

강립은 병원에서 나와 차를 몰고 집으로 향했다. 휴대폰이 울렸다. 김은동이었다.

"내일 몇 시에 찾아가면 되겠습니까?"

"되도록 일찍 오게. 빠를수록 좋아."

"그럼 한 5시쯤 경화 누나와 같이 가도록 하겠습니다."

"그러게. 아침 그르지들 말고."

"네."

두타산 탐사는 답보상태에 빠져 있었다. 동해와 삼척 일대의 산이란 산은 모조리 조사를 하고 다녔지만 그림에 나와 있는 지형과 비슷한 곳은 어느 곳에도 없었다. 사실 그림에 나와 있는 풍경이라는 게 일반적으로 사람들이 생각하는 산의 생김새와 가장 흡사한 것이면서도 실제로 거기에 부합하는 지형을 찾기란 쉬운 일이 아니었다. 그래서 강립과 대원들은 그림의 풍경에 얽매이지 말고 우에다 가의 사가(史家)가 적힌 책의 기록을 토대로 다시 밟아 나가도록 계획을 세웠다.

집에 도착하자 전화벨이 울리고 있었다. 강립은 급히 현관을 열고 들어가 송수화기를 집어들었다. 베트남에 있는 양삼봉이었다. 삼봉은 전화를 받자마자 다짜고짜 소리치기 시작했다.

"찾았습니다! 이행리 삼판이라는 사람을 찾았어요! 답다촌이라는 곳도 아직 있더라고요. 오늘 오후에 이행리 삼판과 만나기로 했습니다."

"오, 그런가! 생각보다 쉽게 찾았군. 난 자네가 고생 꽤나 할 줄 알았는데."

"도움을 준 분이 있었습니다. 그 분이 아니었다면 찾기 힘들었을 겁니다."

"그래? 그게 누군가?"

그때부터 감이 멀어지기 시작했다. 전화에 잡음이 섞여 있었다. 삼봉이 뭐라고 계속 떠들고 있었지만 잘 들리지가 않았다. 음질이 다시 돌아왔을 때 삼봉은 다른 이야기를 하고 있었다.

"모레쯤이면 한국에 갈 수 있을 것 같습니다. 공항으로 마중이나 나와 주십시오."

"알았네. 그런데 좀전에 도움을 주었다는……"

강립은 베트남에서 삼봉에게 도움을 주었다는 사람이 누군지 물으려 했으나 전화는 거기서 끊겼다.

다음날 오전 6시쯤 강립과 김은동, 장경화는 다시 두타산으로 출발했다. 경화가 늑장을 부리는 통에 조금 늦어진 것이었다.

조수석에 앉은 은동은 뒷좌석에 앉은 경화를 힐끗힐끗 돌아보며 비실비실 웃음을 흘렸다. 경화는 뾰로통해서는 그 모습을 지켜보고 있다가 버럭 소리를 질렀다.

"은동이 너 왜 그래!? 여자 화장한 것 처음 봐!?"

은동은 그제야 킥킥거리며 웃다가 대꾸했다.

"여자 화장한 거야 많이 봤지. 그런데 경화 누나가 화장한 건 처음 봐."

그리고는 다시 킥킥거렸다. 자신이 화장을 한 것을 두고 은동이 이죽거리는 데 골이 난 경화는 가만히 눈을 흘기고 있다가 가방에서 휴지를 꺼내 아무렇게나 화장을 지우기 시작했다.

"하하하하!"

은동은 더 이상 터져나오는 웃음을 억누르지 못하고 웃어젖혔다. 경화가 휴지로 화장을 지우면서 입술에 바른 루즈가 번져 그녀의 얼굴은 우스꽝스럽게 변해 있었던 것이다.

"대장님, 경화누나 좀 보세요, 이히히히히."

강립이 운전석 위에 놓인 거울을 들여다보니 삐에로처럼 변한 경화의 모습이 눈에 들어왔다.

"풋!"

강립도 참지 못하고 웃음을 터뜨렸다. 경화는 황급히 가방에서 거울을 꺼내 자신을 들여다보았다. 경화는 두손으로 얼굴을 감쌌다.

"몰라."

강립과 은동은 계속 웃음을 터뜨렸다.

"웃지 마요. 나 운다. 나 운다."

하지만 강립과 은동은 웃음을 그치지 않았다.

강립 등 세 사람이 가파른 산길을 올라 산성 안의 대궐터에 이르렀을 때는 오전 10시경이었다. 산을 오르는 간간이 등산객들의 모습이 눈에 띄기는 했지만 숫자는 많지 않았다. 겨울 초입으로 들어서기 시작한 쌀쌀한 날씨 때문인 듯했다. 대원들은 대궐터에 당도하고 나서 숨을 돌렸다. 땀에 젖었던 몸에 한기가 스며들기 시작했다.

"커피 한 잔, 어떤가?"

"좋죠."

은동과 경화가 동시에 말했다. 은동이 개울에 내려가 물을 떠왔
다.

강립은 커피 한 모금을 입술 사이에 머금었다. 더운 김이 얼굴
을 덮치자 포근한 느낌이 들어 좋았다.

"우리가 그림 속의 지형을 찾아다니고 있는 것처럼 우에다 도라
노스께 교수도 그랬을 거야. 우에다 교수가 이곳 두타산을 한두
번 와본 것도 아닐 테고, 그런데도 이 곳에서 삼 일 동안 떠나지
않고 맴돌았다면 뭔가 짚이는 것이 있어서 그랬던 건 아닐까?"

강립의 말에 김은동이 대꾸했다.

"하지만 이 주변에선 그림에 나와 있는 풍경을 찾을 수가 없습
니다. 차라리 두타산 말고 기암괴석이 많은 추암으로 가보는 건
어떨까요?"

"김칠성이 남긴 책에선 비밀 장소를 '성암' 이라고 밝히고 있더
군. 당시 삼화사 주지가 성암에서 기거하고 있었다고 하니까, 그
장소를 추암으로 잡으면 너무 멀어져."

"하지만 이 주변은 샅샅이 살펴보았지만 그림 속의 풍경과 닮은
곳을 찾을 수 없었잖아요."

김은동이 약간 뾰로통하게 말했다. 그러자 장경화가 그의 머리
를 툭 건드렸다.

"그렇게 쉽게 찾을 수 있을 거였으면 우에다 교수가 왜 그렇게
헤매고 다녔겠어. 남자가 인내심이 있어야지."

김은동은 자신의 머리를 주무르며 경화를 노려보았다. 경화는
은동을 향해 혀를 쑥 내밀고는 자리를 털고 일어섰다. 세 사람은

계곡으로 향했다.

무릉계곡 초입에서 강립은 잠시 바위에 걸터앉은 채 주위를 둘러보았다. 우에다가의 가사를 쓴 우에다, 아니 칠성과 동천 두 스님이 무술 수련을 하며 이 계곡을 타고 다녔으리라고 생각을 하니 주변 풍광을 대하는 그는 감회가 새로웠다. 일본에 다녀온 이후로 강립은 두타산에 오를 때마다 칠성과 동천 두 사람이 무술을 연마하며 토해내는 기합소리를 듣고는 했다. 무릉계곡에 이르러서 환청은 더욱 뚜렷하게 그를 사로잡고 있었다. 문득 강립의 눈길을 끄는 것이 있었다. 다른 나무들에 비해 유독 수령이 깊어 보이고 키가 큰 나무 두 그루. 그 나무들은 계곡이 가팔라지는 초입에 장승처럼 서 있었다. 이쪽과 저쪽의 경계를 가르는 표석 같기도 했고, 성문을 지키는 근위병 같기도 했다. 경화와 은동은 벌써 그 나무들 사이로 오르고 있었다. 그 광경을 보는 순간 강립의 머리 속으로 번개처럼 지나가는 것이 있었다. 일본 나리타공항에서 호백수와 같이 있던 그 사내, 4년 전 이 무릉계곡에서 우연히 만났을 때 그 사내가 들려주었던 이야기…….

'양무의 나무!'

강립은 점점 부풀어오르는 심장을 억누르며 나무를 올려다보았다. 순간, 나무 사이로 떠오른 정오의 태양이 그의 눈을 찔렀다. 그는 자기도 모르게 탄성을 내뱉었다.

"아!"

그와 동시에 강립은 얼른 품에서 그림을 꺼냈다. 그림의 두 귀퉁이를 양손으로 붙잡고 그는 팔을 뻗었다. 그러자 그 동안 산봉

우리로만 알았던 부분이 두 그루 소나무의 가지와 겹치며 그림과 꼭 맞아떨어졌다. 그리고 계곡을 오르고 있는 경화와 은동은 공교롭게도 그림 속에 등장하는 인물들의 역할을 수행하고 있었다. 강립은 감격에 겨운 채 그림을 들고서 우두커니 서 있었다.

장경화의 고함소리가 강립의 의식을 깨웠다.

"뭐 하세요!"

강립은 팔을 내리고 경화와 은동을 쳐다보았다. 얼굴에 묘한 미소를 잡고서 아무 말 없이 자신들을 쳐다보고 있는 강립의 모습에 이상한 기색을 느낀 경화와 은동이 계곡을 내려왔다.

"왜 그러고 계세요?"

"대장님, 왜 그러세요, 무섭게."

강립은 여전히 시선을 멀리 두고서 정신 나간 사람처럼 중얼거렸다.

"그림은 상상도가 아니었어. 이건 진경화야. 그리고 우린 방금 그걸 발견했네."

장경화와 김은동이 놀란 표정으로 주변을 둘러보았다. 하지만 그들은 그림의 풍경을 발견할 수가 없었다.

"에이, 여긴 산봉우리도 없잖아요."

"그건 산봉우리가 아니었어. 저기를 봐."

강립은 그들 앞에 서 있는 나무를 가리켰다.

"그건 나무였네. 지금까지 우리는 저 두 그루의 나무를 산봉우리고 착각하고 있었던 거야."

몽롱해져 있던 의식이 서서히 깨어나면서 강립은 커다란 흥분에 휩싸였다.

"여기 이 산봉우리 말이야. 이게 사실은 산이 아니었어. 저 나무
들을 보게! 저 나무들을 보란 말이야!"

은동과 경화는 강립이 가리키고 있는 두 그루의 소나무를 보았
다.

"언젠가 경화가 그랬지 않나? 전문적인 화가가 그린 것이 아니
라 제대로 표현을 못했을 수도 있다고. 바로 맞았어. 이건 산봉우
리를 그린 게 아니라 저 소나무 두 그루를 그린 거였어. 저 나무들
은 성암을 가리키는 등대 역할을 하는 동시에 우리의 눈을 가린
안개이기도 했어."

은동과 경화는 강립이 들고 있는 그림과 눈앞의 풍경을 번갈아
보았다. 그러자 이내 그들의 입에서도 탄성이 터져 나왔다.

"대장님 말씀이 맞습니다! 이건 산이 아니라 나무였어요!"

은동 역시 흥분에 휩싸인 채 소리를 질렀다. 경화가 손뼉을 치
며 말했다.

"어쩜! 우린 그것도 모르고 산만 찾아다녔네."

"자, 이제 이 그림을 저 풍경에다 맞추어보면 성암의 위치가 드
러날지도 모르겠어."

강립은 그림이 그려진 천의 상단 두 귀퉁이를 손가락으로 집고
서 팔을 쭉 뻗었다. 촘촘하지 못한 직조물의 틈새로 햇살이 스며
들어 천에 가려진 풍경을 비추고 있었다. 강립은 걸음을 앞, 뒤,
옆으로 옮기며 그림과 풍경이 부합하는 위치를 찾아 나갔다. 은동
과 경화도 강립의 양옆에 바짝 붙어 서서 강립과 함께 걸음을 옮

졌다. 어느 지점에 이르자 그림과 풍경이 딱 맞아떨어졌다. 강립이 소리쳤다.

"됐어, 바로 이거야!"

계곡 양가에 서 있는 소나무를 기준으로 해서 그림을 펴들자 그림 속에서 자루를 짊어지고 걸어가는 세 사람이 걷고 있는 길도 그림과 겹쳐졌다.

"다음은 어떻게 해야 하죠?"

"분명 그림 속에 성암을 나타나내는 표시가 있을 텐데……."

그림을 들여다보는 강립의 눈을 강한 햇빛이 찔렀다. 그림의 구멍이 나 있는 부분으로 강렬한 태양광선이 파고든 것이었다. 순간 강립이 무언가를 알아낸 듯 낮게 탄성을 흘렸다.

"그래. 이제 선글라스를 사용할 때가 되었군."

강립은 부친으로부터 물려받은 목걸이에서 청옥 구슬을 풀었다. 그리고는 마치 진작에 그 쓰임새를 알고 있기라도 한 것처럼 구슬을 그림의 구멍에 조심스럽게 끼워 넣었다. 구슬과 구멍은 크기가 딱 맞았다.

"어머, 어떻게 아셨어요."

경화가 눈을 동그랗게 뜨고 물었다.

"척하면 착이지."

의기양양해진 강립은 다소 우쭐거렸다. 그는 그림이 팽팽해지도록 그림의 네 귀퉁이를 경화와 은동에게 잡아당기게 했다.

"어어, 찢어질지도 모르니까 조심들 하게."

강립은 경화와 은동의 손을 움직여 다시 그림을 풍경에 맞췄다.

그리고 나서 구슬을 들여다보았다. 과연 구슬은 훌륭하게 선글라스 구실을 하고 있었다. 구슬 속에 새겨진 무늬도 햇빛을 받자 더욱 선명하게 보였다. 강림은 구슬을 요리조리 돌려보았다. 구슬 속의 무늬는 소나무에서부터 시작된 길에서부터 계곡 윗부분과 겹쳐져 보였다. 강림은 구슬 속의 무늬가 성암으로 이르는 길을 나타내고 있고 무늬의 끝 지점이 바로 성암일 거라고 확신했다.

"백두대간 산악구조대의 대원 여러분, 우리는 비밀의 장소를 찾았습니다."

강림이 구슬에서 눈을 떼고 멀리 시선을 던지며 말했다.

"정말입니까?"

"진짜예요?"

강림이 얼굴 가득 미소를 머금은 채 고개를 끄덕였다.

"와아!"

은동과 경화는 누가 먼저랄 것도 없이 환호성을 터뜨렸다.

"저기 계곡 위쪽에 바위 무더기가 보이지? 우리가 틀리지 않았다면 성암은 저기에 있어."

"어서 가요."

경화가 앞장섰다. 은동이 그 뒤를 따랐다. 강림은 잠시 '양무의 나무'를 바라보았다. 바람결에 흔들리는 가지가 어서 성암을 향해 가라고 손짓하는 것만 같았다.

하지만 강림은 다시금 머리 속을 파고드는 강한 의문에 휩싸였다. 그렇다면 4년 전 이곳에서 만났던 그 젊은 남자는 진작부터 이 두 그루의 나무에 얽힌 비밀을 알고 있었다는 이야기가 되는 것이었다. 도대체 그는 누구인가? 4년이라는 세월을 넘어 호백수와 함께 다시 자기 앞에 나타난 그 남자는 도대체 누구인가?

"빨리 와요!"

경화가 소리쳤다. 강림은 의문을 뒤로 미룬 채 경화와 은동이 기다리는 곳을 향해 달리기 시작했다.

2. 성암(聖庵)

성암으로 짐작되는 곳에 도착한 후 강림과 경화, 은동은 주위를 둘러보았다. 주위는 온통 바위만 널려 있을 뿐 암자로 보이는 것은 아무것도 없었다. 의구심이 든 은동이 강림에게 물었다.

"여기가 맞을까요? 암자처럼 보이는 것은 전혀 없는데요."

"내 생각으로는 성암이 암자로 불리기는 하지만 우리가 일반적으로 생각하는 암자 모양을 하고 있지는 않을 것 같아. 그랬다면 누군가가 벌써 발견을 했겠지."

경화가 강림의 말에 덧붙였다.

"제 생각도 그래요. 우리는 이제 겨우 하나의 문제만 풀었어요. 그 뭐랬죠? 태양 어쩌구저쩌구……."

강림이 경화의 말을 보충했다.

"태양을 향하고도 눈을 피하지 않는 자에게 길은 열릴 것이다."

"맞아요. 이제 길은 찾았으니까 다음은……."

경화가 말을 얼버무리면서 강림의 얼굴을 보았다. 강림이 경화의 말을 이었다.

"노을을 그리워하는 거북이의 눈, 비로소 문은 열리고."

"그래요, 거북이. 그런데 거북이의 눈이 뭐죠?"

강림은 고개를 갸웃거렸다. 은동 역시 어깨를 으쓱해 보였다. 경화는 가까운 위치의 바위 위에 엉덩이를 걸치면서 말을 이었다.

"노을은 알 수 있을 것 같아요. 해가 지는 쪽, 즉 서쪽을 말하는 게 아닐까요? 그리고 거북이의 눈은…… 아마도…… 거북이의 눈처럼 생긴 물건이 이 주위에 있다거나…… 그런데 거북이 눈이 어떻게 생겼죠?"

강림은 경화를 보며 빙긋이 웃음을 지으며 은동의 얼굴을 보았다. 강림은 은동과 눈이 마주치자 경화 쪽을 향해 턱짓을 했다. 경화가 앉아 있는 쪽을 내려다보던 은동의 입가에도 슬그머니 미소가 그려졌다. 두 사람이 웃음 짓는 것을 본 경화가 발끈했다.

"뭐예요, 두 사람? 아까 화장 잘못 지운 것 때문에 아직도 놀려먹자는 거예요?"

강림과 은동은 아무런 말없이 웃음만 짓고 있었다. 경화는 가방에서 거울을 꺼내 얼굴을 들여다보았다. 아무런 이상이 없었다.

"도대체 뭐예요? 왜 비웃는 거예요?"

경화는 벌떡 일어서서 허리춤에 손을 올려놓으며 두 사람을 노려보았다. 강림이 여전히 입가에 미소를 머금은 채 말했다.

"거북이 눈이 어떻게 생겼는지는 모르지만, 거북이는 찾은 것 같아."

"네?"

강립은 경화가 엉덩이를 올려놓았던 바위를 턱짓으로 가리켰
다. 바위를 내려다본 경화가 탄성을 터뜨렸다.

"어마!"

후덕한 몸통, 긴 목과 위로 쳐든 머리, 다리와 꼬리까지. 크기는
약 3톤 정도로 경화가 엉덩이를 올려놓았던 검은 바위는 완연한
거북형상을 하고 있었다.

경화는 폴짝폴짝 뛰어오르며 손뼉을 마주쳤다. 강립은 가방에
서 나침반을 꺼내 방향을 알아보았다. 은동은 돌의 밑둥을 살폈
다.

강립이 말했다.

"지금 거북이의 머리는 동쪽을 향하고 있어. 경화양의 말대로
노을이 지는 쪽은 서쪽이니까 거북이의 머리를 서쪽으로 돌리면
문이 열릴지도 몰라."

은동이 몸을 일으키며 손으로 자신의 가슴을 쓸어 내렸다.

"으으, 이거 흥분되는데요."

"나도 그래."

경화 역시 양손을 가슴에 모으고 있었다.

"무슨 일이 벌어질지 잘 지켜보라구."

강립이 거북 모양의 바위에 다가갔다. 그는 심호흡을 한 뒤에
거북의 머리가 서쪽을 향하도록 돌렸다. 바위가 돌아가자 오래된
기계가 작동을 시작하는 듯한 굉음이 울렸다. 커다란 바위가 굴러
가는 듯한 소리가 나기도 했다.

"저기 보세요!"

　그들이 선 뒤쪽에 있던 커다란 바위가 옆으로 구르면서 공간이
나타났다. 세 사람은 공간 앞으로 다가가 안을 살펴보았다. 하지
만 감히 어느 누구도 안으로 발을 들여놓을 생각은 하지 못했다.
　"여기가 성암이군요."
　은동의 말에 강립이 고개를 끄덕였다.
　햇살은 성암 입구만 비추고 있어서 내부에 무엇이 있는지는 알
수가 없었다. 은동이 고개를 안으로 들이밀었다. 그때 굉음이 울
리면서 바위가 닫히기 시작했다.
　"피해!"
　강립이 은동을 끌어당겼다. 은동의 머리가 성암에서 빠져나오
는 것과 동시에 바위는 쿵 소리를 내며 성암을 다시 막았다.
　강립이 뒤로 잡아당기는 바람에 은동은 뒤로 나자빠졌다. 그는
새파랗게 질려서는 누운 채로 길게 한숨을 내쉬었다.
　"휴우, 하마터면 바위에 낄 뻔했어."
　그는 놀란 가슴을 진정시키기 위해 연거푸 숨을 크게 쉬었다.
경화가 은동을 부축해서 일으키며 말했다.
　"큰일날 뻔했어요. 바위는 일정 시간이 지나면 저절로 닫히는
모양이에요."
　"그런가보군."
　강립이 거북 모양의 바위에 다시 다가갔다.
　"두 사람은 여기 있어. 나 혼자 성암에 들어가겠어."
　"안돼요. 우리는 이제 겨우 두 가지를 해결했을 뿐이에요. 앞으
로 어떤 위험이 도사리고 있을지 모른다구요."

경화가 강립을 만류했다. 하지만 강립은 거북이의 머리를 다시 서쪽으로 돌렸다. 꽝음이 울리며 바위가 옆으로 굴러 성암이 나타났다. 강립은 가방에서 랜턴을 꺼내며 은동에게 말했다.

"내가 10분 내로 나오지 않거든 거북이의 머리를 돌리게."

은동이 고개를 끄덕였다.

강립은 가방을 메고 일어섰다. 성암으로 다가가는 강립을 경화가 가로막았다.

"안돼요. 그럼 나도 가겠어요."

"위험해서 안돼."

"그런 게 어딨어요? 나한테 위험한 건 대장님한테도 위험한 거라구요."

경화는 쉽게 물러날 기세가 아니었다. 강립은 경화를 외면한 채 성암 쪽으로 다가갔다. 경화가 그의 뒤를 따르며 은동을 향해 손을 흔들어 보였다. 마치 소풍이라도 가는 듯한 모습이었다.

랜턴을 켜고 성암 안으로 들어섰다. 경화는 두려운 듯 심호흡을 두어 번 했다. 경화가 성암 안으로 들어서자마자 바위문은 꽝음을 일으키며 닫혔다.

랜턴 불빛에 의지한 강립과 경화는 성암 안을 둘러보았다. 사방은 암반으로 꽉 막혀 있고, 바위문의 맞은편에는 불상 세 개가 놓여 있었다. 불상 앞에는 제단이 마련되어 있었다. 강립은 가방을 바닥에 내려놓고 벽면을 찬찬히 훑어보았다. 특별한 것은 눈에 띄지 않았다. 경화가 시큰둥한 표정으로 내뱉었다.

"저 불상 말고는 아무것도 없잖아요."

"아직 비밀을 다 푼 건 아니야."

"그림에 씌어진 시의 3행이 뭐였죠?"

"어둠을 밝히는 자의 머릿결을 해풍이 벗어 넘기리."

"이 안에서 바닷바람이 불 턱이 없잖아요."

경화는 맥이 풀리는지 제단에 엉덩이를 걸치고는 불상에 등을 기댔다. 그 모습을 곁눈질로 살피면서 강림이 말했다.

"그렇게 아무 데나 털썩털썩 주저앉으면 안돼."

"그래도 그 덕분에 거북이를 찾았잖아요."

강림은 할말을 잃고 입을 다물었다. 그는 여전히 랜턴으로 벽면을 살펴보았다. 경화는 무료한 듯 한숨을 내쉬며 그 모습을 지켜보았다.

강림이 혼잣말을 하듯 중얼거렸다.

"아무래도 목걸이가 또 어떤 조화를 부리는지 지켜봐야 할 것 같군."

그는 랜턴을 껐다. 목에 걸려 있던 우에다의 목걸이에 달린 청옥 구슬이 빛을 발하기 시작했다. 엷은 빛은 시간이 지나면서 점점 밝게 퍼져나갔다. 은은한 청색 빛이 감도는 성암 내부는 랜턴으로 비출 때와는 다른 분위기를 자아내고 있었다.

"와, 예쁘다."

경화는 청색의 기운을 움켜쥐기라도 하려는 듯 팔을 내저었다. 청옥 구슬의 빛이 방안에 가득 차면서 가운데에 있는 불상의 이마에 박힌 금강석이 덩달아 빛을 발했다. 그와 함께 석실을 감싸고 있는 벽면에서도 무수히 많은 빛의 알갱이들이 반짝이기 시작했다. 빛깔은 청옥구슬과 똑같았다. 강림은 두 구슬을 비교하기 위해 자신의 목에 매달린 청옥 구슬을 불상의 이마에 갖다댔다. 그러자 갑자기 스르르 불상이 뒤로 물러나더니 경화의 비명이 이어졌다.

"아아아아……!"

경화의 비명은 아득히 멀어지고 있었다. 경화는 불상에 등을 기대고 있다가 불상이 뒤로 물러나면서 생긴 통로로 빨려들어간 것이었다. 강림은 앞 뒤 가리지 않고 그 통로 속으로 몸을 던졌다.

통로는 암반으로 이루어져 있었고, 표면은 매끄럽고 습기가 묻어 있어서 강림의 몸은 거침없이 미끄러져 내려갔다. 목에 매달린 청옥 구슬이 앞을 밝혀주고 있었다.

"경화!"

빠른 속도로 미끄러져 내려가며 강림은 소리를 질렀다. 앞쪽에서 경화의 날카로운 비명이 들려왔지만 그녀의 모습은 시야에 들어오지 않았다. 강림은 미끄러지는 속도를 더하기 위해 손바닥으로 벽면을 지쳤다. 강림의 몸에 속도가 붙기 시작했다. 앞을 주시하고 있는 강림의 눈에 미세한 야광체들이 빠른 속도로 지나치고 있었다. 암반 통로의 바닥에는 빛을 발하는 작은 알갱이들이 띄엄띄엄 놓여 있었다. 그것은 마치 비행기의 착륙을 유도하는 활주로의 조명처럼 보였다. 강림은 자신의 몸이 그 알갱이 위를 미끄러질 때마다 살갗이 긁히는 통증을 느꼈다. 하지만 지금 그런 통증쯤이야 아무것도 아니었다.

드디어 앞쪽에 어슴푸레 경화의 모습이 보이기 시작했다. 두 사람은 봅슬레이나 루지 경기를 하는 사람들처럼 어지럽게 구부러진 암반 통로를 따라 미끄러져 내려갔다. 경화는 강립의 시선에 들어왔다가도 통로가 꺾이면 다시 사라지고는 했다. 강립은 암반과의 마찰을 줄여 속도를 더하기 위해 하체를 위로 꺾어 올렸다. 경화의 머리가 바로 눈앞까지 다가왔다. 경화는 누운 자세로 미끄러지고 있었고, 강립은 엎드린 자세로 미끄러지고 있었다. 강립은 팔을 앞으로 뻗으면서 외쳤다.

"손을 위로 뻗어!"

하지만 그의 음성은 밀폐된 통로 속에서 웅웅거리며 울릴 뿐이었다. 하는 수 없이 강립은 경화의 옷깃을 잡았다. 그리고는 허리에 찬 등산용 칼을 꺼내 바닥을 찍어대기 시작했다. 칼은 암반을 그어댈 뿐 박히지는 않았다. 강립은 다시 상체를 들어올렸다가 있는 힘껏 바닥을 내리쳤다. 그의 괴력이 발휘되는 순간이었다. 칼은 단단한 암반을 뚫고 박혔다. 강립의 몸은 하체가 옆면을 타고 흐르다가 바닥에 내동댕이쳐졌다. 암반과 부딪히면서 무릎과 골반에 심한 통증이 느껴졌다. 하지만 그 와중에도 강립은 칼과 경화 어느 것도 놓치지 않았다.

"으으……."

강립의 앙 다문 이빨 새로 가는 신음이 새어나왔다.

"대장님이세요?"

그제야 정신을 차린 경화가 물었다.

"아무래도 팔이 빠진 것 같아. 경화의 접골 실력을 빌려야겠는 걸."

경화가 강립의 몸을 잡고 기어올라왔다.

“괜찮으세요?”

“아니, 괜찮지 않아. 어깨뼈가 탈골한 것 같……”

경화의 입술이 강립의 입술을 덮쳤다. 차고 부드러운 경화의 혀가 스며드는 순간 강립은 숨이 멎는 듯했다. 어깨와 무릎, 골반의 통증은 어느새 싹 가시고 경화의 감미로운 혀가 스치는 감각만이 살아 있었다. 강립은 그 황홀함에 도취되어 두 눈을 감은 채 경화의 혀를 받아들였다. 그러나 강립은 상대가 경화라는 사실을 깨닫고는 얼른 상체를 뒤로 뺐다. 청옥 구슬의 빛을 받은 경화의 동그란 얼굴이 코앞에 다가와 있었다. 경화는 아무 일도 없었다는 듯 생글거렸다.

“끝도 없이 미끄러져 내려가면서도 두렵지 않았어요. 대장님이 절 구해줄 줄 알았거든요.”

경화는 강립의 가슴에 얼굴을 묻었다. 강립은 몸을 일으키며 딴소리를 했다.

“저 아래에는 뭐가 있을까?”

청옥 구슬의 빛이 닿는 그 너머에는 다시 짙은 어둠이 이어지고 있었다. 통로를 타고 옅고 습한 바람이 올라오고 있었다. 바람에 경화와 강립의 머리가 살랑거렸다.

“이로써 다시 수수께끼 하나를 푼 셈이군. 어둠을 밝히는 자의 머릿결을 해풍이 빗어 넘기리.”

강립은 암반에 박힌 칼을 뽑으려 했지만 뽑을 수가 없었다. 칼을 쥐었던 오른쪽 어깨는 탈골이 되었고, 경화를 붙잡았던 왼쪽 어깨도 통증이 심해서 힘을 제대로 쓸 수가 없었다. 하는 수 없이 칼은 그대로 둔 채 강립과 경화는 통로를 거슬러 오르기 시작했다. 바닥이 미끄러웠기 때문에 두 사람은 여덟팔자로 걸으며 천천히 걸음을 옮겨야 했다.

"아이고, 얼마나 올라가야 하는 거야."

강립은 자기도 모르게 한숨이 새어나왔다.

성암 밖에서 기다리고 있던 은동은 10분이 지나도 강립과 경화가 성암에서 나오지 않자 거북 모양의 바위를 돌려 바위문을 열려고 했다. 하지만 암만 힘을 써도 바위는 꿈쩍도 하지 않았다. 은동의 힘으로는 도저히 바위를 돌릴 수가 없었다. 해가 기울고 밤이 깊어갔다. 은동은 어쩌지를 못해 발만 동동 굴리고 있었다.

강립과 경화는 엉거주춤한 걸음걸이로 통로를 오르고 있었기 때문에 무척 피로했다.

"도대체 우리가 얼마나 걸은 거죠?"

강립이 손목시계를 들여다보았지만 시계는 멎어 있었다.

"이상하군. 약을 교체한 지가 얼마 되지 않았는데 벌써 멎어버렸군."

경화가 점퍼 안주머니에서 휴대폰을 꺼냈다.

"어머, 고장났나. 전원이 꺼져 있어요."

"이상하군. 내것도 마찬가지야. 어쩌면 이 안에서는 전기 장치가 작동하지 않게 하는 어떤 힘이 흐르는지도 모르겠어."

두 사람은 다시 통로를 오르기 시작했다. 그렇게 얼마나 걸어 올라왔을까. 이윽고 통로의 막다른 지점에 이르렀다. 통로를 막고 있는 불상의 뒷면에도 구슬이 박혀 있었다. 그 구슬 역시 불상의 이마에 박혀 있던 금강석처럼 청옥 구슬의 빛을 받아 엷은 빛을 내고 있었다. 강림이 거기에 구슬을 갖다대자 불상이 뒤로 물러나면서 성암이 나타났다.

성암으로 나온 두 사람은 바닥에 내려놓았던 가방과 랜턴을 챙긴 후 출입구로 쓰이는 바위에 다가갔다. 청옥 구슬의 빛은 더욱 엷어져 있었다. 입구를 막고 있는 바위에도 구슬이 박힌 채 엷은 빛을 띠고 있었다. 강림이 구슬을 갖다댔다.

그때 은동은 거북 모양의 바위를 돌리기 위해 마지막 힘을 다하고 있었다. 눈알이 튀어나오려고 하고 항문이 벌렁거릴 정도로 힘을 썼다. 갑자기 바위가 너무도 맥없이 돌아갔다. 그 바람에 있는 힘껏 용을 쓰고 있던 은동은 뒤로 넘어지고 말았다.

"됐다!"

성암에서 강림과 경화가 기진맥진한 모습으로 나오고 있었다. 벌떡 몸을 일으킨 은동이 그들에게 다가가서 손을 잡았다.

"대장님, 죄송합니다. 저에게는 너무 힘에 부치는 일이었어요. 도저히 돌릴 수가 없더라고요."

강림과 경화는 영문을 몰라 서로의 얼굴을 바라보았다. 은동은 자신이 바위문을 열지 못해 지금껏 그들이 갇혀 있었다고만 생각했던 것이다.

3. 반가운 손님

　강립이 은동, 경화와 헤어져 집에 도착했을 때는 자정이 지나 있었다. 경화가 어깨뼈를 맞춰주기는 했지만 여전히 결렸다. 그는 기진맥진한 채 점퍼를 벗고 침대에 뻗었다. 그리고는 누운 채로 바지를 벗어 잠에 빠져들었다.

　강립은 잠자리가 편하지 않았다. 까끌까끌한 느낌이 자꾸만 살갗에 닿아 잠을 방해하고 있었다. 그는 몸을 일으키고 이불을 걷었다. 시트 위에는 미세한 빛을 발하고 있는 작은 물체들이 흩어져 있었다.

　"이게 뭐지?"

　강립은 불을 켜고 시트 위를 들여다보았다. 빛을 거둔 하얀 알갱이들이 보였다. 그는 그것을 손가락으로 찍어 눈앞에 갖다댔다가 혀 끝에 놓았다. 소금이었다. 성암의 암반통로를 미끄러져 내려갈 때 바닥에 떨어져 있던 야광체의 알갱이들이 옷에 묻어온 것이었다. 여느 소금과 다른 점이 있다면 훨씬 단단하고, 특히 어둠 속에서 빛을 발한다는 사실이었다.

　강립은 그 특이한 소금을 손바닥으로 긁어모아 콘솔이 놓인 탁자 위에 둔 뒤 다시 잠을 청했다. 하지만 좀처럼 잠을 이룰 수가 없었다. 시트 위의 소금은 털어냈지만 그의 가슴속에 묻어온 야릇한 감정은 털어내지 못한 까닭이었다. 경화의 입술과 혀가 닿던 촉감이 아직도 그의 입가에 머물러 있었다. 경화가 여자로 다가오리라고는 꿈에도 생각지 못한 일이었다. 그는 끙, 신음을 뱉으며 이불을 뒤집어썼다. 그러고도 그는 한참 동안 잠을 이루지 못했다.

그날 오후 다섯 시, 강림은 은동과 함께 인천국제공항에 도착했다. 운전을 하면서도 강림은 연신 하품을 해댔다.

"어제 잠을 잘 못 주무셨나봐요."

은동의 물음에 강림은 나쁜 일이라도 하다가 들킨 것처럼 얼굴이 화끈거렸다.

베트남에서 태국을 경유해 한국으로 들어오는 비행기가 도착한 시각은 다섯 시 이십오 분이었다. 삼봉은 짧은 여행이었음에도 불구하고 얼굴이 거멓게 그을려 있었다.

"대장님, 반가운 손님들을 모시고 왔습니다."

삼봉이 뒤쪽을 가리켰다. 삼봉이 가리킨 곳에는 백발이 성성한 노인과 중년의 사내가 서 있었다. 노인은 어깨에 긴 자루를 메고 있었다.

"이행리 삼판!"

강림이 양팔을 벌리고 다가가 그를 안았다. 그의 도움으로 E2B 대대를 탈출한 지 33년 만의 만남이었다.

"강립씨는 하나도 안 변했구려. 베트남에서 본 모습 그대로야."

"에이, 그럴 리가 있겠습니까."

이행리 삼판 곁에 서 있던 중년 사내가 빙글거리며 강림을 보았다.

"강 소령님, 저는 전혀 기억을 못하시는 모양입니다?"

강림은 중년 사내의 얼굴을 들여다보았다. 어딘지 낯이 익다는 생각이 들면서도 가물거렸다. 그가 사제복을 입고 있는 것을 알아차리고서야 강림은 그를 기억해냈다.

"박성훈 신부님!"

"하하하, 기억하시는군요. 정말 오랜만입니다."

두 사람은 두 손을 맞잡고 흔들었다.

"아직도 사제복이 자신에게 어울리지 않는다고 생각하십니까?"

강림은 오래 전 꾸르실료 교육에서 박성훈 신부가 했던 말을 기억해내고는 농을 걸었다.

"하하하하, 패션 감각이 없어서 그냥 이 옷을 입고 지내기로 했습니다."

삼봉이 끼여들었다.

"박 신부님께서 이행리 삼판씨를 찾는 데 많은 도움을 주셨습니다. 신부님을 만난 건 행운이었습니다."

강림은 두 사람이 진심으로 반가웠다. 그들과 함께한 시간은 극히 짧았지만 인생의 가장 인상적인 순간을 함께했다는 사실이 거리감을 지워놓고 있었다.

이행리 삼판이 어깨에 메고 있던 자루를 강림에게 건넸다.

"이제야 물건이 주인을 제대로 만났군요. 밤마다 주인을 찾는 신궁의 울음소리에 잠을 이루지 못할 때가 많았습니다."

"감사합니다. 베트남에서 진 신세를 아직 갚지도 못했는데, 또다시 신세를 지게 되었습니다."

"신세라니요. 캡틴 강은 두 번씩이나 제 목숨을 구해준 은인입니다. 오히려 제가 감사할 뿐입니다."

은동이 말했다.

"여기서 이러실 게 아니라 자리를 옮기시지요. 반가운 분들께서 만났으니 회포를 풀어야 하지 않겠습니까?"

그들은 인천 월미도로 자리를 옮겼다. 생선회가 귀한 베트남에서 온 이행리 삼판과 박성훈 신부는 풍성한 횟감 앞에서 어쩔 줄을 모르고 좋아했다. 강립은 모처럼 술을 마셨다. 박성훈 신부는 오지(奧地)에서 늘은 건 술밖에 없다며 소주를 거푸 들이켰다. 그는 그래도 술은 소주가 최고라며 엄지손가락을 내밀었다.

"슈바르츠 신부님께서도 잘 계시는지요?"

강립의 물음에 박성훈은 처연한 웃음을 흘리고 나서 대답했다.

"슈바르츠 신부님께서는 오래 전에 독일로 귀국하셨습니다. 1993년에 노환으로 돌아가셨다는 소식을 저도 뒤늦게 들었습니다."

"오페르트가 세운 학교도 슈바르츠 신부님으로부터 출발한 것이니까 결국 신부님의 갸륵한 뜻은 이 땅에 이루어졌다고 보아야지요?"

"그렇습니다. 하늘에서 보면 지상의 소유권이란 무의미한 것이지요."

두 사람의 이야기를 듣고 있던 삼판이 소주잔을 내밀었다.

"자, 슈바르츠 신부님의 명복과 그 분의 갸륵한 뜻을 기리는 의미에서 한잔 드십시다."

세 사람은 잔을 부딪히고 술잔을 비웠다.

삼판과 강립의 이야기는 주로 베트남전으로 흘렀다. 양삼봉과 김은동은 강립의 무용담에 귀를 기울였다. 삼판은 두 나라의 소원한 관계가 동남아와 중국에 불기 시작한 한류(韓流) 열풍을 타고 회복된 것이 무엇보다 다행스러운 일이라고 덧붙였다.

그들은 그 날 월미도 부근의 호텔을 숙소로 정했다. 강립과 삼판이 같은 방을 썼다. 삼판은 품에서 사진 한 장을 꺼내 강립에게 건넸다. 강립이 사진을 들여다보았다. 사진 속에는 중년의 남자가 활짝 웃고 있었다. 사진 속 남자의 다리는 의수였다.

"치앙이군요. 이행리 치앙."

"하하하, 기억하시는군요. 치앙이 가끔 강립 씨의 이야기를 꺼내고는 했습니다."

"훌륭하게 자랐군요. 자랑스러우시겠습니다."

"전에도 얘기했지만, 내 생의 이유는 오직 이 아이라오."

"결혼은 했습니까?"

"아직. 연구에 빠져 도무지 연애를 할 기미가 안 보입니다. 나중에 강립 씨께서 좋은 처자로 중매를 서시구려."

"연구라면……?"

"치앙은 자기 뜻대로 과학자가 되었습니다. 유전공학을 전공했지요."

삼판이 자랑스러운 듯 사진을 쓸어내리며 말했다.

"잘 되었군요. 치앙은 분명 훌륭한 과학자가 될 겁니다."

"사실 치앙을 공부시킬 형편이 못 되었지요. 그런데 베트남으로 진출한 한국 기업이 장학금을 대서 유학을 갈 수 있었습니다. 나나 치앙은 이행리 할아버지의 보살핌으로 한국에 많은 은혜를 입은 셈입니다."

"하늘은 스스로 돕는 자를 돕는다고 하지 않습니까. 치앙이 제 꿈을 위해 노력했기에 그 같은 기회가 주어진 것일 겁니다."

삼판이 강립 쪽으로 상체를 구부리며 다가섰다.

"사실 이건 기밀사항이오만……."

마치 누가 엿듣기라도 하는 것처럼 강립도 삼판 쪽으로 상체를 기울였다.

"한국과 인도, 베트남 3국이 공동으로 비밀리에 연구를 진행해 온 것이 있었습니다. 치앙도 그 일에 참여하고 있지요. 인도는 유전자 계통에서 세계 최고의 기술력을 보유하고 있지만 자본이 없어 그 소중한 기술력을 미국에 넘기게 될 위기에 빠져 있었습니다. 그때 인도 정부와 과학자들을 비밀리에 설득한 것이 한국 정부였고, 해외에 우수한 인적 자원을 많이 가진 베트남도 그 사업에 동참하게 되었습니다. 이 사업에 대한 우선권을 가지고 있는 한국 정부는 이 사업을 '동의보감' 프로젝트라고 명명했습니다. 동의보감 연구소는 비교적 미국의 간섭으로부터 자유로운 베트남에 위치하고 있습니다."

"'동의보감' 프로젝트요? 허준의 동의보감 말입니까?"

"그렇습니다."

"그런 일이 진행되고 있었군요. 저는 그런 사실을 전혀 모르고 있었습니다."

"당연하지요. 극비사항이니까. 동의보감 프로젝트는 거의 마지막 단계에 이르렀다고 합니다. 이 사실이 미국이나 유럽 쪽에 알려지면 그들은 어떤 수를 써서라도 그 기술력을 손에 넣으려 할 것입니다. 이미 국제사회에서 기득권을 누리고 있는 강대국들은 새로운 세력이 등장하는 것을 원치 않을 테니까요. 연구는 신물질 개발이 그 목표인데, 그걸 발견하게 될 경우 국제사회의 질서는 재편될 겁니다."

"놀랍군요."

강림이 고개를 끄덕였다. 삼판의 말은 계속되었다.

"그런데 연구가 난황에 빠져든 모양입니다. 지금까지 이 연구에는 막대한 자본이 투입되었고 앞으로도 더 많은 돈이 들어갈 모양인데, 그 동안 연구 자금의 70퍼센트를 소화하던 한국의 지원이 중단된 겁니다."

"아니, 왜요?"

"여러 가지 이유가 있겠지요. 대선 정국에 접어들었으니 국외 문제에 대한 관심이 소홀해진 이유도 있겠고 경제적 여건이 어려워진 탓도 있겠지요. 연구는 막바지에 이르러서 더 많은 자금을 필요로 하게 되었다더군요. 문제는 한국의 지원이 중단된 뒤 과학자들 사이에 동요가 일기 시작했다는 것입니다. 내색은 않고 있지만 이미 그들 중에는 미국 기업의 끈질긴 유혹을 받고 있는 이들도 있고요. 지난 1997년 한국이 IMF한파를 맞았을 때 독일, 미국 등의 현지에서 초빙한 연구원들은 이미 연구소를 떠나고 말았습니다. 그 동안 한국이 공을 들여왔는데 남 좋은 일이나 하게 되지 않을지 걱정입니다."

"심각한 일이군요. 동의보감 프로젝트가 미국 쪽으로 넘어간다면 그렇지 않아도 오만한 그들에게 날개를 달아주는 격이 될 텐데."

"그러게 말입니다."

두 사람은 침울한 표정으로 침대에 누운 채 천장을 바라보았다. 삼판이 다시 입을 열었다.

"양삼봉씨에게서 강립씨의 부친이 이(李)씨 성을 가지고 있었다는 이야기를 들었습니다. 제 짐작대로 강립씨는 이행리 할아버지의 자손임이 분명합니다."

강립은 그 말에 어떻게 대꾸를 해야 할지 몰랐다. 우에다 교수의 살해사건 이후로 있었던 모든 일들이 마치 꿈처럼 느껴졌다.

"십팔자왕이라는 말을 들어보셨습니까?"

삼판의 물음에 강립은 눈을 위로 치뜬 후에 대답했다.

"고려 말기에 파자점을 치던 사람들 사이에 퍼져 있던 예언이라고 알고 있습니다. 이씨 성을 가진 사람이 새로운 왕조를 개척한다는 예언이었고, 그 예언을 따라 이성계가 조선을 개국했지요. 신기하고 놀라운 이야기이기는 하지만 우연의 일치가 아니겠습니까?"

"이행리 시조께서 레둑토아 공주와 함께 남만국에 도착한 이후로 그에게는 왕이 되어 달라는 청이 끊이질 않았어요. 하지만 그는 그러한 청을 모두 거절했습니다. 왜인 줄 아십니까?"

강립은 대답 대신 삼판과 눈을 맞췄다.

"십팔자왕 때문이었습니다. 이행리 시조는 전주 이씨 가문에서 왕이 나오리라는 사실을 굳건하게 믿고 있었어요. 그래서 변방의 작은 나라이기는 하지만, 왕이 된다면 자신의 후세에서 진정한 왕이 탄생할 수 없을지도 모른다고 생각했던 겁니다."

"감동적인 이야기군요. 자신의 후손 중에 등장할 진정한 왕을 위하여 왕을 마다하였다니."

"그런데 난 가끔 이런 생각을 해요. 진정 십팔자왕의 예언은 이루어진 것인가 하는……."

"이성계가 왕이 되었으니 예언은 이루어진 것이 아닙니까? 물론 우연에 지나지 않는 것일 테지만."

"조선의 이씨 왕조가 열강들의 틈바구니 속에서 500년을 버틴 건 사실 놀라운 일이지요. 하지만 하늘이 내린 왕이 건설한 나라라면 조금 더 오래 버티거나 영원해야 하는 것이 아닌가 하는 생각을 합니다. 그래서 어쩌면 아직 십팔자왕의 예언은 이루어진 것이 아니라는 생각을 해보는 것입니다."

삼판의 이야기는 밤이 깊을 때까지 그치지 않았다. 강림은 삼판의 이야기에 한편으로는 귀를 기울이고 한편으로는 흘려들으면서 수면의 경계를 왔다갔다했다. TV를 켜두고 잠이 든 사람이 TV 프로그램과 비슷한 꿈을 꾸는 것처럼 그는 십팔자왕의 예언을 실현하기 위해 고군분투했던 전주 이씨 선조들의 꿈을 꾸고 있었다. 그들이 광활한 대지를 가르며 말 을 타고 달리는 모습이었다.

4. 탐사 회의

다음날 오후 강립과 이행리 삼판, 박성훈 신부, 양삼봉, 김은동
은 동해로 향했다. 차 안에서 강립은 이행리 삼판과 박성훈 신부
에게 그간 있었던 일에 대해 이야기를 들려주었다. 삼판과 박 신
부는 그의 이야기를 들으며 무척 놀라워했다. 특히 박 신부는 이
사건에 바텔 오페르트가 관련되었다는 사실을 알고는 더욱 관심
을 가졌다.

강립의 이야기가 잦아들 즈음 김은동이 자루 속에 든 물건에 대
해 물었다. 이행리 삼판이 대답했다.

"이건 송 황제의 신궁입니다. 물소 여섯 마리와 코끼리 세 마리
의 힘이 실려 있는 무시무시한 활이지요."

"돈으로 치면 엄청나겠군요."

"돈으로 값어치를 따질 수 없는 물건입니다. 이 세상에서 이 신
궁을 당길 수 있는 사람은 캡틴 강뿐입니다."

김은동이 손가락뼈를 눌러 으드득, 소리를 내면서 청했다.

"제가 한번 당겨봐도 되겠습니까?"

"이 물건의 주인은 이제 강립씨니까, 강립씨께 부탁하십시오."

"대장님, 한번 당겨봐도 됩니까?"

강립은 운전을 하면서 고개를 끄덕였다.

이행리 삼판이 자루에서 신궁을 꺼내 은동에게 건넸다. 신궁을
받아든 은동은 진지한 표정으로 신궁을 살펴보았다.

"첫눈에도 심상치 않은 물건이라는 것을 알 수 있겠습니다."

은동은 긴장된 얼굴로 활을 당기는 시늉을 해보았지만 신궁이 워낙 커서 차 안에서는 제대로 자세를 취할 수가 없었다.

"나중에 동해에 도착하거든 당겨봐야겠습니다."

이행리 삼판은 신궁을 다시 자루에 넣었다.

동해에 도착했을 때는 이미 늦은 밤이었다. 그들은 늦은 저녁을 먹은 후에 강립의 집에 모여 성암 탐사에 대한 구체적인 의견을 나누었다. 경화도 그 자리에 합류했다.

강립의 대원들, 이행리 삼판과 박성훈 신부 여섯 사람은 거실에 강립을 중심으로 둘러앉았다. 강립은 그간 두타산성에서 우에다 교수가 살해된 일부터 시작해서 차근차근 이야기를 다시 한 번 정리했다. 그리고 우에다 교수가 일본으로 건너간 칠성 스님의 후예라는 사실과 자신이 목걸이를 물려받게 된 내력, 일본에서 겪었던 일, 한밤중에 박 형사의 침입을 받았던 일, 경찰의 수사 진행상황 등에 대해서도 상세하게 설명했다. 그리고 강립은 우에다가의 가사(家史)가 적힌 책의 내용과 비밀의 전래에 대한 자신의 추측 또한 곁들였다. 설명을 듣고 난 박성훈 신부가 강립의 말 끝에 덧붙였다.

"모든 상황을 따져보건대 이렇게 볼 수 있겠군요. 그림과 목걸이를 만든 장본인은 이양무라는 전주 이씨의 조상이 되는 겁니다."

거실에 모인 사람들은 고개를 끄덕였다. 박 신부는 일어서서 강립 뒤에 서 있는 화이트보드로 다가가 거기에 글씨를 적으며 정리하기 시작했다.

　"문헌상 이양무의 뒤는 이안사가 이었습니다. 그리고 이안사의 뒤는 이행리가……"

　자신의 조상 이름이 나오자 이행리 삼판은 자랑스러운 듯 고개를 곧추세우고 주위를 둘러보았다.

　"이행리의 뒤는 이춘, 이춘의 뒤에는 이자춘이 이었고, 이자춘의 아들 이성계, 즉 태조에 이르러 조선을 개국한 겁니다. 십팔자왕의 전설이 실현된 거죠. 이들의 공통적인 특징은 가슴에 반달곰을 닮은 가슴털을 지니고 있다는 것입니다. 조선 태조 다음대의 임금은 정종입니다. 하지만 정종은 여러 가지 상황을 고려하건대 비밀의 전수자로서의 위상에 걸맞지 않습니다. 이건 제 추측입니다만, 정종에게는 아마도 반달곰을 닮은 가슴털도 없었을 것입니다. 진짜배기는 정종의 동생이며 다음 임금인 태종입니다. 두 번에 걸친 왕자의 난 끝에 비로소 비밀의 전수자인 태종이 왕의 자리에 오릅니다. 문제는 그 다음 임금인 세종인데, 우에다가에 전해진 책에 의하면 세종대왕을 끝으로 왕가의 비밀 전수자는 더 이상 나타나지 않았습니다. 세종대왕의 아들로 왕에 오른 문종이나 비운의 인물인 단종도 비밀의 전수자는 아니었습니다. 역시 그들에게도 반달곰을 닮은 가슴털은 없었을 것입니다. 어떤 이유에서인지는 모르지만, 세종대왕은 비밀의 전수자를 왕의 자리에 앉히지 않고 빼돌린 것입니다. 어쩌면 세종의 그러한 행위는 미래를 예측한 선견지명에 의한 것이었을지도 모릅니다. 세종의 뒤를 이어 왕의 자리에 오른 문종은 젊은 나이에 요절했으며, 단종은 비참한 운명을 맞이해야 했으니까요. 아무튼 세종대왕을 끝으로 왕가의 비밀 전수자는 세상에서 사라지고 말았습니다."

잠깐 말을 중단한 박 신부는 목이 마른 듯 헛기침을 여러 번 했다. 경화가 물을 컵에 따라와 박 신부에게 건넸다. 물을 들이켠 박 신부는 다시 이야기를 이었다.

"자, 우선 왕가의 비밀 전수자 계보는 여기까지만 정리하도록 하겠습니다. 다음은 불가(佛家)와 승려 쪽 비밀 전수자를 살펴보도록 하겠습니다. 우에다가에 전해진 책에 따르면 문헌상 최초로 등장하는 승려측 비밀의 전수자는 세종대왕 재위시 삼화사 주지였던 도법 스님입니다. 그 전에는 비밀이 광명사의 주지들에 의해 전수되어 왔지만 세종대왕의 권고로 비밀 전수의 임무가 삼화사로 옮겨오게 되었습니다. 이후로 여러 주지를 거쳐 비학대사에까지 비밀은 이르렀습니다. 비학대사는 자신의 명이 얼마 남지 않았음을 예견이라도 한 듯 수제자인 동천대사에게 방장직을 승계하기 전에 비밀을 전수했습니다. 그리고 동천대사는 불탄의 손에 비명에 가기 전 제자인 김칠성에게 비밀을 전수했습니다. 그 와중에 임진왜란이 일어났고, 최원흘 장군에게 맡겼던, 이씨 왕가에 대대로 전해진 신궁과 목판은 유실되고 말았습니다."

김은동이 손을 들었다.

"신궁은 잃어버렸다면서 어떻게 이행리 삼판씨가 가지고 있는 것이죠?"

그 질문에는 이행리 삼판이 대답했다.

"이 신궁은 송 황제의 것으로 원래 두 개를 만들었다고 합니다. 하나는 남만국의 왕에게 전해졌고, 나머지 하나는 아마도 전주 이씨 왕가에 전해진 것 같습니다."

강립이 그의 말에 덧붙였다.

"사실은 삼판씨가 가지고 온 신궁이 비밀을 푸는 데 제대로 역할을 할지는 의문이네. 신궁이 두 개라고는 하지만 삼판씨의 신궁이 이씨 왕가에 전해진 신궁과 같은 물건인지는 장담할 수 없거든."

김은동의 의문이 풀리자 박성훈 신부의 이야기는 계속 이어졌다.

"이후로 김칠성은 일본으로 잡혀간 아내를 찾기 위해 일본으로 건너갔습니다. 그는 일본에서 우에다로 행세를 하며 아내를 찾아 다녔습니다……."

"어쩜!"

김칠성이 아내를 찾아 일본으로 갔다는 대목에 이르러서 경화는 감격한 듯했다. 경화 때문에 잠시 끊겼던 박 신부의 말은 다시 이어졌다.

"결국 김칠성은 우에다가 되어 일본에 남았습니다. 그 우에다의 후손이 바로 얼마 전 불행하게도 두타산성에서 유명을 달리한 우에다 도라노스께 교수입니다. 그러면 다시 왕가의 비밀 전수자로 돌아가 볼까요?"

박성훈 신부는 다시 물을 마셨다.

"정확한 이유는 알 수가 없지만, 세종대왕 이후로 왕가의 비밀 전수자는 나타나지 않았습니다. 문종이나 단종이 가슴에 반달가슴곰털을 지닌 비밀의 전수자가 아니었다는 사실은 거의 확실합니다. 왜냐 하면 만약 그들이 적통을 지닌 비밀의 전수자였다면, 단종에서 그 대가 끊겼어야 합니다. 비밀의 전수자는 살아 있었고, 오늘날까지도 그들의 대는 이어져 왔습니다. 하지만 불행인지 다행인지 그들은 자신이 어떤 비밀을 지니고 있는 인물이라는 사실에 대해서는 까맣게 모르고 있었습니다. 그들은 비밀에 대해서는 전혀 알지 못한 채 선대로부터 반달곰을 닮은 가슴털과 목걸이만을 물려받아온 것입니다. 긴 세월 잠적해 있던 그들은 이제 드디어 모습을 드러냈습니다. 자, 여러분께 그 비밀의 전수자를 소개합니다. 바로 강림씨입니다."

거실에 모인 사람들은 그러한 사실에 대해서 이미 알고 있었지만 박 신부가 장황하게 늘어놓으며 강림의 이름을 꺼내자 모두들 감격스러운 표정으로 그를 바라보았다. 이행리 삼판과 경화는 박수를 치기까지 했다. 강림은 고개를 떨구고서 아무런 말이 없었다.

박 신부는 자리에 앉고 이제 강림이 일어섰다.

"신부님의 명쾌한 정리에 우리 모두 비밀의 계보에 대해서 명확하게 파악을 할 수 있었습니다. 이제 우리가 할 일은 지금까지 수집한 자료를 토대로 비밀을 밝혀내는 것입니다."

강림은 화이트보드로 돌아섰다. 거기에는 박성훈 신부가 장황하게 이야기를 늘어놓으며 적어놓은 판서가 가득했다. 판서 가운데 강림의 눈에 거슬리는 것이 있었다. 화이트보드를 등지고 앉아 있어서 진작에 발견하지 못한 것이었다.

이양무→이안사→이행리→이춘→이자춘→이성계(태조)→태
종→세종→?????→강(이)립

자신의 성 옆에 괄호로 묶어놓은 '이'를 보자 어릴 적 아버지에
대해 품었던 분노와 원망이 아리게 다가왔다. 그는 얼른 화이트보
드에 적힌 글씨들을 지워버렸다.

"그림에 적힌 시를 통해서 우리는 비밀에 접근할 수 있을 것입
니다."

강립은 화이트보드에 우에다 교수가 해석한 시를 적었다.

태양을 향하고도 눈을 피하지 않는 자에게 길은 열릴 것이다
노을을 그리워하는 거북이의 눈, 비로소 문은 열리고
어둠을 밝히는 자의 머릿결을 해풍이 빗어 넘기리
대지의 중심을 향해 달려가는 마른 바다
치솟는 불기둥은 그대의 영광
영광 뒤의 분노는 자연의 음성만이 잠재우리로다

강립은 그림을 꺼내 사람들에게 돌렸다.

"그림에 적힌 시를 자세히 들여다보면 1행에서 5행까지와 마지
막 6행의 글씨체가 다른 것을 발견할 수 있을 겁니다. 원래는 5행
까지만 있던 것이 세종의 명을 받아 장영실이 비밀의 장소—앞으
로는 성암이라고 부르도록 하겠습니다—에 모종의 기관장치를 설
치한 후 6행을 덧붙인 것으로 생각됩니다. 지금까지 저와 저희 대

원들은 1행부터 3행까지 풀이를 했고, 사실도 확인을 했습니다. 하지만 4행부터 6행까지는 아직 밝혀내지 못했습니다."

"'마른 바다'가 뭔 줄은 알겠군요."

모두의 시선이 이행리 삼판에게로 모였다. 그는 대수롭지 않다는 듯이 말했다.

"바닷물을 햇볕에 말리면 뭐가 되겠소?"

모두들 동시에 외쳤다.

"소금!"

"그렇죠. 아마도 천일염을 두고 '마른 바다'라고 한 것이 아닐까 싶어요."

그러자 강립의 머리에 지난밤 침대에 흩어져 잠을 방해했던 소금 알갱이가 떠올랐다. 그는 소리쳤다.

"삼판씨의 말이 맞는 것 같소. 지난번 경화양과 함께 성암에서 끝도 없이 이어지는 암반 통로를 따라 미끄러져 내려갔다가 돌아온 후 옷에 소금이 잔뜩 묻어 있었습니다. '마른 바다'는 소금을 말하는 것이 분명한 것 같습니다."

다시 정리의 귀재인 박 신부가 나섰다.

"그렇다면 보자…… 강 소령과 경화 양이 미끄러져 내려간 그 통로는 소금을 뿌려서 흘러내려가게 하는 통로인 것 같은데요."

양삼봉이 흥분하여 소리쳤다.

"이렇게 척척 들어맞을 수가! 이제 나머지 5, 6행만 알아내면 비밀을 풀 수 있다는 말이 아닙니까?"

하지만 강립은 고개를 가로 저었다.

"소금이 맞긴 한데, 그게 보통 소금이 아냐."

모두들 강립의 얼굴을 들여다보았다. 강립은 침실로 갔다가 다시 거실로 나왔다. 그는 무언가를 손바닥에 움켜쥐고 있었다.

"은동 군, 잠깐 불을 꺼주게."

김은동이 불을 껐다. 거실이 어둠에 잠기자 강립은 손바닥을 폈다. 강립의 손바닥에는 희미한 빛을 발하고 있는 작은 알갱이들이 놓여 있었다.

"이게 뭐죠?"

양삼봉이 강립의 손바닥 쪽으로 다가섰다. 희미한 불빛을 받은 그의 눈에는 강한 호기심이 깃들어 있었다. 강립이 대답했다.

"이게 바로 시에 나오는 '마른 바다' 일세. 그만 불을 켜게."

김은동이 불을 켜자 강립의 손바닥에서 빛을 발하던 소금 알갱이들은 빛을 거두었다.

박성훈 신부가 물었다.

"이건 어디서 구하신 겁니까?"

"전에 성암에서 암반통로를 미끄러져 내려갈 때 옷에 묻어온 것입니다."

이행리 삼판이 다가와 강립의 손바닥에 놓인 소금 알갱이를 집어들었다. 그는 소금을 형광등 불빛에 비추며 살펴보았다.

"이건 보통 소금이 아니군요."

말을 하고 난 후 삼판은 소금을 자신의 혀 끝에 놓았다. 입안에서 소금을 굴리던 삼판이 다시 입을 열었다.

"단단하기가 일반 소금과는 다릅니다. 잘 녹지도 않는군요. 일반 소금이었다면 긴 세월 습한 동굴 속에서 진작에 녹아 없어졌을 테지요."

어느새 은동은 소금 알갱이를 물에 담그고 젓가락으로 젓고 있었다. 삼판의 말대로 소금 알갱이는 쉽사리 녹지 않았다.

"보세요. 불순물이 섞여 있는데요."

소금이 녹은 후 유리컵을 들여다보며 김은동이 말했다. 그의 말 그대로 유리컵에는 미세한 불순물들이 떠다니고 있었다.

"이런 소금 본 적 있나요? 빛을 발하고, 무엇인지도 모를 불순물을 품고 있는……."

김은동이었다. 모두들 그의 물음에 고개를 가로 저었다. 하지만 장경화가 호기롭게 손가락으로 딱, 소리를 내고는 말했다.

"걱정 마세요. 요런 거 성암 벽에 수없이 박혀 있었어요."

강림도 미소를 지으며 고개를 끄덕였다. 그제야 모두의 얼굴이 환하게 밝아졌다.

"자자, 그럼 다음은 뭐지?"

양삼봉이 상기된 얼굴로 화이트보드 쪽으로 고개를 돌렸다.

"치솟는 불기둥은 그대의 영광. 이건 뭘까?"

김은동이 흥분된 목소리로 말했다. 강림이 그 말을 받았다.

"제 생각에는 1, 2, 3, 4행에 숨어 있는 비밀을 모두 풀고 난 뒤에 나타날 어떤 결과가 아닐까 싶습니다. 장영실이 손을 쓰기 전에는 시가 5행까지밖에 없었을 테니까요."

경화가 탁자를 짚고 몸을 앞으로 내밀며 말했다.

"그럼 비밀을 전부 푼 거나 다름없잖아요"

"중요한 건 그 다음이야. 6행에 있는 '분노'라는 단어는 비밀이 밝혀지고 난 뒤에 찾아올 재앙을 암시하고 있는 것으로 생각돼. 물론 그 재앙은 장영실이 설치한 기관장치에 의한 것이겠지."

강립의 말에 모두들 표정이 어두워졌다. 경화가 투덜거렸다.

"갑자기 장영실이 미워지려고 하는데요. 도대체 '자연의 음성'이란 건 또 뭐죠?"

"글쎄, 몸으로 부닥쳐 보면 알게 되겠지."

강립이 자리에 앉으며 대꾸했다.

삼봉이 신궁이 들어 있는 자루에 시선을 놓고 있다가 말했다.

"그런데 신궁은 뭐죠? 지금까지 신궁이 쓰인 적은 한 번도 없잖아요?"

그 물음에는 아무도 대답을 할 수가 없었다. 아마도 마지막 6행의 비밀과 조우하는 순간 그 쓰임새가 판가름날 거라는 예상만 할 수 있을 뿐이었다.

강립이 박수를 쳐서 모두의 주목을 끌었다.

"밤이 늦었습니다. 오늘은 이만 주무시도록 하고 내일 성암 탐사에 대한 구체적인 안을 애기하도록 하겠습니다. 그리고 내일은, 아니 오늘인가?"

이미 자정을 넘어선 시각이었다.

"투표일이죠."

경화가 재빠르게 강립의 말을 이었다.

"투표권을 가진 분들은 각자 집으로 돌아가 투표를 하시고 내일 저녁 다시 이 자리에 모이도록 하죠."

장경화와 김은동, 양삼봉이 자리에서 일어섰다. 삼판, 박 신부
와 인사를 나눈 뒤 그들은 차를 타고 떠났다. 대원들이 떠난 뒤 삼
판과 박 신부, 강립은 이야기를 나누다가 새벽이 밝아올 무렵에야
잠이 들었다.

5. 일본 천황의 밀사

강립이 잠에서 깬 시각은 오전 11시 무렵이었다. 이행리 삼판과
박성훈 신부는 이미 잠에서 깨어나 있었다. 강립은 두 사람을 집
에 머물게 하고 투표를 하러 나섰다. 투표장소는 집 근처의 초등
학교였다. 그는 차를 내버려두고 걸어서 투표장소로 향했다.

투표장소인 초등학교 입구에는 마지막까지 접전을 벌이고 있는
두 후보 진영의 선거운동원들이 막판 유세를 벌이고 있었다. 투표
소로 들어서는 길에 십팔자왕 운운하던 이행리 삼판의 이야기가
떠올라 강립은 슬며시 웃음을 지었다. 임기 5년의 대통령이 되기
에도 이렇게 어려운데, 이성계가 500년을 통치할 왕조를 열 때는
얼마만한 고통이 따랐을까 하는 생각이 든 까닭이었다.

투표를 하고 나온 강립은 기지개를 펴고서 하늘을 바라보았다.
겨울 날씨답지 않게 기온이 온화했고 날씨도 청명했다.

집으로 향하는 동네 어귀에 들어섰을 때 갑자기 광포한 엔진음
이 뒤에서 들려왔다. 강립이 몸을 뒤로 돌렸을 때는 검은 승용차
가 이미 그에게 바짝 다가온 뒤였다. 그는 급한 대로 공중으로 뛰

어올랐다. 승용차가 급정거하는 소리와 함께 강림의 몸은 앞으로
퉁겨져 나갔다. 승용차의 문이 열리며 검은 양복 차림의 무리들이
강림에게로 달려들었다. 4명이었다. 강림은 얼른 몸을 일으켜 방
어 자세를 취했다. 하지만 곧 뒤따라온 승용차에서 다시 4명의 검
은 양복이 내려서서 강림에게로 다가왔다. 부근은 신축공사가 한
창 진행중이어서 행인이 없었다. 투표일이라 그런지 공사장에는
일꾼들의 모습도 보이지 않았다.

맨 앞의 검은 양복이 입가를 일그러뜨리며 다가서더니 강림에
게 주먹을 날렸다. 강립은 왼쪽으로 살짝 피하며 몸을 숙인 뒤 엄
지와 검지 사이를 쫙 펴서 적의 목을 가격했다. 성대를 정통으로
가격 당한 적은 컥 소리와 함께 뒤로 비틀비틀 물러났다. 그는 연
신 구토를 해대기 시작했다. 이번에는 두 사람이 동시에 덤벼들었
다. 한 사람의 손에는 쇠파이프가 들려 있었다. 강립이 발차기 공
격을 피하는 순간 쇠파이프가 강립의 옆구리를 가격했다. 다행히
쇠파이프는 갈비뼈가 아니라 골반을 후려쳤지만 통증은 상당했
다. 재차 발차기 공격이 들어왔다. 강립이 뒤로 물러서지 않고 고
개만 살짝 피하자 발이 강립의 어깨에 걸렸다. 강립은 상대방의
발을 붙잡은 채 몸을 뒤로 돌리며 업어치기를 했다. 괴력이었다.
강립은 마치 투포환을 날리듯 적을 공중으로 냅다 던져 버렸다.
검은 양복은 공중으로 날아올랐다가 목재가 쌓여 있는 곳에 처박
혔다. 그와 동시에 쇠파이프가 다시 강립의 등을 후려쳤다. 강립
은 몸을 동그랗게 말아 앞으로 구른 뒤 몸을 일으켰다. 다시 쇠파
이프가 바람 가르는 소리를 내며 그에게로 다가왔다. 강립은 쇠파

이프를 피하지 않고 손으로 붙잡았다. 이번에는 강림 차례였다. 쇠파이프를 빼앗은 강림이 몸을 빙글 돌리며 무릎을 구부려 상대방의 정강이를 쇠파이프로 후려쳤다. 경쾌한 금속음이 울리는 것과 함께 뼈가 부러지는 소리가 났다.

상황이 어렵게 돌아간다고 판단한 나머지 검은 양복들은 차에서 속칭 '사시미'라고 불리는 예리한 칼을 꺼내들고 강림에게 다가왔다. 그때, 검은 양복의 어깨 너머로 경찰차가 경보음을 울리며 들어서고 있었다. 잠시 주춤하던 검은 양복들은 재빨리 승용차에 올랐다. 그들 중의 한 명은 경찰차가 더 이상 다가오지 못하도록 공사장에 있던 드럼통으로 경찰차 앞을 가로막았다. 경찰들이 차에서 내리는 순간 승용차는 반대편으로 달아나기 시작했다. 경찰관 두 사람이 강림에게 다가왔다. 운전석의 경찰관은 무전기에 대고 차량조회를 하고 있었다.

"강 대장님이시군요."

구조활동을 하며 얼굴을 익혀둔 경관들이었다.

"괜찮으십니까?"

골반과 등에 묵직한 통증이 자리잡은 것 말고는 별다른 이상이 없었다.

"저 놈들 누구죠?"

"나도 모르겠소."

"강 대장님, 불편하시더라도 잠깐 서까지 같이 가주셔야겠습니다."

"그럽시다. 그런데 어떻게 알고 오신 겁니까?"

"파출소로 신고가 들어왔습니다."

경찰들이 나타난 시각으로 따져볼 때 신고는 검은 양복들이 강림을 덮치기 전에 있었던 것이었다.

"누가?"

"그건 모릅니다. 공중전화여서 추적하더라도 별 소용없을 겁니다."

검은 양복들이 탄 차량은 '허' 번호판을 단 렌터카였다. 차를 빌린 사람은 동해시에서 전자대리점을 하고 있는 사람으로 나타났지만 그는 이 사건과 무관했다. 강림은 자신을 덮친 그들이 일본인들일 거라는 생각이 들었지만 그런 사실은 경찰에게 밝히지 않았다. 신고가 접수된 시각은 12시 30분 경으로 강림이 투표를 하고 있던 시각이었다.

조사를 끝낸 강림이 경찰서를 나서서 택시를 기다리고 있을 때 중절모에 코트를 입은 노신사가 곁으로 다가와 말을 걸었다.

"큰일날 뻔했군."

강림이 돌아보았다.

"오만수……!"

중절모를 약간 위로 치켜들고 오만수가 웃어 보였다. 그의 뒤로 나리타공항에서 오만수와 동행하고 있던 두 젊은이가 서 있었다.

"경찰에 신고를 한 사람이 당신이었소?"

"문 선생께서 했소. 문 선생이 그들을 알아차리지 못했더라면 강 소령은 어떤 봉변을 당했을지 모르오."

'문 선생'이라고 불린 사내가 선글라스를 벗고 강림에게 눈인사를 건넸다. 4년 전 무릉계곡에서 양무의 나무에 대해 들려주었던 바로 그 사내였다.

"오랜만이군요, 문 선생."

"오랜만입니다. 성암을 찾으셨더군요?"

"아니, 나와 우리 대원들을 미행했었소?"

그 말에는 그 곁에 선 젊은이가 대답했다.

"오해 마십시오. 우리는 강 선생님을 보호하려고 그랬던 거니까."

"도대체 어떻게 된 일인지 설명해 주시겠소? 당신들은 도대체 어떻게 이 일에 끼여든 거요?"

오만수가 주위를 두리번거리며 대답했다.

"길에서 이럴 게 아니라 딴 데로 갑시다. 나 역시 강 소령에게 들려줄 이야기가 많소. 그나저나 강 소령 눈썰미가 대단하십니다. 4년 전에 잠깐 만난 사람을 여지껏 기억하고 있다니."

'문 선생'이라고 불린 사내를 두고 하는 말이었다.

네 사람은 근처 식당에 들었다. 강립은 집이 가장 가까운 장경화에게 전화를 걸어 삼판과 박성훈을 부탁했다. 오만수와 젊은이가 나란히 앉고 그 맞은편에 '문 선생'이라고 불리는 사내와 강립이 마주앉았다.

오만수가 물을 마시며 말했다. 그의 손은 미세하게 떨리고 있었다. 가벼운 수전증을 앓고 있는 듯했다.

"우리가 직접 나설 수 없는 입장이라 할 수 없이 경찰을 불렀소이다. 그놈들은 우리가 자기네 편인 줄 알고 있거든. 당분간 그렇게 믿도록 만들어야 하기 때문에 어쩔 수 없었소."

"'그놈들'이라는 건 야쿠자를 말하는 거요?"

"그렇소. 강 소령도 대충 눈치를 챘겠지만, 바텔이라는 작자가 야쿠자를 이 일에 끌어들었소. 바텔은 알고 있겠죠?"

"두타산성에서 살인사건이 발생했을 때 연루된 신고엽과 도경식은 바텔의 수하였죠. 하지만 전 그 이전부터 우연한 기회에 바텔에 대해서는 이미 알고 있었습니다."

"예전부터 그에 대해 알고 있었다고? 음…… 역시 문 선생의 말이 맞군."

강립이 '문 선생'에게로 고개를 돌렸다. 그러자 오만수가 말을 이었다.

"언젠가 문 선생께서 이번 사건과 관계된 사람들에게서 선을 그어나가면 그 정점에 강 소령이 자리잡고 있을 거라는 말을 한 적이 있었소. 역시 문 선생 말대로 이번 일의 주인공은 강 소령 당신인가 보오."

"무슨 말인지 알아듣지 못하겠군요. 그나저나 당신은 어떻게 해서 이 일에 끼여든 겁니까? 그리고 박 형사 말로는 당신이 우에다 교수의 신변을 보호해 달라는 부탁을 했다고 하던데……?"

"맞소. 그들이 그렇게 노골적으로 나올 줄 알았다면 우리가 직접 나섰을 것이오. 그들이 우에다 교수를 죽이리라고는 꿈에도 생각지 못했었소. 큰 실수를 한 거지. 우에다 가문은 그 대가 끊기게 생겼으니 400년 동안 내려온 우에다의 전설은 이제 여기서 막을 내린 셈이지요."

"아니, 당신이 어떻게……?"

오만수가 강립의 놀란 표정을 들여다보며 그의 뒷말을 이었다.

"우에다 가에 대해서 알고 있느냐, 그 말이죠?"

강립은 자신도 모르게 고개를 끄덕였다.

"일본에는 400년 전 조선에서 건너온 김칠성, 그러니까 우에다 에게 큰 빚을 지고 있는 사람들이 있소이다. 그들에게 '우에다' 라 는 이름은 신앙이나 마찬가지지요. 400년 전 홋카이도 지역에서 발흥한 신흥종교 집단은 스스로 하늘의 자손임을 자처하며 세상 을 통치할 새로운 왕이 나타났다고 부르짖었소. 심지어 그들은 당 시 고미즈노오 천황을 납치하기까지 했었지. 막부의 권력자들이 군대를 파견했지만 종교의 마력에 사로잡힌 광신도들을 제압하기 에는 역부족이었소. 하지만 그 신흥종교의 광신도들이 모르고 있 던 사실이 하나 있었소. 고미즈노오 천황이 절세무공의 초고수를 친부(親父)로 두고 있다는 사실. 천황의 친부는 단신으로 침투하 여 자신의 아들인 천황을 구한 것뿐만이 아니라 광신도 집단을 깡 그리 와해시켜 버렸소."

"그 절세무공의 초고수가 바로 김칠성, 우에다였군요."

오만수가 고개를 끄덕였다. 김칠성이 남긴 책의 어디에도 나와 있지 않은 사실이었다. 김칠성은 일본 천황이 된 자신의 아들을 위해 그러한 사실을 비밀의 책에조차 남기지 않았던 것이다.

"우에다 도라노스께 교수의 신변을 보호해 달라고 부탁한 사람 이 누군지 아시오?"

"설마……."

"그렇소. 천황이었소. 물론 천황이 직접 부탁한 것은 아니지만."

오만수의 이야기는 계속 이어졌다.

바텔이 일본 야쿠자의 야마구치 조에 우에다 도라노스께의 신변 감시를 의뢰한 것은 1998년의 일이었다. 그가 만나는 사람, 연구하는 것, 몸에 지니고 다니는 것, 즐겨 가는 곳 등이 바텔이 알고 싶어하는 것이었다. 공교롭게도 그 일을 맡은 사람은 오만수의 아들인 오경택이었다.

당시 오경택은 야마구치 조의 행동원으로 동료들과 교대로 우에다를 감시하는 일에 착수했다. 오경택과 그의 동료들이 알아낸 것은 우에다가 항상 몸에 옥구슬이 달린 목걸이를 지니고 다닌다는 것, 임진왜란 당시의 전쟁사 외에 동해연안의 지형에 대해 공부하고 있다는 것, 2년에 한 번 꼴로 한국의 동해연안을 여행하고 온다는 것 등이었다. 특별히 만나는 사람은 없었다. 그러던 중 오경택은 자신들 외에 우에다 교수 주위를 배회하는 또 다른 무리가 있음을 알아차렸다. 깡패 같지는 않았다. 자신들처럼 24시간 감시를 하는 것도 아니고 한 달에 두어 번 정도 우에다를 관찰하다가는 돌아가는 것이 고작이었다. 언젠가 부딪쳐보리라 마음을 먹고 있던 중 오히려 그쪽에서 먼저 오경택에게 다가왔다. 그들은 놀랍게도 천황가의 사람들이었다.

오경택은 천황가에 매수되어 우에다를 감시하는 것뿐만이 아니라 보호하는 임무도 띠게 되었다. 두 집단에 양다리를 걸친 것이었다.

야마구치 조는 시간이 흐르면서 왜 바텔이 별 볼일 없는 우에다 교수에게 집착하는지에 대해 호기심을 갖게 되었다. 야마구치 조에서도 특히 성격이 잔인하고 폭력적인 다케다가 바텔의 중개인인 신고엽을 협박하여 그 이유를 캐냈다. 신고엽의 입에서 나온 이야기는 허무맹랑하기 짝이 없는 것이었다. 하지만 바텔의 전 생애에 걸친 집착과 아집을 다케다는 결코 무시할 수만은 없었다. 그 속에는 무언가 큰 건수가 숨어 있으리라고 직감한 다케다는 바텔을 직접 만나 담판을 지었다. 지금까지 적당한 대가를 받고 감시 업무를 대신하는 것에 그치지 않고 동업자로 나서기로 한 것이다. 다케다로서는 결코 손해볼 것 없는 장사였다. 그다지 큰 노력이 드는 것도 아니고 수하들을 시켜 우에다를 감시하기만 하면 되는 것이다. 그러다 정말 큰 건수가 물린다면 재수가 좋은 것이고, 그렇지 않다고 해도 손해볼 것은 없었다. 그런데 우스운 사실은 다케다가 바텔과 담판 짓는 자리에 동석한 사람이 또한 오경택이었다는 것이었다. 오경택은 우에다를 앞에 두고 세 집단으로부터 사주를 받는 처지가 된 것이었다.

오경택은 바텔의 과대망상이나 그 과대망상에 무언가를 기대하고 있는 다케다를 보며 어처구니없다는 생각을 했다. 세상에, 전설에나 등장할 법한 이야기를 사실로 믿고 있다니! 더군다나 바텔은 그 엉터리 이야기에 자신의 전 생애를 걸어 왔다니! 오경택은 그들의 과대망상에 적당히 맞장구를 쳐주며 수고비나 뜯어낼 심산이었다. 적어도 문일광을 만나기 전까지는 그랬다.

오만수가 강립 옆에 앉은 '문 선생'을 보며 말했다.

"정식으로 소개하겠습니다. 강 소령, 옆에 계신 분의 성함은 문일광입니다."

강립이 가볍게 고개를 끄덕여 보였다. 문일광은 아무런 반응이 없었다.

"문 선생은 남파 공작원이었소."

강립이 눈을 치뜨고 오만수를 본 후 얼른 고개를 돌려 문일광을 보았다. 그는 놀란 표정을 감추지 못했다. 문일광이 말했다.

"1998년에 두타산에서 강 선생을 뵈었을 때도 저는 남파 임무를 수행하고 있는 중이었습니다."

"그 다음날인가, 북에서 침투한 잠수함이 꽁치잡이 그물에 걸린 적이 있었소. 혹시……."

"맞습니다. 저를 남한에 상륙시키고 난 뒤 돌아가다가 그렇게 된 겁니다. 그 이후로도 몇 번 더 내려왔었습니다. 그리고 1996년에도 왔었구요."

강립은 주위를 살폈다. 너무도 태연하게 말을 내뱉는 문일광에 비해 오히려 강립이 누가 듣지 않을까 걱정하는 눈치였다.

"그때 생포된 이광수에 의하면 26명이 내려왔다고 했었지요. 25명이 생포되거나 사살되고 1명이 행방불명이었소. 그럼 그 1명이 문 선생이었소?"

문일광이 고개를 끄덕였다. 강립은 이 비현실적인 장면을 어떻게 받아들여야 할지 도무지 알 수가 없었다. 지금 자신의 옆에는 무장공비 또는 간첩이라고 불리는 사람이 앉아 있고, 그 맞은 편에는 일본 천황의 사주를 받고 있는 야쿠자 부자(父子)가 앉아 있는 것이다. 강립은 마치 자신이 어떤 국제적인 음모에 가담하고 있는 범죄자 같다는 생각이 들었다.

"강 소령님은 성암에 들어가보셨지요?"

문일광이 물었다.

"그랬소."

문일광의 눈이 반짝였다. 오만수와 오경택도 침을 삼켰다.

"안에 무엇이 있던가요?"

"불상이 놓여 있더군요."

"그것뿐이었습니까?"

강립은 어디까지 털어놓아야 할지 잠시 고민에 빠졌다. 하지만 그는 곧 자신의 궁금증을 풀기 위해서는 솔직히 말하는 편이 낫겠다고 생각했다.

"불상 뒤로 비밀 통로가 있더군요. 빛이라고는 스며들지 않는 캄캄한 통로였소. 그 아래에 무엇이 있는지는 아직 살펴보지 못했소."

문일광이 생각에 잠긴 듯 물끄러미 탁자를 내려다보고 있다가 입을 열었다.

"강 선생님은 지금 자신이 무얼 찾고 있는지 알고 계십니까?"

강립은 얼른 대답할 수가 없었다. 무얼 찾고 있느냐고? 그건 자신도 알 수가 없었다. 오히려 가장 근본적인 물음이 강립의 머리 속에 울렸다. 그래, 강립. 너는 지금 무얼 찾고 있는 거지? 무엇을……

한참 생각에 잠겨 있던 강립이 이윽고 입을 열었다.

"나는 내 아버지를 찾고 있소. 내가 누군지, 나를 어머니 뱃속에 남겨 놓고 먼저 간 아버지가 누구인지를."

오만수가 말했다.

"그렇다면…… 강 소령은 유복자로 태어난 모양이구려. 혹시 '강'이라는 성씨는……?"

"어머니의 성을 물려받았소. 친부의 성씨는 '이'였습니다."

그제야 모든 의문이 풀렸다는 듯 오만수 부자와 문일광이 고개를 끄덕였다.

"역시 강립 당신이 400년이 넘도록 나타나지 않던 왕가의 비밀 전수자였구려."

강립으로서도 이미 짐작하고 있던 내용이었다. 문일광의 물음이 이어졌다.

"성암 안에 무엇이 있는지 알고 계십니까?"

"모르오."

"역시 문은 사심 없는 자에게 열리는 모양이군요."

거기까지 말한 문일광은 그만 입을 다물었다. 그는 성암 안에 무엇이 있는지 알고 있는 눈치였다. 강립은 성암에 감추어진 비밀이 무척 궁금했지만 문일광이나 오만수 부자가 거기에 대해서 입을 열지 않자, 궁금증을 덮어버렸다.

식당을 나서며 헤어지기 전 오만수가 말했다.

"지금 다케다의 부하 놈들이 이 근방에 좌악 깔려 있소. 아마도 바텔 역시 이 근방에 도착해 있을지도 모르겠소. 아까도 말했지만 놈들은 우리가 자기네 편인지 알고 있소. 혹시 우연히 마주치더라도 우리를 아는 척해서는 안 되오."

강립이 고개를 끄덕였다.

강립이 돌아서려고 할 때 오만수가 다시 말했다.

"이행리 삼판 씨를 다시 보게 되리라고는 생각지도 못했었소. 이 모든 일이 마무리되고 나면 같이 술잔을 기울일 수 있게 되겠지요."

오만수 일행은 총총히 멀어졌다. 강립은 길가에 우두커니 서서 그들의 뒷모습을 바라보았다. 강립 역시 그들과 마음 탁 터놓고 술 한잔 할 수 있는 날이 오기를 진심으로 바랐다.

6. 성암 탐사대

그날 저녁, 대원들과 강립, 삼판, 박 신부는 다시 한자리에 모였다. 그들은 장경화가 솜씨를 부린 요리로 늦은 저녁을 먹은 뒤 잠시 휴식을 취하고 나서 회의를 시작했다.

그들은 이미 알고 있는 사실들에 대해서부터 차근차근 정리해 나갔다. 성암의 위치는 알아냈고, 한시의 4행까지 그 비밀을 풀었다. 성암의 통로를 따라 내려가면 비로소 성암의 비밀과 맞닥뜨리게 될 것이다. 혹시 모르니 이행리 삼판이 가지고 온 신궁과 화살도 가지고 간다.

최종적으로 강립이 탐사에 대한 구체적 사안을 이야기했다.

"이제 성암 탐사를 위한 각자의 역할을 분담하도록 하겠습니다.

성암 근처에 잡을 숙소를 베이스캠프라고 명명하겠습니다. 무릉계곡 부근의 민박집을 구할 수 있을 겁니다. 이행리 삼판 씨와 경화는 베이스캠프를 맡습니다. 은동과 삼봉은 성암과 베이스캠프를 연결하는 가교 역할을 맡고, 최종적으로 성암에는 나와 박 신부님, 삼봉이 들어가도록 하겠습니다. 각자의 개인 장비는 저희 가게에서 마음껏 고르도록 하십시오. 성암에 들어갈 박 신부님과 삼봉 외에도 모두 만약의 사태에 대비해 등산화에 아이젠을 부착하거나 휴대하고, 랜턴도 준비하십시오. 자일도 잊지 마십시오. 내일 정오를 기해서 무릉계곡으로 출발하도록 하겠습니다. 탐사는 등산객들의 이목을 피하기 위해 자정으로 정했습니다. 회의는 이것으로 마치겠습니다."

탐사를 앞둔 그들의 얼굴에는 두려움과 기대가 뒤섞여 있었다. 은동과 삼봉은 삼판과 박 신부에게 등산화에 아이젠을 부착하는 요령을 가르쳤고, 경화는 차를 끓였다. 대원들과 이행리 삼판, 박 신부는 마치 오랜 지기라도 되는 것처럼 스스럼없이 어울렸다.

밤은 자정을 넘고 있었다. 강림은 슬그머니 창밖으로 고개를 돌렸다. 후손을 위해 전주 이씨의 선조들은 무엇을 예비해놓았을까 하는 궁금증도 컸지만, 우에다 교수의 죽음 이후, 자신의 존재에 대한 물음에 해답을 얻었다는 사실이 더욱 크게 다가왔다. 그는 유리창에 입김을 불어 '이립'이라고 써보았다. 아무래도 강림보다는 낯설었다. 자신이 '이립'이 될 수 있을까 하는 의구심이 가슴에 일었다.

강립과 그 일행은 스스로를 '성암 탐사대'라고 명명했다.

다음날 성암 탐사대는 예정보다 조금 이른 11시 40분 경에 두 대의 차에 나눠 타고 두타산을 향해 출발했다. 강립의 차가 앞서고 삼봉의 차가 그 뒤를 따랐다.

낮게 깔려 있던 먹구름이 고운 눈송이를 뿌리기 시작했다. 이제 계절은 완연한 겨울로 접어들어 있었다. 탐사대의 대원들은 기대와 두려움이 뒤섞인 심정으로 차창을 스치는 눈을 바라보았다.

"힘들지 않으시겠습니까?"

강립이 뒷좌석에 앉은 이행리 삼판에게 물었다.

"조상의 땅에 와본 것만으로도 내게는 큰 기쁨입니다. 게다가 인생의 말년에 와서 이런 모험을 할 수 있다는 건 커다란 행운이지요."

강립도 이 모험이 행운이기를 바랐다. 하지만 바텔과 야쿠자 일당이 지금 이 순간에도 탐사대를 주시하고 있을 거라고 생각을 하면 마음이 무거웠다. 미행은 없었지만 언제 어느 때 그들이 들이닥칠지는 모르는 일이었다.

두타산은 평일이고 눈이 내리기 때문인지 한산했다. 이행리 삼판은 베트남과는 느낌이 다른 두타산의 풍경에 넋을 놓았다. 박성훈 신부 역시 오랜만에 대하는 조국의 풍광을 보며 감회에 사로잡혔다.

탐사대는 무릉계곡 부근의 마을에 있는, 닭백숙을 전문으로 하는 식당을 겸한 민박집 2층에 숙소를 정하고 여장을 풀었다. 탐사대는 여행객으로 가장하기 위해 일부러 목소리를 높여 떠들어대기도 했다. 주변의 풍경에 넋을 놓고 다니는 박 신부와 삼판은 일부러 가장을 하지 않아도 여행객 티가 물씬 났다.

그들은 민박에서 점심을 해결한 후 예비답사를 겸해서 성암으로 향했다. 성암에 가본 적이 있는 경화와 은동이 숙소에 남아서 짐을 지키도록 했다.

강립이 성암으로 향하는 계곡 어귀에 서 있는 '양무의 나무'에 대한 내력을 이행리 삼판에게 이야기해주자 삼판은 조상의 흔적을 만난 감격에 겨워했다. 강립 역시 이양무가 자신의 선조라는 사실을 받아들이고 있었기 때문에 나무를 보는 감회가 새로웠다.

이행리 삼판은 70에 가까운 나이에도 불구하고 근력이 좋은 편이었다. 박성훈 신부 역시 베트남에서 교통편도 없이 걸어 다니는 처지여서 다리 근력이 좋았다.

성암 앞에 이르러서 강립이 거북 모양의 바위를 돌려서 바위문을 열자 그 광경을 처음 대하는 삼판과 박 신부, 삼봉은 놀라서 입을 다물지 못했다.

"성암 내부에는 이보다 더한 장치들이 있습니다. 이 목걸이가……"

강립은 자신의 목에 걸려 있는 우에다 교수의 목걸이를 내밀었다.

"안에 있는 장치들을 푸는 열쇠인 셈입니다. 아마도 청옥에서 발산되는 미세한 파장이 작용하여 장치들을 푸는 것 같습니다. 현대 기술로도 이런 것은 아직 만들지 못할 겁니다."

박성훈 신부가 맞장구를 쳤다.

"그럼요. 아무리 과학이 발달했다고는 하지만 고대의 지혜를 따라가지 못하는 것들이 많이 있습니다. 현대인들은 지금의 문명이 과거보다 발달했다고 말들 합니다만, 생활의 편리와 무력의 증강이 곧 발달이라고 말할 수는 없죠. 과학이 도입되지 않았다면 인간의 문명은 지금과는 다른 방법으로 발전을 이루었을 겁니다. 과학의 논리에 밀려 고대의 지혜가 묻혀 버린 것은 참으로 안타까운 노릇이지요."

강립과 삼판, 박 신부, 삼봉은 성암 앞에서 걸음을 돌렸다. 계곡을 내려오면서 강립이 삼판에게 물었다.

"성암 안에 들어가보고 싶으셨습니까?"

"들어가보고 싶었냐고요? 네, 그렇습니다. 하지만 나는 성암을 본 것만으로도 만족합니다. 안에 어떤 비밀이 감추어져 있는지는 캡틴 강이 꼭 밝혀내시기 바랍니다."

마을에 들어섰을 때 강립은 무언가 살벌한 기운이 감돌고 있음을 직감했다. 성암으로 출발할 때는 보이지 않던 검은 승용차들이 민박집 앞에 주차되어 있었다. 숙소로 쓰고 있는 민박집에는 시쳇말로 '깍두기 머리'라고 부르는 헤어스타일의 인상이 험상궂은 남자 네 명이 밥을 먹고 있다가 강립 일행을 주시했다. 민박집 정문 옆으로 난 계단을 따라 2층으로 올라갔다. 계단 위에 덩치가 산만한 괴한이 버티고 서서 내려다보고 있었다. 계단 아래쪽은 조금 전에 식당에서 밥을 먹던 '깍두기'들이 가로막았다. 강립 일행은 계단에 갇힌 셈이었다.

"비켜라."

덩치가 산만한 괴한은 입가에 야비한 웃음을 머금은 채 가소롭다는 표정을 지었다. 그리고는 아래를 막고 있는 패거리에게 뭐라고 말을 했다. 일본말이었다.

"쪽발이 새끼들이군."

강립은 상대방이 자신의 말을 알아듣지 못할 거라고 판단하고 자신의 일행에게 말했다.

"내가 동작을 취하면 계단에 바짝 엎드리십시오."

강립은 말을 내뱉고 나서 번개같이 계단을 뛰어올라가 앞을 가로막은 괴한의 명치를 올려쳤다. 그리고는 그대로 업어치기를 하여 계단 밑으로 집어던졌다. 괴한은 엎드려 있는 삼판과 박 신부, 삼봉의 머리 위로 날아가서는 자기네 무리들을 덮쳤다. 그 틈에 강립 일행은 2층으로 몸을 피했다. 2층에도 괴한들이 기다리고 있었다. 강립은 방에서 튀어나오는 녀석의 턱을 가격하여 쓰러뜨리고 방으로 들어섰다. 하지만 방으로 들어선 강립은 멈추어 설 수밖에 없었다. 은동과 경화의 이마에 총구가 겨누어져 있었다.

"대장님, 놈들이……!"

2층으로 올라선 삼봉도 우뚝 멈추어 섰다. 1층에서 올라온 패거리들이 출입구를 막아섰다.

방안을 들여다보는 박 신부의 눈이 커지더니 낮게 신음을 흘렸다. 방안에 앉아 있는 백인 노인이 박 신부에게 아는 체를 했다.

"박 신부, 오랜만이군. 당신이 이들 틈에 섞여 있다니, 뜻밖인데."

경화와 은동의 이마에 총구를 겨누고 있는 무리들 틈에 앉아 있는 백발이 성성한 백인 노인, 그는 바로 바텔이었다.

7. 숨은 내막

상대편은 바텔을 포함하여 모두 아홉 명이었다. 다섯 명은 일본인 야쿠자 조직원들이었고 세 명은 대독 과학기술고등학교 출신으로 일본어에 능했다.

야쿠자 네 명이 코트 속으로 총을 겨눈 채 강림과 삼봉, 은동, 박 신부를 앞세웠다. 그들의 짐은 야쿠자들이 가지고 있었다. 경화와 이행리 삼판은 바텔의 수하들 틈에 섞여 있었다. 야쿠자 패거리의 우두머리로 보이는 이는 신궁을 꺼내 들여다보며 걸어갔다. 마을의 주민들이 이 어색한 행렬을 힐끔힐끔 곁눈질로 훔쳐보며 지나쳤다. 바텔이 강림에게서 빼앗은 목걸이를 목에 걸며 등뒤에서 유창한 한국말로 지껄였다.

"나는 네놈이 해낼 줄 알았어. 너를 지켜보면서 얼마나 조바심을 쳤는지 아나? 네놈이 성암을 찾아냈을 때 이 세상에서 가장 기뻐한 사람이 바로 나였다네."

박 신부가 앞을 바라보고 걸으며 물었다.

"궁금한 게 있다, 바텔. 너는 어떻게 알고 이 일에 끼여든 거냐?"

"한국은 예의지국이네, 박 신부. 늙은이에게 그런 말투를 쓰면 못 써."

"너는 비밀을 알 권리가 없다. 어서 네 나라로 돌아가라."

"헛소리 마라. 나는 오로지 검은산을 찾기 위해 갖은 고생을 하며 이 지저분한 나라에 왔다. 지난 40년 동안 내가 어떤 고생을 했는지 아나? 검은산에 대한 권리는 오로지 내게만 있어."

강립이 물었다.

"검은산이라니?"

"황금산을 몰라서 묻는 거냐?"

"황금산이라니? 그건 또 뭐지?"

바텔은 웃음을 터뜨렸다.

"카하하하! 너희 놈들은 지금껏 황금산을 찾아서 헤맨 거다. 네가 찾아낸 그 장소에는 어마어마한 황금이 묻혀 있어."

강립 일행에게 바텔의 말이 곧이곧대로 들어올 리 없었다. 세상에 황금이라니! 강립이 코방귀를 뀐 후에 말했다.

"바텔, 어리석구나. 어디서 그런 허무맹랑한 소리를 듣고 온 거냐? 우린 조상의 족적을 찾기 위해 비밀을 풀었을 뿐이다."

"강립, 어리석구나. 너희들이 찾아낸 그 곳에는 이씨 왕조가 숨겨둔 어마어마한 양의 황금이 묻혀 있어. 우리 가문의 황금을 조선의 왕들이 빼돌린 거다."

바텔은 과대망상에 사로잡혀서 마치 원래 오페르트 가문 소유의 황금을 조선의 왕들이 빼앗기라도 한 것처럼 떠들어대고 있었다.

강립은 어쩌면 바텔의 이야기가 전혀 터무니없는 것이 아닐지도 모른다는 생각이 들었다. 전날 만난 오만수 부자와 문일광은 성암에 무엇이 숨겨져 있는지 아는 눈치였다. 그들은 무엇을 알고 있을까, 성암에는 무엇이 있을까…….

"저 쪽발이 깡패놈들은 네가 끌어들인 거냐?"

"나이를 먹었더니 힘이 부치더군. 그래서 저들을 고용한 거네."

"너는 실수한 거다, 바텔. 네가 말하는 그 황금이라는 걸 보게 되면 저들이 너를 살려둘 것 같은가?"

"닥쳐라!"

바텔은 말문을 닫았다. 그의 침묵에서는 야쿠자 일당이 어떻게 돌변할지 모른다는 불안이 묻어나왔다.

계곡 어귀에 다다랐을 때 강림에게 총을 겨누고 있던 야쿠자가 총으로 강림의 머리를 내리쳤다. 강림은 머리를 감싸면서 쓰러졌다.

"악!"

경화가 비명을 내질렀다. 그러자 바텔의 수하 중 하나가 그녀의 뺨을 후려쳤다.

강림의 뒷덜미를 타고 피가 흘러내렸다. 강림을 총으로 내리친 자는 강림에게 턱을 강타당한 분풀이를 한 것이었다. 그는 턱뼈가 부서진 듯 통증을 이기지 못하고 낮게 신음을 내뱉었다. 재차 강림을 내리치려 하자 그의 우두머리가 말렸다. 우두머리는 그에게 굵은 음성으로 뭐라고 일렀다. 일본어를 조금 알아들을 줄 아는 강림이 듣기로는 이용가치가 높은 놈이니 아직은 살려두라는 뜻이었다.

성암 입구에 다다르자 뜻밖에도 세 사람이 그들을 기다리고 있었다. 오만수 부자와 문일광이었다. 전날 얘기한 대로 강림은 그들에게 아는 체를 하지 않았다. 하지만 이행리 삼판이 문제였다. 강림의 눈에 눈을 찡그린 채 오만수의 얼굴을 들여다보고 있는 이행리 삼판의 모습이 들어온 것이었다. 미처 삼판에게 언질을 하지 못한 강림의 실수였다. 이행리 삼판은 비로소 오만수를 알아본 듯 반가운 표정으로 그에게 말을 걸려 했다. 강림이 얼른 약간 과장되고 큰 목소리로 선수를 쳤다.

"이 놈들도 너와 한패냐, 바텔?"

그러자 이행리 삼판이 우뚝 멈추어 서서 강림을 돌아보았다. 강림이 눈을 찡그려 보였다.

"다케다, 일처리가 매끄럽지 못하군. 마을에서 그렇게 소란을 피우면 어떡하나? 그리고 인상 좀 고운 놈들로 데리고 다니지 이 떡대들은 다 뭔가? 얼굴에 깡패새끼들이라고 써붙이고 있군 그래."

오만수 역시 삼판의 행동을 알아차리고 그의 입을 막았다.

다케다라고 불린 사람은 야쿠자들의 우두머리였다. 오만수의 질책이 못마땅한 듯 그는 인상을 일그러뜨렸다가 맞대응했다.

"그러는 호백수 님은 지금까지 어디서 뭘 하다가 이제야 나타난 거요?"

"이것 봐, 다케다. 우리들이 지금까지 두 손 놓고 있었다면 이곳의 위치를 어떻게 알고 기다리고 있었겠는가? 그리고 너. 내가 비록 조직의 그늘로 물러나 앉은 퇴물이라고는 하지만 말투나 태도가 마음에 들지 않는군."

다케다는 침을 탁, 뱉은 후에 오만수의 어깨를 치고 지나치며 '조센진'이라고 낮게 읊조렸다. 오경택이 다케다의 말에 주먹을 불끈 쥐었다. 오만수가 아들의 어깨를 톡톡 두드리며 화를 누그러 뜨렸다. 문일광은 고개를 떨군 채 무표정으로 일관했다.

바텔이 강립에게 말했다.

"지난번 자네가 이 곳에 다녀간 후 우리는 저 거북이 모양의 바위를 돌려 바위문을 열려고 했지만 할 수가 없더군. 무슨 조화를 부렸는지는 알 수가 없지만, 자, 다시 그 괴력을 보여주게."

강립이 뒤통수를 만지며 거북 모양의 바위에 다가갔다. 그의 뒷덜미를 타고 피가 흘러내리고 있었다. 경화가 말했다.

"피가 많이 나요. 저대로 두면 안돼요."

"닥쳐!"

경화의 팔을 붙잡고 있는 바텔의 수하가 그녀의 입을 막았다.

강립은 경화를 한 번 바라본 후 바위를 잡았다. 동쪽으로 향하고 있는 거북이의 머리를 서쪽으로 돌리려 했지만 바위는 돌아가지 않았다. 강립이 몇 번 더 힘을 썼지만 여전히 바위는 돌아가지 않았다. 그 모습을 보고 다케다가 소리쳤다.

"무슨 수작이냐!? 저번에는 잘도 돌리더니 오늘은 왜 그래!?"

강립으로서도 알 수 없는 노릇이었다. 강립은 바텔의 목에 걸려 있는 목걸이에게로 눈길을 던졌다. 아무래도 목걸이와 관련이 있는 것 같았다.

"그 목걸이들을 다시 내게 주시오. 그래야만 바위를 돌릴 수 있을 것 같소."

“무슨 소리야?”

“나도 잘은 모르겠소. 하지만 그 목걸이들을 차지 않고는 절대로 이 바위를 돌릴 수가 없소.”

바텔은 하는 수 없이 목걸이를 풀어 강림에게 주었다. 그 모습을 보며 박 신부가 이죽거렸다.

“돼지목에 진주 목걸이로군.”

바텔의 수하 중 한 녀석이 박 신부의 명치께를 주먹으로 내질렀다. 박 신부는 비명을 지르며 바닥에 쓰러졌다. 경화가 달려가고 곁에 있던 삼봉이 박신부를 부축하여 일으켰다.

강림은 목걸이를 찬 후에 다시 거북바위를 돌렸다. 역시 강림의 예상대로 거북바위는 쉽게 돌아갔다. 굉음이 울리며 위쪽에 있는 바위문이 옆으로 구르면서 성암의 동굴이 열렸다.

“자, 이제 역할을 끝냈으니 목걸이를 다시 주게.”

강림이 목걸이를 풀어 바텔에게 던졌다.

“머리 위로 손 올리고 들어가!”

강림 일행이 성암 안으로 먼저 들어서고 바텔 일당이 랜턴을 켜들고 뒤를 따랐다. 성암은 열여덟 사람이 들어서자 꽉 찼다. 야쿠자들은 강림 일행에게 총을 겨눈 채 주위를 둘러보았다. 호백수는 한쪽 구석에 우두커니 서서 고개를 이리저리 돌렸다. 바텔은 랜턴을 눈 가까이에 대고 벽면을 유심히 살폈다. 그는 성암에 들어왔다는 사실 자체만으로도 상당히 흥분한 듯했다.

“오, 지난 40년간 그렇게도 찾아 헤맨 곳이야. 이 곳을 찾기 위해 나는 나의 젊음을 몽땅 불살랐어.”

바텔은 감격에 겨워 마치 연극대사를 외듯 말했다. 강립이 그의
말을 받았다.

"이봐, 바텔. 황금은 없어. 이게 전부라고. 너는 그 동안 망상에
사로잡혀 있었던 거다."

"수작 부리지 마라. 지난번에 너는 이 안에서 5시간도 넘게 머
물렀다. 분명 다른 곳으로 통하는 길이 있을 거야. 황금이 쌓여 있
는 곳으로 통하는 길 말이야. 어서 그 길을 열어라."

"문을 열지 못해서 안에 갇혀 있었던 것뿐이다. 이 안에 황금 따
위는 없었어."

그러자 바텔이 다케다에게 붙잡혀 있는 경화의 턱을 잡고 흔들
었다.

"이 년을 여기서 욕보인 후에 갈기갈기 찢어 죽인다면 그제야
길을 알려줄 텐가?"

경화는 겁에 질린 표정으로 강립을 바라보았다.

"어떻소, 다케다 상? 이년 몸뚱아리가 쓸 만하지 않소? 이만하
면 상당한 재미를 볼 수 있을 것 같은데."

바텔은 강립을 자극하기 위해 장경화의 엉덩이 쪽으로 손을 뻗
어 매만지기 시작했다. 장경화는 소름이 돋는 듯 인상을 일그러뜨
리고서 몸을 틀었다. 다케다와 야쿠자들은 음흉한 미소를 지으며
강립을 지켜보았다. 장경화의 엉덩이를 주무르던 바텔의 손이 차
츰 가슴 쪽으로 옮아갔다.

"그만해라, 바텔!"

바텔은 동작을 멈추고 강립을 야비한 눈길로 바라보았다.

"목걸이를 내게 줘. 그래야만 문을 열 수 있다."

바텔은 목걸이를 강립에게 던져주며 말했다.

"괜한 수작 부릴 생각 말게. 이년의 예쁘장한 얼굴에 바람 구멍을 내고 싶지 않다면 말야."

강립은 무서운 눈초리로 바텔을 쏘아보다가 말했다.

"랜턴을 꺼. 불빛이 있으면 목걸이는 아무 쓸모가 없다."

야쿠자와 바텔의 수하들은 바텔 쪽으로 시선을 옮겼다. 바텔이 고개를 끄덕이자 그들은 불을 껐다. 성암이 어둠에 잠기자 목걸이가 빛을 발했다. 강립과 경화가 들어왔을 때처럼 성암의 벽면은 무수한 별자리를 그리며 반짝이기 시작했다. 강립 일행도 바텔 일당도 그 은은한 불빛의 물결 속을 황홀한 표정으로 좇고 있었다.

강립은 불상 쪽으로 몸을 돌렸다. 불상의 이마에 박힌 금강석에서도 예의 그 불빛이 흘러나오고 있었다. 불상 쪽으로 다가가던 강립은 잠시 멈칫했다. 그는 얼른 장경화를 돌아보았다. 그녀 역시 다케다에게 붙들린 상태에서도 고개를 갸웃거리고 있었다. 가운데에 서 있는 불상에서 불빛이 새어나오던 예전과 달리 이번에는 오른쪽에 서 있는 불상의 금강석이 빛을 발하고 있었던 것이다. 강립은 그 이유를 알 수 없었지만 목걸이의 청옥구슬을 갖다 대었다. 그러자 불상이 뒤로 물러나며 길이 열렸다. 바텔이 흥분을 참지 못하고 소리쳤다.

"그래, 바로 이거야! 나도 이럴 거라고 생각했어. 황금이 그렇게 쉬운 곳에 있을 턱이 없지 않아? 가보자구! 또 어떤 신비로운 일이 벌어질지 두고보자구!"

야쿠자들은 미리 준비해온 쇠파이프를 불상과 벽면의 틈바구니에 끼워서 불상이 닫히지 않도록 했다.

"이건 가지고 가기가 거추장스러운데 그냥 두고 가면 안될까?"

다케다는 어깨에 메고 있던 활을 바닥에 내려놓았다. 바텔이 강립과 삼판에게 물었다.

"저 활은 뭐지?"

강립이 대답했다.

"저건 삼판씨가 내게 개인적으로 선물한 것이오."

"저 물건이 황금을 찾는 데 필요한가?"

강립은 짧은 순간 머리를 굴렸다. 신궁은 그림에 적힌 시의 마지막 행과 관련이 있을 것 같았다.

'영광 뒤의 분노는 자연의 음성만이 잠재우리로다'

그 시구는 비밀이 열리고 난 뒤에 찾아올 재앙에 대한 경고로 생각되었다. 거기에서 신궁이 아마도 어떤 역할을 하게 될 것 같았다. 하지만 강립은 신궁을 가지고 가지 않기로 결정했다. 신궁이 바텔 일당과 야쿠자들의 손에 넘어간다면 그건 비밀의 열쇠를 고스란히 악의 무리에게 넘겨주는 셈이 되는 것이었다. 강립은 만약 재앙이 닥친다면 바텔 일당과 함께 그 재앙 속에 함몰되리라고 마음먹었다. 그 전에 대원들과 삼판, 박 신부를 저들의 손아귀에서 벗어나게 하는 것이 급선무였다.

강립이 바텔의 말에 대답했다.

"저것은 베트남에서 건너온 물건이오. 저게 어떻게 이 땅의 비밀에 소용이 닿겠소."

"허튼 수작! 너는 양삼봉을 베트남에 보내 삼판을 데리고 오도 록 했다. 저 활 때문에 그랬던 게 아니었나?"

"나 역시 당신 못지 않게 비밀이 궁금한 사람이오. 활을 어떻게 하든 그건 마음대로 하시오. 마지막 비밀을 풀기 위해서 필요한 것은 소금이오."

"소금?"

"소금이 있어야 하오. 그게 비밀을 푸는 마지막 열쇠요."

강립은 지금 바텔의 관심을 신궁에서 다른 곳으로 돌리기 위해 일부러 소금을 강조하고 있는 것이었다.

"그런 사실을 진작 알고 있었다면 소금은 준비해 왔겠지?"

강립은 벽면에서 빛을 발하고 있는 무수한 야광체들을 손가락 으로 가리켰다.

"저게 소금이오. 일반 소금과는 성분이 다른 것이오. 자세히는 모르지만 저 소금이 있어야 비밀을 풀 수 있소."

바텔은 벽면으로 다가가 손바닥으로 쓸어내렸다. 그는 손톱으 로 벽을 긁어 벽면에 박힌 알갱이를 파냈다. 알갱이를 혀끝에 댄 바텔은 만족스러운 표정으로 강립을 돌아보았다.

"정말 소금이군. 이런 것까지 알아냈다니, 대단해."

바텔의 관심을 신궁에서 멀어지게 한 것은 일단 성공으로 보였 다.

"하지만 강립, 이게 만약 엉뚱한 수작이라면 자네의 친구들은 모조리 지옥행이라는 사실을 명심하게."

바텔은 야쿠자와 자신의 수하들에게 명령했다.

"소금을 파내."

야쿠자와 바텔 일당은 성암의 벽면에서 소금을 긁어내어 자루에 담았다. 강립은 그들의 모습을 지켜보며 지금 자신의 판단이 옳은 것인지 어떤지 알 수 없어 가슴을 졸였다. 그는 '소금'에 대한 사실을 발설함으로써 그림에 적힌 시구의 4행까지 밝혀버리게 된 것이었다.

바텔은 목걸이를 다시 강립에게서 빼앗았다. 목걸이와 소금을 손에 넣은 바텔 일당은 강립으로 하여금 불상 뒤로 생겨난 동굴로 들어가도록 종용했다.

강립은 동굴로 들어서기에 앞서 심호흡을 했다. 전에 암반 통로를 따라 정신없이 미끄러져 내려가던 때와는 달리 가슴에 묵직한 두려움이 자리잡았다. 왜 입구가 바뀐 것인지는 알 수 없었지만 동굴 속에 도사리고 있는 어둠의 아가리 너머에 인간의 힘으로는 어쩔 수 없는 거대한 힘이 숨겨져 있을 것이라는 예감이 끊임없이 강립의 가슴을 긁어대고 있었다.

"빨리 들어가!"

'그래, 일단 한 번 부딪쳐 보자!'

강립은 입술을 지그시 깨문 채 동굴 속으로 걸음을 옮겼다. 강립의 등뒤에서 다케다의 목소리가 들려왔다.

"이 활은 어떻게 하지?"

바텔이 대답했다.

"그건 다케다 상 임의로 처리하시오. 모양이 그럴 듯하니 벽에 걸어두면 장식용으로 괜찮을 것 같은데."

강립이 동굴 속으로 걸어 들어가며 뒤를 돌아보았다. 다케다는 활을 성암 바닥에 내려놓고 있는 중이었다. 강립은 다시 한 번 시구의 마지막 행을 마음속으로 읊었다. 분노는 자연의 음성만이 잠재우리로다……

강립이 선두에 서고 그 뒤를 박신부와 양삼봉, 김은동이 차례로 뒤따랐다. 그 뒤로는 오경택과 문일광, 호백수가 따르고 있었고, 삼판과 장경화를 인질로 잡은 야쿠자와 바텔 일당이 랜턴으로 앞을 비추며 무리의 뒤를 따르고 있었다. 동굴 바닥은 가운데 불상 뒤로 만들어진 암반통로처럼 미끄럽지 않았고, 습기도 앉아 있지 않았다. 그래서 걸음을 옮기기에는 훨씬 편했다.

강립 일행과 바텔 일당이 동굴로 들어선 지 약 10여 분이 지났을 때였다. 야쿠자들이 들고 있던 랜턴 불빛이 가물거리더니 이윽고 불이 꺼지고 말았다. 동굴은 한치 앞도 분간할 수 없을 정도로 짙은 어둠에 휩싸였다. 강립은 그때를 놓치지 않고 뒤돌아 섰다. 어둠 속에서 순간적으로 공격을 가한다면 바텔 일당을 제압할 수 있을지도 모르는 일이었다. 하지만 그는 멈추어야 했다. 바텔의 목에 걸려 있던 우에다의 목걸이가 빛을 발하기 시작한 것이다. 주먹을 불끈 쥐고 돌아섰던 강립은 얼른 방향을 바꾸었다.

"어떻게 된 거야!? 왜 불이 나가버린 거지?"

랜턴은 죄다 동시에 전력이 나가고 말았다. 강립은 전에 암반통로에서 겪었던 일을 떠올렸다. 그 속에서 자신의 시계와 경화의 휴대폰은 아무런 작동도 하지 않았던 것이다.

바텔이 물었다.

"이게 무슨 조화지? 말해보게, 강림."

"이 안에서 전기 장치는 작동을 하지 않아. 나도 그 이유는 알지 못하오. 우선 그 목걸이를 돌려주시오. 앞이 보이지 않으니 더 내려갈 수가 없소. 아니면 당신이 앞장서든지."

바텔이 목걸이를 풀어 강림에게 전달하며 말했다.

"괜한 수작 부렸다간 이 계집년 머리에 바람구멍 날 줄 알아!"

이제 동굴의 어둠을 밝히는 것은 강림의 목에 걸린 목걸이의 청옥 구슬이 발하는 희미한 불빛뿐이었다. 어둠을 더듬고 전진하는 일행의 걸음걸이는 조심스러울 수밖에 없었다.

동굴은 점점 협소해졌다. 앞서가던 강림이 걸음을 멈추고 귀를 기울였다. 그는 뒤에 선 박성훈 신부에게로 고개를 돌렸다.

"무슨 소리가 들리지 않습니까?"

"그래요. 물이 떨어지는 소리 같은데."

앞으로 나아갈수록 물소리는 더욱 가까워졌다. 그것은 깎아지른 절벽을 타고 흘러내리는 폭포수의 소리임이 틀림없었다.

"주변에 폭포가 있나봅니다."

조금 더 나아가자 동굴 벽면 한쪽이 틔면서 길은 더욱 좁아졌다. 어디선가 바람이 불어와 강림의 머리칼을 빗어넘기고 있었다. 강림은 조심스럽게 허리를 굽혀 발 아래쪽을 살폈다. 발 아래쪽에는 끝을 알 수 없는 어둠이 도사리고 있었다. 강림은 자기도 모르게 몸을 뒤로 물리며 말했다.

“조심하시오. 왼쪽은 절벽이오.”

강립의 뒤를 따르던 일행이 모두 걸음을 멈추고 오른쪽으로 몸을 바짝 붙였다. 그들은 이제 오른쪽 벽면에 등을 바짝 기댄 채 걸음을 옮길 수밖에 없었다. 그렇게 30여 분쯤 더딘 행군이 이어졌을 때였다. 강립은 어둠 저 너머에서 무언가가 빛을 발하고 있는 것을 발견했다. 그 불빛은 청옥구슬의 부드러운 빛을 그대로 닮아 있었다.

“저기 불빛이 있소. 저쪽으로 가면 안전할지도 모르오.”

그때 양삼봉이 소리쳤다.

“저기 위쪽에도 불빛이 있습니다. 아주 많아요.”

강립이 고개를 돌렸다. 양삼봉의 말대로 밤하늘의 별처럼 무수히 많은 불빛들이 어둠 속에 도사리고 있었다. 하지만 그 불빛은 성암의 벽면에 박혀 있던 소금 알갱이나 불상의 이마에 박힌 금강석, 좀전에 강립이 발견한 불빛이 발하는 것처럼 온화한 느낌을 주지는 않았다. 마치 수천 개의 사악한 눈이 자신을 노려보고 있는 듯한 느낌이 들었다. 그리고 그 수는 점점 늘어나고 있었다.

강립이 소리쳤다.

“이런 젠장, 박쥐야!”

장경화의 비명이 이어졌다.

“빨리 뛰어! 저쪽 불빛을 향해 빨리!”

강립은 달리기 시작했다. 부지런히 그의 뒤를 따르던 박성훈 신부가 비명을 내질렀다. 박쥐가 달려든 것이었다. 강립이 뒤를 돌아보니 바텔 일당은 물론이고 자신의 대원들과 호백수 일행들도 박쥐의 공격을 받고 있었다. 그들은 바닥에 웅크린 채 머리를 감싸고서 앙다문 이 사이로 가는 신음만 뱉어내는 중이었다. 야쿠자 중의 한 명이 온몸에 박쥐를 매단 채 몸부림치다가 절벽 아래로 추락했다.

"도대체 이게 무슨 일이야!"

다케다가 소리지르며 허공을 향해 총질을 했다. 총소리는 긴 여운을 남기며 어둠 속에 묻혔다. 그는 두려움에 질린 채 무작정 총을 쏘아대고 있었다. 흡혈박쥐들은 다케다의 총탄에도 아랑곳없이 무작정 달려들어 동굴 속으로 들어온 침입자들을 물어뜯고 있었다. 견디다 못한 야쿠자 한 명이 다시 절벽 아래로 몸을 던졌다.

"빨리 이쪽으로! 이쪽으로 달려와!"

김은동이 잔뜩 웅크린 채 강립 쪽을 쳐다보고는 몸을 일으켰다. 그는 있는 힘을 다해 달리기 시작했다.

"그래, 달려!"

김은동은 박쥐들을 온몸에 매단 채 혼신의 힘을 다해 강립이 있는 쪽으로 달려왔다. 강립이 손을 뻗었다. 하지만 갑자기 은동의 몸이 왼쪽으로 기울어지기 시작했다. 박쥐 한 마리가 그의 목을 사정없이 문 것이었다. 왼쪽은 깊이를 알 수 없는 천길 낭떠러지였다.

"안돼!"

강립이 손을 뻗었지만 은동의 몸은 이미 절벽 아래 어둠 속으로 잠겨들고 있었다.

'으아아아아아아아아아……'

"은동아!"

은동이 사라진 어둠 속에서는 그의 비명소리만 길게 이어지고 있었다. 절벽 아래로 손을 뻗고 있는 강림은 두 눈을 부릅뜬 채 은동을 삼켜버린 어둠을 노려볼 뿐이었다. 강림은 천천히 몸을 일으켜 박성훈 신부를 덮치고 있는 박쥐를 한 손에 쥐고 바닥으로 팽개쳐 버렸다. 그제야 강림은 깨달았다. 박쥐들이 자신은 공격하지 않는다는 사실을. 아마도 자신의 목에 걸린 목걸이 때문일지도 모른다는 생각이 그의 머리를 스쳤다.

강림은 목걸이를 풀어 손에 들고 박쥐 떼를 향해 내밀었다. 그의 생각대로 박 신부를 공격하고 있던 박쥐들은 청옥구슬의 불빛이 닿자 혼비백산하여 달아났다. 강림은 목걸이를 앞으로 내민 채 소리쳤다.

"나는 비밀의 전수자다! 마물들은 당장 내 명을 받들어 물러나라! 나는 비밀의 전수자다! 사악한 어둠의 괴물들은 당장 돌아가라!"

그러자 박쥐떼들은 괴성을 지르며 어둠 속으로 달아나기 시작했다.

"나는 비밀의 전수자다! 너희는 당장 암흑의 숲으로 돌아가라!"

강림은 울먹이고 있었다. 눈가에는 눈물이 맺혔다. 그의 눈은 박쥐들이 달아난 어둠 속을 향하고 있었지만 그가 보고 있는 것은 절벽 아래로 떨어지며 자신을 바라보고 있던 은동의 겁에 질린 눈이었다.

"빨리 저쪽으로!"

강립이 어둠을 향해 청옥구슬을 내밀고 있는 사이 박성훈 신부
가 재빠르게 일행을 이끌었다. 다케다는 그 와중에도 장경화를 붙
든 채 머리에 총구를 겨누고 있었다.

"강 소령, 빨리 오시오!"

강립은 절벽 아래로 시선을 떨구었다. 은동을 삼킨 어둠은 아무
일도 없었다는 듯 시치미를 떼고 있었다.

"강 소령, 빨리!"

강립은 눈가의 눈물을 훔친 뒤 일행에게로 다가갔다. 바텔이 강
립에게 총구를 겨눈 채 재촉했다.

"빨리 이 문을 열어!"

절벽이 끝나고 길은 바위에 막혀 있었다. 바위에는 청옥구슬과
같은 불빛을 내는 금강석이 박혀 있었다. 강립이 청옥구슬을 갖다
대자 바위가 옆으로 굴러 길을 내주었다. 다케다와 바텔 일당이
먼저 들어섰다. 강립 일행이 들어선 뒤 야쿠자들은 쇠파이프를 이
용해 바위가 닫히지 않도록 했다.

바텔이 숨을 몰아쉬며 말했다.

"말해라, 강립. 나갈 때도 저 길로 가야 하나?"

강립은 아무 말 없이 고개를 가로 저었다.

"전에도 저 괴물들이 공격해 왔나!? 빨리 말해! 아니면 한 놈씩
차례로 쏴죽이겠다."

강립은 여전히 고개를 떨군 채 힘없이 말했다.

"전에는 이 길로 오지 않았소. 아마도 이 안은 미로처럼 얽힌 모
양이오."

다케다가 소리쳤다.

"그럼 뭔가!? 길을 잃었다는 말인가!?"

다케다는 박쥐떼의 공격을 받은 후로 신경이 무척 날카로워져 있었다. 그런 그를 자극해서 좋을 것은 없는 일이었다.

"하지만 걱정 마시오. 당신들도 조금 전에 보지 않았소. 왔던 길로 되돌아간다고 하더라도 이 목걸이만 있으면 아무 문제 없을 것이오."

강립은 자신의 목에 걸린 목걸이를 가리키며 말했다.

장경화가 주위를 둘러보더니 걱정스러운 눈길로 강립을 바라보며 말했다.

"그런데 은동이가 안 보여요. 대장님, 은동이는 어딨죠?"

강립은 슬픔이 가득한 눈길로 장경화의 시선을 받았다. 그의 눈길 속에서 장경화는 무서운 일이 벌어졌음을 깨달았다.

"그럼, 은동이가, 은동이가……."

강립이 고개를 끄덕였다.

양삼봉 역시 뒤늦게 은동이 보이지 않는 것을 알아차리고 몸을 일으켰다.

"무슨 일입니까? 왜 은동이가 보이지 않는 거죠?"

장경화가 울음을 터뜨렸다. 박성훈 신부와 이행리 삼판은 고개를 떨군 채 아무 말이 없었다.

"이런 개새끼들!"

양삼봉이 두 주먹을 불끈 쥐고 야쿠자들에게 달려들 태세를 취했다. 그러자 야쿠자들은 총구를 양삼봉에게로 향하며 천천히 몸을 일으켰다. 다케다가 말했다.

"이것 봐, 젊은이. 칼자루를 쥐고 있는 쪽은 우리라는 사실을 잊은 모양이군. 나도 부하를 둘이나 잃었어. 그깟 녀석은 잊어버리고 어서 서둘러!"

양삼봉은 숨을 씨근덕거리며 야쿠자들을 노려보고 있다가 돌아섰다. 그의 눈에서 불똥이 뚝뚝 떨어지고 있었다. 하지만 그것은 불똥이 아니라 눈물이었다.

길은 다시 아래로 이어지고 있었다. 조금 전에 지나온 동굴이나 절벽과는 달리 바닥이 매끄러웠고 습기가 앉아 있었다. 강림은 이 길이 전에 경화와 함께 미끄러져 내려온 그 암반통로라는 사실을 알 수 있었다. 선두에 서서 불을 밝히고 있는 그의 눈에 빛을 발하고 있는 소금 알갱이들이 군데군데 떨어져 있는 모양이 들어온 것이었다.

이행리 삼판의 호흡이 갑자기 거칠어졌다. 70을 넘긴 노인에게는 무척 힘든 행군이었던 것이다. 바텔이나 오만수에게 황금을 향한 열정이 없었다면 그들 역시 진작에 쓰러졌을 터였다.

"도저히 이 늙은이는 더 못 가겠소. 난 힘이 없어서 여러분에게 해코지를 할 수도 없으니 나를 두고 가시오. 제발 부탁이오."

그 말을 오진영의 통역을 통해 전해들은 다케다가 말했다.

"이 늙은이는 쓸모가 없으니 죽여서 저 아래로 굴러내려 보내버려도 괜찮시 않을까?"

강림이 말했다.

"우리 일행에게 손끝 하나라도 댄다면 나 역시 저 아래로 몸을 던져 버릴 테다. 아직 비밀은 풀리지 않았어. 내가 없으면 비밀은 영원히 풀 수 없을 거야."

오만수가 강립에 이어 말했다.

"저 아래에 뭐가 있는지도 모르면서 시체를 내려보냈다가 나중에 낭패를 당할지도 몰라. 그냥 여기에 두고 가자고. 어차피 기력이라고는 없는 늙은이가 아닌가. 나중에 돌아가는 길에 처치해도 늦지 않아."

이행리 삼판의 호흡은 더욱 거칠어졌다. 야광 불빛에 비친 그의 얼굴은 금방이라도 숨이 넘어갈 듯했다. 그 모습을 들여다본 다케다가 일행을 재촉했다.

"움직여!"

강립 일행과 바텔 일당은 이행리 삼판을 버려둔 채 통로를 내려갔다. 강립이 뒤돌아보았다. 이행리 삼판의 작은 몸집이 어둠 속으로 멀어지고 있었다.

이행리 삼판은 목걸이의 불빛이 암반 통로의 코너를 돌아 사라지자 몸을 일으켰다. 금방이라도 숨이 넘어갈 듯하던 그의 호흡은 어느새 안정을 되찾고 있었다. 삼판은 조금 전 자신이 지나온 절벽 쪽으로 조심스럽게 걸음을 옮겼다. 캄캄한 어둠이 앞을 가로막고 박쥐떼들이 우글거리는 그 길을 그는 지금 다시 되짚어 가려는 것이었다.

맨 앞에 가던 강립이 걸음을 멈추고 귀를 기울였다.

"물결치는 소리가 들리지 않나?"

강립 일행과 바텔의 무리들은 강립과 마찬가지로 귀를 세웠다. 동굴을 지나올 때와는 또다른 물소리가 들려오고 있었다. 그것은 파도가 밀려왔다가 포말이 부서지며 물러가는 소리였다. 오만수가 말했다.

"역시 저 밑은 바다였어. 우리가 내려온 길은 산을 관통해서 바다로 내려가는 통로였던 거야."

다케다가 말했다.

"바텔 선생. 바다에서 황금이 난다는 얘기는 들어본 적이 없는 것 같은데, 어떻게 된 일이오?"

"다케다 상, 나를 믿으시오. 저 아래에는 분명 황금이 가득 차 있을 것이오."

강립이 코웃음을 친 후에 말했다.

"바텔, 도대체 그 망상은 언제쯤 버릴 생각이냐?"

"이봐, 강립. 망상이 아냐. 우리 오페르트 집안은 조선 말기부터 검은산을 찾아왔네. 나의 선조이신 에르네스트 이후로 우리 가문의 사람들은 한시도 검은산을 잊은 적이 없어."

박성훈 신부가 물었다.

"검은산이라는 게 뭐지?"

"황금이 묻혀 있는 산을 이씨 왕조들은 세인들에게 두려움을 안겨주기 위해 검은산이라고 불렀던 거네."

이번에는 양삼봉이 물었다.

"그런데 당신의 선조 되는 사람은 어떻게 해서 그 검은산이라는 걸 알게 된 거죠?"

"나는 여러분의 그 왕성한 호기심이 상당히 만족스럽소. 나는 그 동안 이 비밀을 지키기 위해 긴 세월 입을 다물고 있어야 했거든. 젊은이의 그 물음에 답을 해주지. 에르네스트 오페르트께서는 1800년대에 전세계를 무대로 무역을 하시던 거상이었소. 그분께선 일본에 머무시다가 우에다라는 집안의 가신으로부터 엄청난 비밀을 전해들었지. 조선에는 이씨 왕조의 극소수에게만 전해져오는 엄청난 황금이 묻혀 있는 산이 있으며, 사람들에게 산에 대한 공포감을 심어주기 위해 죽음을 뜻하는 검은산이라고 불렀다는 거야. 하지만 그분은 엉뚱하게 강화도 일대를 뒤졌어. 큰 실수를 하신 거지."

"우에다라면……."

"그렇네, 젊은이. 얼마 전에 두타산성에서 살해당한 우에다 교수가 그 집안의 후손이지. 우리 가문 사람들은 에르네스트 오페르트 이후 대대로 여기 검은산을 찾기 위해 많은 노력을 기울였네. 하지만 조선은, 아니 한국은 그 동안 많은 격랑을 겪었기 때문에 우리에게는 기회가 없었던 거야. 그러다 마침 한국에서 선교 활동을 하던 슈바르츠 신부의 미담이 전해지면서 나는 그를 돕겠다는 명목하에 한국에 왔지."

"그런 후에 교회의 재산을 빼돌려 한국에서의 자기 기반을 닦은 거고."

박성훈 신부가 노기띤 음성으로 바텔의 말에 덧붙였다. 바텔은 박 신부의 말은 들은 척도 하지 않았다.

강림이 비아냥거리는 투로 말했다.

"대단하군, 이방인의 말 한 마디에 그토록 오랜 세월 목을 매다니."

"자네는 모르는 일이 하나 있네. 나 역시 많은 세월을 투자했지만 검은산을 찾을 수 없어서 나중에는 포기하려고 했어. 그런데 뜻밖에도 우에다 교수의 존재를 일본에 심어둔 정보원으로부터 알게 되었지. 그는 내가 에르네스트로부터 물려받은 것과 비슷한 그림을 가지고 있었어. 그가 옛날 우에다 가문의 후손이라는 걸 확인한 후 나는 좀 더 많은 사실을 알아내기 위해 우에다 교수에게 중매를 서서 첩자를 심어두기까지 했어."

강림이 놀라서 소리쳤다.

"중매라고!?"

"그렇네. 우리 학교 출신 학생인 김선자를 일본인으로 둔갑시켜 중매를 섰어. 일본 이름은 기미코네."

강림은 너무 놀라서 아무런 말도 할 수가 없었다. 놀라기는 경화나 삼봉도 마찬가지였다. 오만수 일행도 적잖이 놀라고 있었다.

박성훈 신부가 말했다.

"김선자는 대독 과학기술고등학교를 졸업한 후 일본에서 유학 중 1987년 행방불명이 된 여자지. 그 여자도 당신의 정보원으로 활동했던 거로군."

"나에 대해서 아는 것이 많군, 박 신부."

강림에게는 더 이상 아무 소리도 들려오지 않았다. 통로 끝에서 올라오는 물결 소리도 바텔이 내뱉는 말소리도 통로를 걸어가는 발소리도 더 이상 강립의 귀를 파고들지 못했다. 기미코를 향한 믿음과 연민이 한순간에 무너지면서 그의 가슴에는 커다란 공간이 생겼다. 마치 강립의 삶을 지탱해오던 것이 그녀를 향한 믿음이기라도 했던 것처럼 그는 휘청거렸다. 다리 힘이 빠져나가고 몸에는 열이 올랐다. 그는 갑자기 자기 자신이 부끄러워졌다. 목구멍으로 뜨거운 기운이 울컥 올라오면서 눈시울이 뜨거워지기도 했다. 자신의 발이 허공에 떠 있기라도 한 것처럼 발걸음도 부자연스러웠다. 주위를 꽉 메우고 있던 짙은 어둠이 강립의 몸을 죄어왔다.

충격으로 흐릿해졌던 의식이 조금씩 돌아오고 시야에 목걸이의 흐린 불빛이 서서히 들어왔다. 바텔의 이야기는 계속되고 있었다.

"그런데 그게 남 좋은 일만 시켜준 꼴이 되고 말았지 뭐야. 우에다에게는 그림과 가보로 전해져온 목걸이가 있다는 사실 외에는 더 이상 아무것도 얻을 게 없었거든."

바텔은 김칠성이 남긴 책에 대해서는 모르고 있었다. 첩자 노릇을 하기 위해 위장결혼을 한 기미코는 이후에 심경의 변화를 일으켜 바텔에게 더 이상의 정보를 제공하지 않은 듯했다. 강립은 그나마 위안을 받을 수가 있었지만 가슴에 생긴 공간은 쉽게 메워지지 않았다.

"그림은 어떻게 된 거지? 우에다 교수의 것과 비슷한 그림을 가지고 있었다고 하지 않았나?"

박성훈 신부의 물음에도 바텔은 성실히 답변했다. 바텔은 긴 세월 가슴에 묻어둔 이야기를 풀어놓게 되어 속이 후련한 모양이었다.

"그건 에르네스트가 남연군의 묘에서 도굴한 거야. 그분은 그 그림이 검은산의 위치를 설명하고 있다고 믿었지. 그런데 우습게 도 그가 훔친 것은 모조품이었어. 우에다 교수가 가지고 있는 것 이 진짜 그림이었지. 누군가가 진짜 그림을 보고는 베껴두었다가 왕족의 무덤에 대대로 넣어두었던 것 같아. 정말 우스운 일이지. 우리 가문은 그 그림을 전설에 대한 단서로 알고 믿음을 잃지 않 았던 거거든."

"오페르트 가문은 대대로 도적놈의 가문이군. 남의 것을 자기 것처럼 여기는 그 과대망상만큼은 높이 사주겠어."

박성훈 신부의 비아냥거림에 바텔은 낮은 신음 소리를 내어 노 기를 표했다.

"박성훈 신부, 약속하건대 너는 절대로 그냥 죽이지 않겠어. 혀 를 뽑아서 네 스스로 그걸 씹어먹도록 해주겠다."

대열의 맨 앞에서 걸음을 옮기는 강립의 눈에 암반 바닥에 박혀 있는 칼이 들어왔다. 전에 경화와 함께 통로를 미끄러져 내려오다 가 박아놓은 것이었다. 강립은 일부러 발을 헛디딘 척하면서 앞으 로 몸을 기울였다.

"조심하시오!"

영문을 모르는 박성훈 신부가 강립의 옷자락을 붙잡으며 소리 쳤다. 강립은 얼른 칼을 뽑아 품에 숨겼다.

8. 황금 동굴

통로 끝에서 올라오는 물결 소리는 점점 가까워졌다. 맨 앞에 선 강림이 말했다.

"길이 거의 끝난 것 같아."

암반 통로가 끝나고 짙은 어둠이 그 너머에 도사리고 있었다. 통로 끝에는 넓은 공간이 있는 듯했지만 우에다 교수의 목걸이에서 뿜어져 나오는 불빛으로는 충분히 시야를 확보할 수가 없었다.

"아!"

강림이 소리를 지르자 그의 목소리는 메아리처럼 울리며 오래도록 맴돌다가 서서히 흩어졌다. 강림이 아래를 내려다보면서 말했다.

"길은 여기서 끝이야. 밑으로 내려가야 할 것 같소."

물결치는 소리가 들려오기는 했지만 통로 아래쪽이 물로 채워져 있다고는 장담할 수 없었다.

"집어던져도 괜찮은 것으로 아무거나 줘."

양삼봉이 주머니에서 동전을 꺼냈다. 강림이 동전을 아래로 떨어뜨렸다. 날카로운 금속성이 들려왔다.

"아래에는 바위가 있는 것 같군."

강림은 유일한 불빛인 목걸이를 풀어 손에 쥐고 통로 밖으로 뻗었다. 그러자 반딧불 같은 불씨들이 하나둘 생겨나기 시작했다. 불씨는 그 수가 점점 늘어났다. 마치 바람결에 잠시 사그라들었던 양초의 불씨들이 바람이 지나가고 난 뒤 다시 되살아나듯 공동(空

洞)은 사방에서 반짝이는 불빛들로 갑자기 밝아지기 시작했다.

황금이었다. 공동의 벽과 천장 부분이 모두 황금으로 도배되어 있었다. 청옥구슬의 빛을 반사해낸 황금의 벽은 다시 수없이 많은 빛의 갈래를 이루며 점점 더 공동을 환하게 비추고 있었다. 바텔과 그의 선조들의 망상이 비로소 현실로 드러나는 순간이었다.

"이럴 수가!"

공동을 바라보는 이들은 입을 다물지 못했다. 눈앞에 펼쳐지고 있는 광경은 그들로서는 도저히 상상해낼 수 없는 것이었다. 바텔조차도 눈앞의 광경이 믿어지지 않는 듯 두 눈을 커다랗게 뜬 채 할말을 잃고 있었다.

공동 전체가 황금 아닌 것이 없었다. 석주는 황금 기둥을 이루고 있었고, 동굴 천장에서 아래로 돌출된 황금의 융기들은 제 무게를 견디지 못하고 아래로 곤두박질칠 것처럼 크고 굵었다. 벽면은 누군가가 칠을 해놓은 것처럼 온통 황금으로 도배가 되어 있었고, 바닥은 지대가 낮은 곳으로 흘러내리다가 굳은 황금이 매끄럽고 완만한 굴곡을 이루고 있었다. 암반 통로에서 바라보는 방향에서 오른쪽에는 작은 어선 한 척을 띄울 수 있을 만한 수량의 바닷물이 고여 있었다. 바닷물의 수면은 잔잔했지만 이따금 물살이 밀려와 포말을 일으키고 있었다. 바닷물과 황금의 뭍을 연결하는, 바닷가로 치자면 백사장에 해당하는 곳에는 황금의 입자들이 크리스마스 트리에 달아놓은 알전구처럼 반짝였다. 황금의 백사장은 바다 속으로 이어지고 있어서 얼마나 많은 황금 알갱이가 그 속에 있을지 짐작조차 할 수 없을 지경이었다. 그리고 통로 바로 아래쪽에서 약 1미터 정도 떨어진 앞쪽에 깊이를 알 수 없는 구덩이가 있었다. 사방이 빛으로 반짝이고 있는 반면 구덩이 속은 짙은 암흑이 도사리고 있었다.

"황금이 있다는 말은 사실이었어. 바텔의 말은 사실이었어."

박성훈 신부가 넋이 나간 표정으로 눈앞의 광경을 바라보며 말했다.

야쿠자들과 바텔 일당이 황금에 넋을 놓고 있는 동안 강림은 품 안에 손을 넣어 칼을 쥐었다. 삼봉의 바로 뒤에 총을 쥔 야쿠자들이 서 있었다. 자신이 행동을 개시하면 문일광과 오경택도 거들어 줄 것이다. 하지만 역시 경화가 문제였다. 그녀는 적들의 틈에 끼여 있어 자칫 잘못했다간 총탄에 희생될 여지가 컸다. 강림은 손에 쥔 칼을 다시 놓았다.

"내려가!"

바텔이 소리쳤다.

강림이 망설이고 있을 때 바텔이 그의 등을 밀었다. 통로 끝과 바닥의 높이 차이는 3미터 정도였다. 강림은 구덩이에 빠지지 않도록 조심하면서 바닥으로 뛰어내렸다. 다리가 바닥에 닿는 순간 뒤통수에 충격이 왔다. 피는 멎어 있었지만 통증은 더욱 심해졌다.

강림 다음으로 박 신부가 뛰어내리고 이어서 양삼봉의 순서로 뛰어내렸다. 야쿠자들이 강림 일행에게 총을 겨누고 있는 가운데 바텔의 수하들이 바닥으로 뛰어내렸다. 바텔은 수하들의 도움을 받아 땅에 내려섰다. 다음으로 오경택과 문일광이 내려서고 두 사람이 오만수가 내려서는 것을 도왔다. 다케다와 그의 부하 둘은 통로 끝에서 장경화를 붙든 채 강립 일행에게 총구를 겨누고 있었다.

바텔은 엎드려 황금으로 된 바닥에 입을 맞추고는 무릎을 꿇은 채 감격에 겨워 소리쳤다.

"오, 에르네스트 오페르트여! 그대의 꿈이 이루어졌도다!"

공동의 천장을 향해 양팔을 벌린 그는 흡사 신탁을 받는 제사장 같았다.

다케다가 총구를 강립에게 향하며 말했다.

"자, 이제 쇼를 시작하자구. 이제 순서가 어떻게 되지? 조금 전에 소금 어쩌고 하지 않았나?"

바텔이 못마땅한 눈초리로 다케다를 올려다보았다. 높은 곳에 앉아 지시를 내리고 있는 모양새가 우두머리 행세를 하겠다는 듯이 보였기 때문이었다. 하지만 그는 곧 눈길을 거두었다. 바텔은 그제야 야쿠자들을 끌어들인 것을 후회하기 시작했다.

다케다의 부하들이 대원들의 가방을 동굴 바닥으로 던졌다.

바텔의 수하중 한 명이 가방을 열었다. 가방에는 예비식량과 로프, 손전등 등속이 들어 있었다. 바텔의 수하는 그 속에서 소금이 든 자루를 꺼내 강립의 발치에 던졌다. 강립은 발치에 놓여 있는 소금 주머니를 내려다보았다. 그는 속으로 말했다.

'이제 비밀은 막바지에 이르렀다.'

이행리 삼판은 야쿠자들이 쇠파이프를 괴어놓은 바위문을 지나 절벽으로 들어섰다. 바위에 박혀 있던 금강석도 빛을 거두고 사방은 어둠 그 이상의 암흑이 무겁게 내려앉아 있었다. 그는 바닥에 손을 짚은 채 엉금엉금 기다가 절벽에 이르러 천천히 몸을 일으킨 후 등을 벽면에 바짝 기대고 섰다. 다시 그 공포의 흡혈박쥐가 달려든다면 자신은 발 아래쪽의 절벽으로 몸을 던질 수밖에 없을 것이라고 생각했다. 삼판은 가슴속에 스며드는 두려움을 떨궈내기 위해 머리를 세차게 흔들었다.

'강 소령에게 신궁을 전해주기 전에는 절대 물러서지 않겠다.'

삼판은 아랫입술을 깨물고서 걸음에 속력을 더했다. 서두르지 않으면 강림과 대원들, 박성훈 신부가 어떤 곤경에 처할지 모르는 일이었다. 반드시 신궁을 강 소령에게 전할 수 있게 해달라고 그는 천지신명께 빌었다.

다행히 박쥐떼는 어둠 저 너머로 완전히 물러간 듯 나타나지 않았다. 절벽을 타고 올라온 차가운 냉기가 몸을 덮칠 때마다 삼판은 온몸에 소름이 돋으며 다리가 후들거렸다. 폭포의 거센 물소리는 악마의 울부짖음이 되어 그의 귀속으로 파고들었다. 하지만 그는 멈추지 않았다. 아니 오히려 어둠을 뚫고 나아가는 그의 걸음걸이에는 점점 더 속도가 붙고 있었다.

이윽고 절벽을 지나 동굴에 이르렀다. 그때부터 삼판은 달리기 시작했다. 70년의 세월을 지나면서 녹슬고 허물어진 그의 근육은 신궁을 강림에게 전해주어야 한다는 의지로 인해 다시 되살아나고 있는 중이었다. 숨골이 차 오르고 현기증이 일었지만 그의 다리는 멈추지 않았다.

굳은 의지와 강한 정신력으로 인해 증폭되었던 삼판의 기력은 성암에 이르러서 바닥나고 말았다. 그는 바닥을 더듬어 신궁을 찾아낸 뒤 그대로 쓰러지고 말았다. 다리에는 감각이 없었고 입으로는 쉴새없이 밭은기침이 터져나왔다. 하지만 거기에서 주저앉을 수는 없었다. 주인을 애타게 찾는 신궁의 울림을 듣는 순간 그는 있는 힘을 다해 몸을 일으켰다. 활을 어깨에 멘 채 엉금엉금 기기 시작했다. 화살은 자신의 바지 허리춤에 찔러넣었다.

다시 동굴로 들어선 삼판은 힘이 부치면 기어가고, 기어가다가 어느 정도 기력이 회복되면 다시 일어서서 걷기를 거듭했다. 절벽에 이르렀지만 그의 귀에는 폭포의 거센 함성이 들려오지 않았다. 어둠 속을 뚫고 달려드는 냉기는 이제 오히려 땀을 식혀줄 뿐이었다.

"강 소령에게 신궁을……."

그는 미친 사람처럼 중얼거리며 앞으로만 전진할 뿐이었다. 그렇게 얼마의 시간을 흘려 보냈을까. 드디어 바위문이 그의 손에 닿았다.

암반통로로 들어선 삼판은 또 하나의 관문을 통과해야 했다. 다리는 뻣뻣하게 굳어 있었다. 암반통로의 바닥은 매끄러운 데다가 습기가 차 있어 서 있기조차 힘들었다. 게다가 자신의 키만한 신궁이 걸음걸이를 방해했다.

삼판은 아래로 이어지고 있는 어둠을 노려보았다. 더 이상 선택의 여지가 없었다. 그는 신궁을 자신의 가슴 쪽으로 돌려 멘 후 암반 통로 위로 몸을 던졌다. 몸이 바닥을 타고 앞으로 미끄러지기 시작했다. 미끄러지는 속도가 점점 빨라지자 그는 자기도 모르게 비명을 질렀다. 삼판의 몸이 빨려 들어간 어둠 속으로 그의 비명만이 길게 이어지고 있었다.

황금 동굴에는 팽팽한 긴장감이 감돌고 있었다.

"자자, 서둘러! 도대체 무슨 일이 벌어질지 궁금해서 애간장이 다 타들어간단 말야."

다케다가 강림에게 총구를 겨누며 소리쳤다.

강림은 소금이 든 자루와 구덩이를 번갈아 보았다. 그는 통로 앞쪽에 있는 구덩이를 볼 때부터 이미 그림에 적힌 시의 4행이 말하는 바를 짐작할 수 있었다.

'대지의 중심을 향해 달려가는 마른 바다'

통로의 각도와 구덩이의 위치를 가늠해볼 때, 통로에서 소금을 흘러내리면 곧바로 구덩이 속으로 빨려들도록 되어 있었다. 암반 통로에 소금 알갱이가 떨어져 있던 것으로 보아 지금까지 자신이 지나온 곳은 소금을 흘려 내려보내는 통로임이 분명했다.

'왜 군이 소금을 통로에서 흘려보내도록 했을까. 직접 구덩이에 소금을 집어넣어도 상관이 없었을 텐데.'

강림은 다시 시의 5행을 떠올렸다.

'치솟는 불기둥은 그대의 영광'

소금을 구덩이에 넣고 나면 불기둥이 솟아오른다는 뜻일까? 그럴 가능성이 컸다. 공동은 원래부터 황금으로 만들어진 것이 아니라 황금이 튀어서 도금된 것으로 보였다. 아마도 구덩이에서 솟아오른 액체 형태의 황금—용광로에서 흘러나오는 쇳물 같은—이 사방으로 튀면서 동굴 내부를 황금으로 칠해 놓았으리라. 그렇다면 고열의 황금이 튈 때 가장 안전한 곳은 암반 통로였다. 하지만 그곳은 경화를 인질로 잡고 있는 다케다 일당이 장악하고 있는 데다가 높이가 만만치 않고 손을 짚을 곳도 마땅치 않았다. 통로 외에 안전한 곳이 있다면 그것은 잔잔한 수면을 이루고 있는 바닷물 속이었다.

"뭐하고 있어?!"

다케다가 소리쳤다. 강림이 우물쭈물하자 그는 장경화를 자기 쪽으로 끌어당겨 그녀의 머리에 총구를 갖다댔다.

"기어이 험한 꼴을 봐야겠나!?"

장경화가 다케다의 팔뚝을 물었다. 다케다의 이빨 사이로 가는 신음이 새어나왔다.

"이 망할 년이!"

다케다가 손에 든 총으로 경화의 머리를 내려쳤다. 그녀는 정신을 잃고 고개가 푹 꺾였다. 다케다의 팔뚝에서는 핏방울이 스며나왔다.

"어서 소금으로 뭐든 해봐. 그렇지 않으면 이년의 머리에 바람 구멍을 내주겠어!"

강림이 소금자루를 집기 위해 허리를 굽히는 순간 바텔이 다가와 자루를 낚아챘다.

"나는 검은산을 찾기 위해 인생을 걸었어. 이 영광된 순간은 누구에게도 양보할 수 없지."

강립은 어리둥절한 표정으로 바텔의 얼굴을 들여다보았다. 바텔의 눈은 이미 정상적인 사람의 눈이 아니었다. 그는 자신의 전 인생을 바친 일의 완성을 제 손으로 직접 이루고 싶어하는 것이었다.

다케다의 고함 소리가 다시 공동에 울렸다.

"누가 하든 상관없어! 빨리 시작하기나 해!"

바텔이 다케다를 노려보았다. 다케다를 향한 그의 눈에는 광기가 번뜩이고 있었다.

"다케다, 이 황금의 주인이 누구인지 분명히 해야겠다. 너는 이 거룩한 순간에 끼여들 자격이 없어!"

다케다와 그의 부하 둘은 동시에 웃음을 터뜨렸다.

"이봐, 바텔. 아직도 사태 파악이 안 되나? 이제 네 역할은 끝났어. 이 황금들은 새롭게 건설될 이 다케다님의 제국을 위해 쓰여질 것이다."

"닥쳐라!"

바텔의 수하 중 하나가 다케다에게 총구를 겨누었다. 하지만 다케다가 쏜 총탄이 먼저 그의 가슴을 관통했다. 그는 가슴에서 붉은 피를 쏟으며 쓰러졌다.

"자, 다음은 누구지? 누가 여기 이 황금을 자신의 피로 물들이겠는가?"

그때였다. 어디선가 비명 소리가 들려오기 시작했다. 마치 도로

저편에서 달려오는 오토바이의 굉음처럼 소리는 점점 더 가까워
졌다. 비명은 암반통로의 어둠 속에서 들려오고 있었다. 다케다
일당이 비명이 들려오는 뒤쪽으로 고개를 돌렸다. 그 순간 통로를
빠른 속도로 미끄러져 내려온 삼판의 몸이 야쿠자들을 덮쳤다. 다
케다 일당과 경화는 마치 볼링핀처럼 삼판의 몸에 밀려 통로 밖으
로 퉁겨져 나갔다. 다케다의 부하 중 하나가 구덩이 속으로 빨려
들었다. 그의 비명이 구덩이 속으로 아득하게 사라졌다. 강립은
이 틈을 놓치지 않고 품에 숨겨두었던 칼을 꺼내 다케다를 향해
던졌다. 칼은 다케다의 목에 꽂혔다. 그는 강립을 향해 손을 뻗으
며 무슨 말인가를 내뱉으려다 꼬꾸라졌다.

이어서 문일광의 몸이 공중으로 튀어 올랐다. 구덩이를 뛰어넘
은 그는 바닥에 떨어뜨린 총을 집어들고서 몸을 일으키고 있는 야
쿠자의 턱을 가격했다. 오경택은 바텔의 수하를 업어친 후에 바닥
에 길게 뻗은 그의 명치를 주먹으로 내질렀다.

바텔의 나머지 수하 한 명이 강립에게 방아쇠를 당겼다.

"안돼!"

총성이 울리는 것과 동시에 오만수가 강립의 앞을 가로막았다.

"아버지!"

오경택이 총탄을 맞고 쓰러지는 자신의 아버지에게로 달려갔
다.

문일광이 빠른 속도로 바텔의 수하에게로 달려들었다. 다시 총
성이 울렸다. 총탄이 어깨에 박혔지만 문일광은 개의치 않고 그대
로 돌진해 들어갔다. 다시 방아쇠가 당겨지려는 순간 문일광의 발

이 바텔 수하의 목으로 파고들었다. 이로써 바텔과 야쿠자 일당은 모두 제압당했다.

양삼봉과 박성훈 신부는 장경화에게 달려갔다. 장경화는 의식을 잃은 상태였지만 치명상은 아니었다. 이행리 삼판은 통로에서 바깥으로 고개만 내민 채 아래를 내려다보고 있었다.

강립이 오만수에게 다가갔다. 오경택은 자신의 아버지를 끌어안고 눈물을 흘렸다. 무릎을 꿇은 채 오만수를 내려다보고 있는 강립의 눈도 뿌옇게 흐려졌다. 오만수의 가슴과 입에서는 끊임없이 피가 솟아 나오고 있었다.

"제 생명의 은인이십니다."

오만수는 점점 감겨드는 눈으로 강립을 바라보며 미소를 지었다. 그는 눈길을 돌려 아들의 얼굴을 들여다보았다. 오경택의 얼굴을 쓰다듬던 오만수의 손은 곧 밑으로 쳐졌다.

"아버지!"

강립은 허탈한 표정을 지으며 바닥에 주저앉았다. 은동에 이어 오만수 대령마저 희생되고 만 것이었다. 그는 잔잔한 물결이 일고 있는 바다 쪽으로 눈길을 돌렸다. 바닷물 속에는 무수한 염금 알갱이들이 빛을 발하고 있었다.

'과연 저 황금들이 두 사람의 목숨을 대신할 만큼 소중한 것일까.'

그는 할 수만 있다면 우에다 교수가 두타산성에서 살해당하던 그 이전으로 시간을 되돌리고 싶었다. 후손을 위해 예비한 선조들의 원대한 계획도 우에다 가문의 그 오랜 기다림도 모두 덧없이 느껴졌다.

"바텔, 뭐 하는 거냐!?"

박성훈 신부였다. 박 신부의 목소리를 대하는 순간, 강립은 자신이 잠시 바텔을 잊고 있었다는 사실을 상기했다. 강립이 고개를 돌렸을 때 바텔은 자루 속의 소금을 구덩이 속에 붓고 있는 중이었다. 바텔은 조금 전에 일어난 살육전 따위는 안중에도 없는 눈치였다. 구덩이 속을 들여다보는 바텔의 머릿속에는 온통 황금만이 가득 차 있었다.

잠시 후 굉음이 울리며 공동 바닥이 조금씩 흔들리기 시작했다. 그리고 구덩이 주위가 벌겋게 달아오르며 속에서부터 뜨거운 기운이 수증기와 함께 피어올랐다. 갑자기 구덩이는 그르릉 가래 끓는 듯한 소리를 토해내더니 무언가를 뱉어냈다. 삼판이 덮쳤을 때 구덩이 속으로 떨어졌던 야쿠자였다. 그는 벌겋게 익은 채 죽어 있었다.

"곧 거센 불길이 일어날 거야! 어서 바다 쪽으로 달려!"

양삼봉이 장경화를 안고 바닷물이 고여 있는 쪽으로 내달리기 시작했다. 뒤를 이어 박성훈 신부가 달리기 시작했다. 문일광과 오경택은 오만수의 시신을 안아 들었다.

강립은 통로 끝에 고개를 내밀고 있는 이행리 삼판에게 소리쳤다.

"삼판씨는 통로 위쪽으로 피하십시오!"

삼판이 고개를 끄덕이더니 암반 통로의 어둠 속으로 몸을 숨겼다.

바텔은 잔뜩 흥분된 표정으로 뜨거운 수증기가 올라오고 있는 구덩이 곁에 서 있었다.

"바텔, 그곳은 위험하다! 어서 이 쪽으로 피해!"

강림이 소리쳤지만 바텔은 꼼짝 않고 서서 구덩이 속만 들여다보고 있었다. 강림이 바텔 쪽으로 다가가려는 순간 귀를 찢을 듯한 폭발음과 함께 구덩이에서 불길이 솟아올랐다. 불길은 걷잡을 수 없이 거세졌다. 불길의 열기 때문에 강림은 바텔에게 다가갈 수가 없었다. 바텔은 불길이 솟아오르는 구덩이 곁에서 두 팔을 위로 향해 치켜든 채 감격적인 표정을 짓고 있었다.

"대장님, 어서 피하십시오."

강림은 하는 수 없이 바다 쪽으로 달렸다. 구덩이에서 솟아오른 불똥이 사방으로 튀고 있었다. 강림 일행은 바닷물 속에 몸을 잠근 채 두 눈만 물 밖으로 내놓았다. 바텔은 여전히 감격에 어린 표정으로 불기둥을 올려다보고 있었다. 그의 얼굴은 불길의 열기로 벌겋게 익어 있었고, 옷에는 불이 옮겨 붙어 타들어가고 있었다.

이윽고 불길이 서서히 잦아드는가 싶더니 묽게 녹은 황금이 용암처럼 분출하여 사방으로 튀었다. 바텔은 온몸이 불타오르는 동안에도 두 팔을 위로 치켜든 채 소리쳤다.

"드디어 오페르트의 신화가 시작되는도다!"

황금의 용암은 벌겋게 달구어진 구덩이의 붉은 빛을 받아 주황색의 찬란한 빛을 뿌리며 공중으로 흩어졌다. 황금 입자들은 밤하늘에 쏘아올린 불꽃놀이처럼 각양각색의 무늬를 그리다가 공동의 천장과 벽면, 바닷물 쪽으로 날아들었다. 강림 일행은 바닷물의 더 깊은 곳으로 몸을 피했다. 황금의 용암은 바닷물 속으로 떨어지면서 동그란 황금의 입자가 되었다. 황금의 불꽃놀이는 약 5분 동안 계속되다가 그쳤다. 황금이 분출한 구덩이 곁에는 황금을 뒤접어쓴 바텔이 동상처럼 굳어 있었다.

"그의 그 오랜 집념이 이룬 결실이 겨우 저거였군."

박성훈 신부가 측은한 눈길로 황금 동상을 바라보며 말했다.

다시 두 번째 굉음이 울렸다. 강림이 소리쳤다.

"마지막 6행! 장영실 대감의 기관장치가 드디어 작동할 모양이야!"

바닷물의 잔잔한 수면이 부글부글 끓어오르기 시작했다. 수많은 기포가 바닥에서부터 솟아오르고 있었다.

"이런 젠장! 다시 위쪽으로 달려!"

강림 일행은 바닷물에서 나와 구덩이 쪽으로 달렸다. 광포한 소리가 들려오더니 거센 파도가 일기 시작했다. 바닷물이 공동으로 스며드는 것이었다. 바닷물은 수위가 점점 높아지더니 순식간에 구덩이까지 돌진해왔다.

"곧 물이 차오를 거요! 암반 통로로 올라가야 해요!"

하지만 물살은 틈을 주지 않았다. 어느새 공동을 덮친 거센 물결이 탐사대의 몸을 휘감은 것이었다.

"강 소령, 이걸 받아요!"

삼판이 신궁과 화살을 던졌다. 강림이 신궁이 떨어진 쪽으로 다가가려 했지만 물살이 그의 몸을 밀어냈다. 물은 점점 불어나 어느새 턱에까지 차 올랐다. 물살은 거센 소용돌이를 일으키며 강림 일행의 몸을 휘감았다. 소용돌이에 휘말린 박성훈 신부와 양삼봉이 바닥으로 가라앉았다가 다시 위로 솟아올랐다. 바닷물은 무서운 속도로 차 올랐고 물살의 소용돌이는 더욱 거세어졌다. 공동은 바닷물의 물살이 일으키는 파열음과, 강림 일행이 뱉어내는 비명으로 아수라장을 이루었다. 바닷물은 천장까지 차 오를 기세였다. 이행리 삼판 역시 암반 통로로 스며든 바닷물의 속도를 이기지 못하고 물에 잠겼다.

장경화의 몸을 붙들고 자맥질을 하고 있는 강림의 발에 무언가가 걸렸다. 강림이 물 속으로 들여다보니 신궁이 자신의 발에 걸려 있었다. 강림은 자맥질을 방해하는 신궁을 떼어내기 위해 발을 놀렸지만 신궁은 그의 발을 붙들고 놓아주지 않았다. 순간 희미한 전류가 강림의 등골을 타고 올라왔다. 강림은 다시 물 속을 들여다보았다. 신궁이 빛을 발하고 있었다. 신궁이 뿜어내고 있는 빛은 강림만이 알아볼 수 있는 신호체계로서 무언가를 알려주고 있었다. 강림은 경화와 함께 물 속에 가라앉은 채 신궁을 손에 잡았다. 신궁은 이내 빛을 거두었지만 그는 신궁이 들려주는 이야기가 무엇인지 알 수 있었다.

강림은 신궁을 어깨에 메고 수면 위로 올라갔다.

"경화를 부탁하네!"

그는 곁에서 자맥질을 하고 있는 삼봉에게 경화를 맡긴 후 다시 물 속으로 가라앉았다. 구덩이를 달궜던 화기가 잦아들면서 동굴은 다시 어둠에 잠겼다. 하지만 강림의 목에 걸려 있는 목걸이의 청옥구슬이 그의 눈앞을 밝혀주고 있었다. 강림은 그 빛에 의지하여 바닥을 헤치며 화살을 찾았다. 화살은 거센 물살에도 바닥에 달라붙은 듯 아무런 움직임이 없이 놓여 있었다. 그 곁에는 자신의 가방이 놓여 있었고 가방에서는 로프가 비주룩이 나와 있었다.

강립은 화살을 집었다. 그 옛날 이행리가 그랬던 것처럼 화살촉에 로프를 묶었다. 해저의 물살이 그를 덮쳐서 몸을 뒤흔들었다. 강립은 숨이 막혀서 버틸 수가 없었다. 그는 로프를 매단 화살을 손에 쥔 채 발을 놀려 수면 위로 향했다.

"곧 천장까지 닿을 겁니다!"

문일광이 소리쳤다. 그는 박 신부와 함께 석주를 붙들고 있었다. 오경택은 오만수의 시신을 안은 채 다른 석주를 붙들고 있었다. 양삼봉은 장경화를 앞으로 안은 채 배영으로 간신히 물에 떠 있었지만 곧 가라앉을 것처럼 위태로워 보였다. 물이 계속 차오른다면 결국 모두 익사하고 말 것이었다.

"더 이상은 버티기 힘들어요! 통로 쪽으로 헤엄쳐 가야겠소!"

박 신부가 소리쳤다.

"이미 그 쪽도 물에 잠겼습니다! 헤엄쳐 나가다가 숨이 막힐 거요!"

강립은 천장을 올려다보았다. 천장까지는 이제 오륙 미터의 여유밖에 남아 있지 않았다. 그는 어깨에 메고 있던 신궁을 풀고 촉에 로프가 달린 화살을 천장으로 겨냥했다. 그러자 그의 몸은 물속으로 가라앉았다. 강립은 물 속에 가라앉으면서도 여전히 자세를 흐트러뜨리지 않았다. 그리고 천장을 겨냥한 채 시위를 당겼다. 로프를 매단 화살은 어뢰처럼 기포를 일으키며 거친 물살을 헤치고 나아갔다. 화살 주변에 생긴 물살이 어떤 형체를 띠기 시작했다. 물 속에 잠겨 있는 강림에게도 화살과 활이 뿜어내는 소리가 들려왔다.

수면 위로 화살이 튀어 오르는 것과 동시에 광포한 포효가 울렸다. 그 소리는 광야를 내달리며 토해내는 물소의 울음소리 같기도 했고 맹수를 눈앞에 둔 코끼리의 울음 같기도 했다.

화살은 천장에 박혀 있었다. 수면 위로 오른 강림이 일행에게 소리쳤다.

"로프를 잡아!"

활과 화살이 뿜어낸 소리는 동굴의 벽에 부딪히며 점점 증폭되었다. 귀를 찢을 듯한 굉음은 공기를 뒤흔들었고, 시위가 퉁겨지며 일어난 기포는 점점 그 크기를 더하며 수면 위로 떠올랐다. 수면에서 벗어난 기포는 거센 바람이 되어 공동을 떠돌기 시작했다.

강림 일행은 화살촉에 매달린 로프를 붙잡고 버텼다. 신궁이 일으킨 바람은 동굴 내부를 뒤흔들며 물살을 더욱 거세게 만들었다. 소용돌이는 포악하게 몸부림쳤다. 갑자기 공중으로 물기둥이 솟아올랐다. 솟아오른 물기둥은 어떤 형체를 띠기 시작했다. 다시 아래로 떨어지는 물기둥은 9개의 덩어리로 흩어지며 각각 짐승의 형태를 띠었다. 물소의 형태를 갖춘 여섯 개의 물 덩어리와 코끼리 모양을 한 세 개의 물 덩어리가 수면 위를 내달렸다.

양삼봉이 물살의 힘에 밀려 경화를 놓치고 말았다. 삼봉은 경화를 붙잡기 위해 팔을 뻗었지만 이미 경화의 몸은 소용돌이에 휘말려 빙글빙글 돌며 물 속으로 가라앉고 있었다. 강림이 물 속으로 뛰어들었다. 그는 경화를 붙잡기는 했지만 그 역시 소용돌이에 휘말려 물 속으로 가라앉았다.

그때 강림은 무언가가 자신의 몸을 떠미는 느낌을 받았다. 광포하게 수면 위를 내달리던 아홉 마리의 짐승이 어느 새 물 속으로 들어와 강림과 경화를 소용돌이에서 밀어내고 있었다. 아홉 마리의 짐승은 강림을 향해 절을 하듯 고개를 끄덕거렸다. 강림은 이 아홉 마리의 짐승이 신궁에 담긴 우신(牛神)과 상신(象神)의 정령이라는 사실을 알 수 있었다. 강림이 미소를 짓자 아홉 마리의 짐승은 형체가 점점 흩어지더니 소용돌이와 함께 사라졌다.

물이 모두 빠져나가고 바닷물은 예전처럼 잔잔해졌다. 야쿠자의 시신도 황금동상으로 변해버린 바텔도 남아 있지 않았다. 탐사대원들은 기진맥진한 채 로프에서 손을 놓았다. 모두들 조금 전에 보았던 광경이 믿어지지 않아 넋이 나간 표정들이었다. 이행리 삼판 역시 기진맥진한 표정으로 물에 흠뻑 젖은 채 통로 밖으로 고개를 내밀었다.

삼봉이 말했다.

"조금 전의 그…… 코끼리와…… 물소들도 장영실의 솜씨일까요?"

그의 말에 아무도 대답을 할 수가 없었다.

바닷물이 고여 있는 곳에는 예전보다 훨씬 많은 염금이 쌓여 있었다. 염금이 산을 이루고 있는 곳으로 시선을 놓고 있던 문일광이 무언가를 발견했다.

"저기 사람이 있습니다. 꿈틀거리고 있어요."

문일광의 말대로 염금 언덕의 맨 꼭대기에 사람이 누운 채 긴
숨을 토해내고 있었다. 양삼봉이 달려갔다. 염금 언덕의 꼭대기에
이른 양삼봉은 기쁨의 환성을 터뜨렸다.

"대장님, 은동입니다. 은동이가 여기 있어요!"

탐사대원들은 누가 먼저랄 것도 없이 모두 염금 언덕으로 올랐
다. 과연 거기에는 김은동이 단잠에 들었다가 깨어난 사람처럼 하
품을 하고 있었다.

"어떻게 된 거죠? 나, 나는 분명 절벽으로……."

이유는 필요 없었다. 죽은 줄 알았던 은동이 살아 돌아온 것이
었다. 강립은 신궁을 가슴에 끌어안았다. 그는 길고 먼 시공을 뛰
어넘어 선조들의 체온을 느낄 수 있었다.

9. 검은산

오경택은 부친의 시신을 한국땅에 모시고 싶어했다. 강립은 오경
택의 뜻을 받아들여 오만수의 시신을 강릉 바닷가에 있는 모란공원
에 안장할 수 있도록 주선했다. 성암 탐사대와 문일광은 오만수의
묘지에 비석을 세우고 '검은산의 수호신이 되소서' 라고 써넣었다.

강립과 대원들, 박성훈 신부와 이행리 삼판, 문일광과 오경택은
지난 며칠 동안 평생 잊지 못할 모험을 펼친 것에 대해 감격스러
워했다. 아찔한 순간들도 많았고, 놀라운 광경들도 많이 목격했
다. 그들은 절벽에서 박쥐떼의 공격을 받았을 때가 가장 힘들었노

라고 입을 모았다.

"정말 궁금합니다. 전에 대장님과 경화가 성암에 갔을 때도 그 박쥐떼들을 만났습니까?"

양삼봉이 물었다.

장경화는 소름이 돋는 듯 몸을 부르르 뜨는 시늉을 했다. 강립이 그 모습을 보고는 웃음을 터뜨린 후에 고개를 가로 저었다.

"아니 전혀 다른 길이었어. 성암 불상 세 개가 서 있던 것을 기억하지?"

"네."

양삼봉뿐만이 아니라 나머지 일행들도 고개를 끄덕였다.

"처음 경화 양과 내가 성암에 갔을 때는 가운데 서 있던 아미타불(阿彌陀佛) 불상이 길을 열어주었었네. 그런데 바텔 일당과 다시 갔을 때는 오른편에 서 있는 대세지보살(大勢至菩薩)이 길을 열어주었어. 아마도 비밀의 전수자라 할지라도 사악한 기운이 감돌면 대세지보살이 길을 열어 고생을 단단히 하도록 하는 장치가 되어 있는 모양이야."

"그럼 왼편에 있는 관세음보살(觀世音菩薩)은 어떤 경우에 길을 열어줄까요?"

이번에는 김은동이 궁금증을 드러냈다.

강립은 역시 고개를 가로 저은 후 입을 열었다.

"그건 나로서도 알 수 없는 일이지. 그 길이 극락 아니면 지옥으로 가는 입구인지도 모를 일이고…… 어때? 은동이가 한 번 시험해보겠어?"

김은동은 혀를 쭉 빼고 나서 대답했다.

"전 싫습니다, 대장님. 극락이든 지옥이든 전 이미 한 번 죽었던 목숨이라고요. 두 번 죽기는 싫습니다."

그 말에 모두는 웃음을 터뜨렸다.

하지만 강립은 가슴에 강한 호기심이 이는 것을 어쩔 수 없었다. 언젠가 관세음보살이 열어주는 길을 따라 새로운 모험을 나서게 될지도 모르는 일이었다.

그 외에도 성암에 얽힌 궁금증은 한두 가지가 아니었다.

그 첫 번째가 어둠에서 빛을 발하는 소금에 대한 것이었다. 문일광이 개성 부근의 광명사에서 발견된 문헌에 '사염(沙鹽)'이라는 말이 기록된 것으로 보아 그 소금은 '사염'일지도 모른다는 의견을 내놓았다. 하지만 그 성분이 무엇인지, 그것이 염금을 만들어내는 데 어떤 작용을 하는지는 과학자들의 손을 거치지 않고는 해결할 수 없는 문제였다.

두 번째는 우에다의 목걸이였다. 도대체 청옥 구슬에 무슨 장치가 되어 있길래 구슬이 닿을 때마다 불상이나 바위가 저절로 움직이는가 하는 것이었다. 그 비밀을 알아내는 날에 인류는 제3의 에너지라고 일컬어지는 태양열에 이어 제4의 에너지를 손에 넣게 될지도 모르는 일이었다.

세 번째는 신궁이 부린 조화였다. 불기둥과 함께 황금이 솟은 후 동공에 물이 차오른 것은 어느 정도 설명이 가능했다. 갑작스럽게 커다란 불길이 일면 밀폐된 황금 동굴의 공기는 급격하게 줄어들고 대신 바닷물이 그 공간을 대신 차지한다는 것이었다.

　다소 억지스럽기는 하지만 동공을 채웠던 물이 다시 빠져나가는 현상도 설명이 가능했다. 신궁을 퉁기면서 일어난 바람과 파장이 다시 공기를 생성시킨다는 이론이었다. 하지만 물소와 코끼리를 닮은 물덩어리들의 출현에 대해서는 어느 누구도 입을 열 수가 없었다. 그것은 단지 인간계를 초월하는 어떤 절대적 존재의 능력이라고밖에는 받아들일 수가 없었던 것이다.

　무엇보다도 가장 큰 궁금증을 자아낸 것은 과연 황금 동굴에 있는 구덩이 속에 무엇이 자리잡고 있는가 하는 것이었다. 박성훈 신부는 아마도 그 구덩이 속에는 황금을 만드는 갖가지 재료들이 있고, 빛을 내는 소금은 황금을 완성하는 마지막 재료일 것이라고 추측했다.

　"아마도 중세의 연금술사들이 그 광경을 보았더라면 분통을 터뜨렸을 겁니다."

　박성훈 신부에 이어 김은동이 눈을 반짝이며 말했다.

　"그럼 그 구덩이 속에 무엇이 있는지 밝혀낸다면 언제 어디서든 황금을 만들어낼 수 있다는 말이잖아요."

　박성훈 신부가 혀를 끌끌 찬 후 대꾸했다.

　"김은동 씨, '황금알을 낳는 거위' 이야기를 듣지 못했습니까? 거위의 배를 가르는 순간 황금알은 영영 사라지고 말 것입니다."

　그 외에도 도저히 밝힐 수 없는 의문들은 아직 많이 남아 있었다. 절벽으로 떨어졌던 은동이 어떻게 황금 동굴에 멀쩡하게 나타날 수 있었는가, 흡혈박쥐떼가 왜 청옥 구슬을 보고 달아났는지, 그리고 이행리 삼판이 혼자 절벽을 지날 때는 왜 박쥐떼가 공격을 하지 않았는지 등등 의문은 이루 헤아릴 수 없이 많았다. 성암은 황금만이 아니라 그 자체가 거대한 보물이었다. 성암에 얽힌 비밀을 풀어나가는 가운데 인류는 새로운 발견을 거듭해나갈지도 모를 일이었다.

며칠 휴식을 취한 탐사대원들은 성암의 황금 동굴에 있는 염금을 밖으로 옮기는 작업에 착수했다. 대원들에게 사심(邪心)이 없는 까닭인지 비교적 편하게 황금동굴에 이를 수 있는 입구인 중앙의 아미타불이 길을 열어주었다. 작업은 사람들의 이목을 피하기 위해 밤에 이루어졌다. 대원들은 더 이상 염금을 생산하지 않고 바닷물이 고여 있는 곳에 쌓인 염금만을 옮겨냈다. 그것만으로도 어마어마한 양이었다.

작업이 진행되는 동안 강립은 박성훈 신부와 함께 국립지질학연구소의 류일선 박사를 찾아갔다. 강립은 성암에 얽힌 의문에 대한 과학적 근거를 찾아내고 싶었던 것이다.

통성명을 하고 소개를 마친 뒤 강립은 단도직입적으로 물었다.

"박사님, 휴화산 분화구에다 소금을 뿌려서 일시적으로 용암분출이 일어나도록 할 수 있는 겁니까?"

류일선 박사는 난데없이 찾아온 두 불청객을 전혀 귀찮은 기색 없이 대해주었다.

"아하, 그런 문제는 연구된 바가 없습니다. 그런데 왜 그런 질문을 하시지요?"

"실제로 지구상의 어떤 곳에서는 그런 일이 일어나고 있는데 과학적인 근거를 찾고 싶어 박사님을 찾아뵌 겁니다."

"하, 금시초문이네요. 지구상에 그런 곳이 있다면 분명 관찰과 연구가 뒤따라야 하고 그래서 과학적인 이론이 정립되어야 하겠지요. 그러한 이론 창시는 분명 노벨물리학상감인데요."

류일선 박사는 약간 장난스럽게 강립의 말을 받았다. 하지만 강립과 박성훈의 표정이 진지해서 그는 곧 말투에서 장난기를 거두었다.

"실제로 그 비슷한 사례는 있습니다. 하지만 그곳은 소금이 아니라 세탁비누가 촉매 역할을 하고 있죠. 세탁비누 한 덩이를 구덩이 속에 집어넣으면 엄청난 양의 물기둥이 솟아오르거든요. 아주 재미있는 현상입니다."

류일선 박사는 강립의 얼굴을 살피고 있다가 조심스럽게 물었다.

"그런데 정말 조금 전에 강 선생님께서 말씀하신 그런 곳이 실재합니까?"

강립과 박성훈 신부는 그 질문에 대한 대답은 보류한 채 알 수 없는 미소만 지었다.

"이거 구미가 당기는데요. 실제로 그런 곳이 있다면 그건 대단한 발견이 될 겁니다."

강립과 박성훈 신부는 여전히 묘한 미소만 입가에 물고 있었다.

"그럼 제가 아는 대로 조금 더 들려 드리죠."

류일선 박사는 고개를 절레절레 흔든 후 말을 이었다.

"휴화산의 분화구 내부 깊숙이 녹아있는 용암 중에는 유동성

(流動性)이 심한 것이 있는데 이 유동성은 용암의 구성물질에 따라 유동속도가 다르기 때문에 용암들 사이에 마찰과 저항력이 발생합니다. 이것을 전문용어로는 점성(粘性, viscosity)이라고 합니다. 이미 냉각 고결한 용암의 표면이 유동성 운동 때문에 파쇄(破碎)되어 모난 단면의 평평한 암괴가 불규칙적으로 쌓여 있다가 심한 가스분출 때 함께 분출되어 나오는 현상이 있습니다. 강 선생님께서 말씀하신 그런 현상이 실재한다면, 아마 소금이 가스배출의 촉매작용을 도왔다고 할 수 있겠죠."

"그러면 소금의 어떤 성분이 가스분출의 촉매작용을 한다고 보시는 겁니까?"

"글쎄요. 용암이 분출될 정도의 에너지를 만들어 내는 데는 여러 가지 복합적인 에너지 발생장치나 화공약품이 필요합니다. 하지만 그러한 실험은 막대한 자금을 필요로 하기 때문에 아직 검증되지 못한 이론일 뿐입니다. 그리고 소금이 가스분출의 촉매작용을 한다는 사실은 아직 학계에 보고된 적이 없습니다."

강립은 입을 다문 채 고개를 끄덕였다.

"혹시 모르죠. 보통 소금이 아니라 특수한 성분이 함유된 소금이라면 이야기는 달라질 수도 있겠죠."

강립이 놀란 표정으로 류일선 박사의 얼굴을 들여다보고 나서 박성훈 신부를 돌아보았다. 두 사람은 얼굴을 마주한 채 다시 묘한 미소를 머금었다. 류일선 박사는 두 사람이 하는 행동으로 미루어보아 무언가 예사롭지 않은 일이 있었음을 직감했다.

"궁금해서 견딜 수가 없군요. 도대체 두 분이 무슨 일을 겪으신 겁니까?"

강림은 대답했다.

"죄송합니다, 박사님. 그건 아직 말씀드릴 수가 없습니다. 하지만 박사님 말씀처럼 소금에 특수한 성분이 섞여 있는 것은 사실입니다. 어둠 속에서는 희미하게 빛을 발하더군요."

"네!?"

류일선 박사는 놀란 표정을 감추지 못했다.

"세상에 그런 소금이 있단 말입니까?"

"저도 이번에 처음 보았습니다."

"도대체 그곳이 어딥니까? 우리나라인가요?"

강림이 난처한 표정을 지었다. 그 틈에 박성훈 신부가 끼여들어 얼른 말을 돌렸다.

"박사님, 에너지를 만든다고 하셨는데 분화구 안에서의 에너지는 어떻게 만들어지는 겁니까?"

류일선 박사는 강림에게서 시선을 떼지 못한 채 박 신부의 물음에 대답했다.

"검증되지 않은 이론이니까 아직은 에너지가 만들어지는지는 확실하지 않습니다."

박 신부의 물음은 계속 이어졌다.

"그래도 에너지를 만들 수 있는 환경이라든가 조건 같은 것은 예상할 수 있을 텐데요."

"분화구 안은 고열과 여러 종류의 자기장, 파장이 존재합니다. 그 에너지 파장들이 서로 긴밀하게 관계를 맺고 상호작용하면서 힘이 균형을 이루고 있지요. 그런데 팽팽하게 유지되고 있는 이 힘의 균형에 θ파를 쏘이면 δ, γ, β, α파가 차례로 공명을 일으키면서 각 단계별 에너지를 승수로 확대 생산시켜 순식간에 원자폭탄 같은 에너지를 분출할 수 있습니다. 바로 이때의 에너지가 화산폭발을 일으키고, 지진이나 해일의 원인이 되기도 하죠."

박성훈 신부는 류일선 박사의 이야기에 점점 빠져들었다.

"그렇다면 저희가 말씀드린 그 소금이 θ파의 역할을 수행해서 폭발을 일으킬 수도 있는 일이군요?"

"하지만 그럴 리는 없습니다. 내가 아는 한 소금에는 그런 성분이 있을 수가 없어요. 해파리의 어떤 성분이라면 몰라도……."

"해파리는 어떤 관계가 있죠."

"이것 역시 가정일 뿐입니다. 지구의 화산활동이 가장 심했던 중생대 백악기 시대의 화석을 보면 해파리가 무수히 존재했다는 사실을 알 수 있습니다. 그래서 서구의 고생물학자와 지질학자들은 중생대 백악기의 왕성한 화산활동과 해파리를 연관지어 혹시 해파리가 화산활동의 활성화를 도운 것은 아닐까 하고 가정을 세운 것입니다."

강림은 가슴이 벅차 올랐다. 그것은 과학문명이 발달한 서구에서조차 아직 밝혀내지 못한 자연의 비밀을 우리의 선조들은 진작에 알아내어 그것을 실용화시켰다는 사실에 대한 뿌듯함이었다. 역시 성암에 얽힌 비밀을 풀어나가다보면 인류는 지금까지 접하지 못한 지혜를 얻게 될 터였다.

"박사님, 그렇다면 역으로 분화구 안의 에너지파에 대한 비밀을 풀고 그 균형을 다스릴 수 있다면 화산폭발이나 지진, 해일 등의 자연재해를 예방할 수도 있겠군요? 반대로 일부러 균형을 파괴시켜서 엄청난 에너지를 얻을 수도 있구요.”

박성훈 신부는 상기된 얼굴로 류일선 박사를 바라보며 거침없이 말했다.

류일선 박사가 고개를 끄덕였다.

“논리적으로는 충분히 가능한 일입니다. 그런데 두 분과 이야기를 나누다보니 저도 모르게 심장박동이 빨라지는군요. 강 선생님께서 말한 그 현상이 벌어진 장소가 도대체 어디입니까? 이건 아주 중요한 일입니다. 어쩌면 인류의 미래가 이 일에 달려 있는지도 모르는 일입니다.”

강립과 박성훈 신부는 자리에서 일어섰다.

“오늘은 이만 돌아가겠습니다. 언젠가 때가 되면 박사님께 그 장소를 공개하도록 하겠습니다. 그때까지만 기다려 주십시오.”

류일선 박사는 두 사람에게 연락처만이라도 남겨달라고 매달렸다. 하지만 강립과 박성훈 신부는 꼭 다시 연락 드리겠다는 약속만 남겨둔 채 연구소를 빠져나왔다.

강립과 박성훈 신부의 예상은 틀리지 않았다. 성암은 염금뿐만이 아니라 그 자체가 고대의 숨겨진 지혜를 담고 있는 엄청난 지식 창고였던 셈이다. 어쩌면 성암에서 나는 염금은 그 숨겨진 지식의 보물에 비하면 하잘것없는 것인지도 몰랐다. 하지만 그 전에 성암에 있는 염금을 어떻게 사용해야 하는지에 대한 문제부터 해결해야 했다.

제16장 다시 시작되는 전설

1. 태동

문일광과 오경택은 일본으로 돌아갔다. 오경택은 일본에서 조그마한 장사라도 시작하겠노라고 했다. 문일광은 아직 검은산과 관련된 문제로 북조선 공작원들에게 쫓기는 신세였기에 강립이 염금을 북으로 보낼 수 있는 여건을 갖출 때까지 일본과 한국을 오가며 한동안 도피 생활을 하지 않을 수 없었다.

박성훈 신부와 이행리 삼판도 베트남으로 돌아갔다. 공항에서 이행리 삼판은 한국에서 겪은 모험을 죽을 때까지 잊지 못할 거라며 강립의 손을 맞잡고 눈시울을 붉혔다. 강립은 언젠가 꼭 베트남으로 찾아뵙겠다고 말했다. 이행리 삼판은 강립을 다시 만나는 그날까지 꼭 죽지 않고 기다리겠다고 했다. 박성훈 신부는 이제 베트남으로 돌아가 베트남의 슈바르츠 신부가 되겠노라고 했다.

백두대간 탐사대원들은 모두들 자기 자리로 돌아갔다. 김은동은 택시를 몰았고, 양삼봉은 홀어머니를 봉양하며 약초를 캐기 위해 산에 올랐다. 장경화는 꽃가게의 문을 다시 열었다.

그들은 의로운 사람들이었다. 목숨을 걸고 황금산을 찾아냈지만 어느 누구도 대가를 바라지 않았다. 그들은 다만 황금이 유용하게 쓰이기만을 바랄 뿐이었다. 때문에 강립은 자신이 경영하던 등산용품점을 처분해야 했다. 그에게는 당장의 생계보다도 더 중요한 일이 남아 있었던 것이다.

2003년 5월 첫째 일요일 강립은 서울 종로 훈정동에 있는 종묘를 찾았다. 종묘에서는 제례가 한창이었다. 종묘는 조선 왕조의 역대 제왕과 황후의 신주를 봉안하고 제례를 올리는 사당이다. 지나간 왕조의 역대 왕과 왕후의 신주를 그대로 모셔놓고 옛 격식대로 제향을 올리는 곳은 세계에서 종묘가 유일하다. 유네스코는 종묘제례의 문화적 가치를 인정해 1995년 불국사의 석굴암과 해인사의 대장경판 판고와 함께 세계문화유산으로 등록했다. 그날의 종묘제례에도 국내외에서 참관한 관람객들로 종묘는 발 디딜 틈 없이 붐볐다.

강립은 먼발치에서 제례를 지켜보고 있었다. 장엄하고 엄숙한 의식이 모두 끝난 후 전주이씨 가문에서 준비한 어가행렬이 이어졌다. 어가행렬은 종묘제례를 찾은 관람객들을 위한 서비스 차원에서 준비된 행사였다.

모든 의식과 행사가 끝난 후 강립은 위패가 모셔져 있는 제단으로 걸음을 옮겼다. 그는 특히 태조와 태종, 세종의 위패가 모셔진 곳에 이르러 가슴 뭉클한 감격을 느꼈다. 그 세 사람의 왕이 자신과 마찬가지로 가슴에 반달가슴곰털이 자리잡았을 것을 생각하니 쉽게 걸음이 떠나지지 않았다. 만약 왕가의 적통이 제대로 이어졌다면, 그리고 조선이 망하지 않고 계속 유지되었다면 자신도 어느 먼 훗날 이들 사이에 자리잡아 후손의 제사음식을 얻어먹었을 것이라고 생각하자 입가에 저절로 쓴웃음이 잡혔다.

강림이 제단 앞에 서서 생각에 잠겨 있을 때 누군가가 다가와 말을 걸었다.

"재미있게 보셨습니까?"

강림이 소리나는 쪽으로 고개를 돌리니 서글서글한 인상의 중년 남자가 이쪽을 바라보며 웃음짓고 있었다. 그는 더운 듯 손수건으로 이마의 땀을 훔쳤다.

"해마다 찾아오는 사람이 늘어나는군요."

중년 남자는 제례가 끝난 마당 쪽으로 시선을 던지고 있었다. 마당에는 기념촬영을 하는 관광객들로 부산했다.

"세계문화유산으로 등재된 게 좋은 일이기는 합니다만, 자꾸 구경꾼이 늘어나니 마음가짐이 흐트러집니다. 사람들이 온통 저만 바라보고 있는 것만 같아서."

강림이 물었다.

"전주이씨로군요?"

"그렇습니다. 이진구라고 합니다. 선생님도 저희 씨족인가요?"

이진구의 입에서 나온 '씨족'이라는 단어가 생경하게 다가왔다. 중고등학교 시절의 국사 시간 이후로 그런 단어는 입에 올린 적이 없기 때문이었다. 그렇게 생경한 단어를 그토록 손쉽게 입에

올릴 수 있는 것은 자신의 가문에 대한 자부심이 가슴에 자리잡고 있는 까닭일 거라고 강립은 생각했다.

"아닙니다. 저는 강립이라고 합니다. 동해에서 종묘제례를 보러 온 구경꾼에 불과합니다."

"저의 마음가짐을 흐트러뜨리는 분들 중의 한 분이군요, 하하하. 아닙니다. 그냥 농담을 해본 겁니다."

이진구는 말투가 시원시원하고 성격이 소탈했다. 강립은 금세 그에게서 친근감을 느꼈다.

"위패를 바라보는 선생님의 시선에 진한 애정이 묻어 있길래 궁금해서 아는 척을 한 겁니다. 요즘은 저희 씨족들 사이에서도 그런 눈길로 위패를 바라보는 이는 없거든요."

강립이 쓴웃음을 지으며 고개를 떨구었다. 상대방이 활달하게 말을 걸어오는 데 비해 그는 별로 할말이 없어 쭈뼛거리기만 했다. 그것은 자신이 이씨 성을 가지고 태어났음에도 불구하고 강씨로 살아야 했다는 자괴감에서 오는 자기비하가 작용한 까닭이었다.

강립은 멀거니 이진구를 바라보고 섰다가 얼마 전 베트남으로 돌아간 삼판을 떠올리고는 말문을 열었다.

"혹시 이행리를 아십니까?"

선조의 이름이 나오자 이구는 반가운 모양이었다.

"알다마다요. 목조대왕의 자(子)이신 익조가 아니십니까? 그런데 왜 그러십니까?"

"이행리에 대한 기록은 많이 남아 있습니까?"

"그렇게 많지는 않습니다. 함경남도 안변에 능의 표석이 있다고는 하지만 그게 정확한 건지도 모르겠습니다. 익조께선 갑자기 역사에서 자취를 감추었기 때문에 오히려 그 신비성으로 인해 추앙받고 있는 셈이죠."

"이행리는 한반도의 역사에서 사라진 후 베트남으로 가셨습니다."

"네!? 그럴 리가요. 난데없이 베트남이라니!?"

"베트남에 있는 답다촌이라는 곳에 이행리의 자손들이 살고 있습니다. 그 자손들의 성씨는 이행리입니다. 얼마 전에 제 친구인 이행리 삼판이 한국에 다녀가기도 했습니다."

이진구는 믿어지지 않는다는 표정으로 강립의 얼굴을 들여다보았다.

"의심스럽다는 표정이시군요."

"아니, 그보다는, 너무 놀라운 사실이라……."

"그럴 겁니다. 저 역시 무척 놀라웠으니까요."

이진구는 양 미간을 좁히고 골똘히 생각에 잠겼다가 입을 열었다.

"그게 사실이라면 참 놀라운 발견입니다. 언제 기회가 닿는다면 그 이행리 삼판이라는 분을 만나보고 싶군요."

자연스럽게 대화의 물꼬가 터졌다. 이진구는 대학에서 역사를 가르치는 교수였다. 그는 전주이씨에 대한 자부심이 대단했지만, 자신의 씨족이 우리 민족에게 저지른 잘못도 많다고 덧붙였다. 강립은 이진구와 대화를 나누면서 그의 사람 됨됨이가 바르다고 생각했다. 강립은 이진구에게 긴히 나눌 이야기가 있으니 다음날 학교로 찾아가겠노라고 말했다. 이진구는 언제든지 환영한다는 말로 답했다.

다음날, 강립은 이진구의 연구실로 찾아갔다. 이진구 역시 강립의 인품에 감화된 터여서 반갑게 그를 맞아주었다. 두 사람의 대화는 다시 전주이씨에 대한 이야기로 흘러갔다.

"사람들은 위화도회군이 왕명을 거스른 반역이며 우리 역사의 오점이라고 말하는데, 그것은 당시의 시대적 상황을 고려하지 않고 한 가지 일면만을 바라본 독단적인 평가입니다. 그때 만약 이성계가 회군하지 않고 계속 치고 올라갔더라면 어떻게 되었을까요? 물론 그건 알 수 없는 거지요. 요동정벌에 성공했더라면 지금쯤 우리 민족은 광활한 만주 벌판을 호령하고 있을지도 모를 일이지만 북벌이 실패하여 한반도가 명의 수중으로 완전히 떨어질 수도 있었을 테지요.

물론 1115년에 여진족 완안부의 추장 아구다[阿骨打]가 국호를 금(金)이라 하고 제위에 올라 요와 송나라를 정복한 사례라든지 건주여진의 수장 누르하치가 1616년 후금(後金)을 세워 명나라를 정복하고 청의 태조가 된 경우처럼 고구려의 유이민이며 고려와 조선의 통제를 받던 야인들이 두 번씩이나 중국을 정복한 역사적 사실을 본다면, 원과 명이 각축전을 벌일 때 요동을 정벌하기 위해 군사를 일으킨 최영의 선택은 고려의 건국이념과도 합치되는 일이었습니다. 하지만 요동정벌이라는 무모하리만큼 원대한 계획은 이성계라는 걸출한 장수가 없었던들 한갓 꿈으로 그칠 일이었습니다. 그런데 이처럼 최영 자신이 가장 두려워하면서도 믿었던 이성계는 정작 요동정벌에 회의적이었으니 이 역사의 갈래길을 평가하기란 쉬운 일이 아니지요. 어떻게 보면 최영과 이성계라는 인물이 한 시대에 태어났다는 사실 자체가 역사적 비극일 수도 있구요.”

이진구의 이야기는 거침이 없었다.

“요즘 젊은 사학자들 중에 조선왕조를 비판하는 이들이 많습니다. 역사를 잘 모르는 젊은이들조차 조선에 대해서는 거부감부터 보이기 십상이죠. 그들은 우리 민족의 정신적 원류를 고구려의 기상이나 백제의 혼에서 찾고자 합니다. 패망한 왕조에 대한 이러한 향수는 어디서 기인하는 걸까요?

저는 이렇게 생각합니다. 조선왕조에 대한 반감은 현 대한민국에 대한 반감을 표출하는 하나의 형태가 아닌가 하고 말입니다. 이건 아주 위험한 생각입니다. 그들은 지금 자신이 몸담고 있는 국가 제도가 잘못 끼워진 단추라고 생각하고 있는지도 모릅니다. 그리고 그들은 그 잘못 끼워진 첫 단추를 조선왕조의 개국으로 보고 있는 것이지요. 그때부터 우린 이미 틀려버렸어. 그러니까 우린 안돼. 아, 우린 원래 이렇지 않았는데……. 이건 자기 현실에 대한 패배의식입니다. 그러한 패배의식은 저 아득히 먼 곳의 고구려나 백제, 아직 우리 민족의 정신이 순수하게 보존되었으리라고 믿고 싶은 고대사회에 대한 동경으로 이어지는 것입니다.

강 선생님, 제가 전주이씨이기 때문에 이런 말을 한다고 생각하시진 않으시리라 믿습니다. 저는 지금 조선에 앞선 왕조가 조선왕조보다 못하다는 것을 말하려는 것이 아니라 고구려, 백제, 신라, 고려 못지 않게 조선왕조도 훌륭한 왕조였다는 사실을 말하고 싶은 것입니다."

이진구 교수의 이야기는 계속되었다. 근대에 이르러 그의 이야기는 자아비판의 성격을 띠기 시작했다. 특히 이승만 정부와 미군정의 실정(失政)에 대해서 이야기할 때 이진구 교수의 얼굴은 벌겋게 달아오르기까지 했다.

40여 분에 걸친 장황한 논설이 끝난 후 이진구는 자신의 이야기에 함몰되어 상대방을 배려하지 못한 점을 강림에게 사과했다. 강림이 명강의를 잘 들었노라고 말하자 이진구는 얼굴을 붉혔다.

강림이 물었다.

"전주이씨 종친회는 어떻습니까?"

이제 슬슬 강림은 본론에 들어서고 있었다.

"어떤 조직이든 오래되면 이끼가 끼기 마련이지요. 하지만 종친회에 현명한 분들이 많아서 별다른 걱정은 없습니다."

"좀전에 전주이씨 가문이 민족 앞에 사죄해야 할 일이 많다고 말씀하셨는데, 그렇다면 이제 민족의 미래를 위해 봉사해야 할 때가 되지 않았을까요?"

강림의 말에 이진구는 어리둥절한 표정을 지었다.

"그야 물론이죠. 선조들의 뜻 또한 이 민족의 안녕과 번영이었으니까요."

"그렇다면 기회가 주어졌을 때 앞장서시기 바랍니다."

여전히 어리둥절한 표정을 짓고 있는 이진구 앞에 강림이 가방을 내밀었다. 가방 속에는 염금이 든 자루가 2개 들어 있었다. 놀라서 입을 다물지 못하고 있는 이진구에게 강림이 말했다.

"이건 염금이라고 합니다. 바다에서 나는 최상품의 황금이죠. 이런 황금을 얼마든지 공급해 드릴 수 있습니다. 이 교수님께서 전주이씨 종친회를 중심으로 해서 사람을 모으시기 바랍니다. 저희의 뜻에 동조하는 사람이 늘어나면 그때 재단이나 단체를 하나 설립하는 것이 좋겠습니다. 민족의 안녕과 평화를 도모할 수 있는 사람들의 모임. 아울러 세계의 평화에 현실적으로 기여할 수 있는 사람들의 모임."

이진구는 눈앞에 벌어지고 있는 현실을 어떻게 받아들여야 할지 몰랐다. 강림이 염금이 든 가방을 탁자 위에 둔 채 일어섰다.

"전주이씨의 조직력을 동원한다면 이 정도의 염금은 쉽게 처리할 수 있으리라고 생각합니다. 이 교수님께서 수고 좀 해주십시오."

연구실의 출입문을 향해 걸어가는 강림의 등에다 대고 이진구가 물었다.

"왜? 왜, 우리입니까?"

강림이 입가에 부드러운 웃음을 문 채 대답했다.

"사실 처음엔 이 염금들을 국가에 헌납할까도 생각했습니다. 하지만 어쩌면 이 염금이 정치하는 사람들의 눈을 흐리게 할지도 모른다는 생각이 들더군요. 그래서 전주이씨를 찾아온 것입니다. 사실…… 이 염금은 전주이씨의 선조들이 후손들을 위해 남기신 유산입니다."

"그럼, 다, 당신은 누구십니까?"

그 물음에 강립은 선뜻 대답하지 못했다. 내가 누구냐고? 내가 누구냐고……. 강립은 결국 아무런 대답도 하지 못한 채 연구실을 떠났다.

강립이 떠난 뒤 이진구는 곧장 비상연락망을 가동했다. 송수화기를 쥔 이진구의 손이 떨리고 있었다.

2. 이왕가평화복지재단과 동의보감 프로젝트

강립이 이진구의 연구실을 다녀간 두 달 뒤, 종묘의 정전에서 전주이씨 150여개 분파 종친회 원로 300여 명이 회의를 가졌다. 사회를 맡은 이진구는 이 자리에서 이왕가평화복지재단(李王家平和福祉財團)의 설립취지를 설명하고 종친들의 협조를 당부했다. 그리고 이진구는 재단의 재정이 조성된 배경에 대해서도 간략하게 설명한 후, 종친 앞에 강립을 소개했다.

이 날 회의를 갖기 전 전주이씨 종친회 사이에는 강립에 대한 뜬소문이 수없이 유포되었다. 그가 세계 재계(財界)의 검은돈을 주무르는 숨은 실력자라는 소문도 있었고, 무기 거래를 통해 부를 축적했다는 말도 나돌았다.

종친회와 각 종파의 원로들은 전주이씨의 명예를 드높일 수 있는 재단 설립에 반대할 이유가 없었고, 더군다나 재단 설립에 들막대한 자금을 대주겠다는 데 거절할 이유도 없었다. 다만 이왕가 평화복지재단 설립에 원조되는 자금이 부당한 방법으로 조성한 것이라면, 그리고 재단의 후원자가 어떤 야욕을 가지고 재단 설립에 나선 것이라면 아무리 많은 돈을 준다고 해도 그것은 받아들일 수 없는 일이었다. 따라서 이 날의 이 회의는 강립의 인품과 자금 조성에 대한 투명성을 검증 받는 시험대였다.

이진구의 소개로 강립이 앞으로 나서자 종친회 원로들은 모두 그를 자세히 살펴보기 위해 상체를 앞으로 구부렸다. 강립은 600개가 넘는 눈이 자신을 지켜보고 있다는 사실에 적잖은 부담을 느꼈다. 하지만 그는 자신이 하고자 하는 이 일이 의로운 일이라는 사실을 마음에 되새기며 입을 열었다.

"국가와 민족의 번영과 안녕을 위해 언제나 마음을 쓰시는 전주 이씨 종친회 여러분을 만나뵙게 되어 매우 기쁩니다. 오늘 이 자리는 고려시대부터 자신의 후세에 성군이 나타나기를 기다리며 갖은 고난과 핍박, 위협을 이겨낸 전주이씨 선조들의 거룩한 뜻이 다시 한 번 이루어지는 자리입니다. 십팔자왕의 꿈을 이루기 위해 전주에서 삼척으로, 다시 삼척에서 동북면, 간동으로 떠돌아야 했던 선조들의 꿈은 태조께서 조선을 개국함으로써 이미 한 번 결실을 맺었었습니다. 하지만 저는 오늘 이 자리에서 감히 말씀드립니다. 우리의 선조들이 기다려온 진정한 성군은 우리 민족의 평화와 세계의 평화를 위해 노력하는 모든 분들임을, 그분들로 인해 십팔자왕의 전설은 다시 시작되는 것임을!"

강림의 연설은 짧았다. 그 때문인지 사회를 보는 이진구 외에 종친회 쪽에서는 별다른 반응을 보이지 않았다. 잠시의 어색한 침묵을 깨고 비교적 나이가 젊어 보이는 중년 남자가 일어나 아주 현실적인 질문을 던졌다.

"재단 설립에 필요한 자금은 어느 정도 원조하실 것인지 궁금합니다."

"우선 올해 안으로 10억 달러를 기탁하겠습니다. 그리고 매년 5억 달러를 지원하겠습니다. 또한 꼭 필요한 상황이라고 판단이 서면 얼마든지 더 지원하겠습니다."

종친회 원로들은 입을 다물지 못했다. 10억 달러라니! 그 정도의 돈이면 이왕가평화복지재단은 세계 어디에 내놓아도 뒤지지 않을 것이었다. 그리고 매년 5억 달러씩을 지원하겠다니! 종친회 원로들은 믿어지지 않는다는 표정으로 서로의 얼굴을 돌아보았다.

웅성거림이 잦아들 즈음 형형한 눈빛을 발하는 노인 한 명이 자리에서 일어나 질문을 던졌다. 그는 종친회 내에서도 현명하고 강직하기로 소문난 이로 전주이씨 종친회에서도 존경을 한몸에 받고 있는 인물이었다.

"아무리 많은 돈을 내놓는다고 하더라도 그 돈이 부정한 돈이라면 우린 받을 수 없소이다. 그리고 강 선생께선 전주이씨도 아니고 강씨인데 왜 우리에게 그런 영광과 명예를 높일 수 있는 기회를 양보한다는 것이오? 솔직히 나는 의심스럽소. 돈으로 우리의 눈을 흐릴 심산이 아니라면 제정신이 아니고서야 그런 일을 할 수는 없을 것이오!"

좌중은 침묵에 잠겼다. 강림은 잠시 생각에 잠겼다가 말문을 열었다.

"돈의 출처에 대해서는 아직 이 자리에서 밝힐 수 없습니다. 그 이유는 제가 부정한 방법으로 돈을 모았기 때문이 아닙니다. 지금으로서는 저를 믿어달라는 말씀밖에 드릴 수가 없습니다. 하지만 저는 어떠한 검은 세력이나 정치적 세력과도 연관을 맺고 있지 않으며 동해시에서 등산용품점을 운영하는 소시민일 따름입니다. 사실 제가 내어놓는 돈은 제 것이 아닙니다. 이 돈의 원래 주인은 바로 여러분들입니다. 전주이씨 가문의 선조들은 후손의 대업을 위해 어마어마한 유산을 남겨놓았습니다. 이제 그 유산으로 여러분께서 거룩한 업적을 이룰 때가 된 것뿐입니다."

강림이 말하는 동안에도 노인은 형형한 기운이 감도는 눈을 부릅뜬 채 그를 노려보고 있었다. 강림이 말을 마치자 노인은 한 동안 침묵을 지키고 있다가 입을 열었다.

"강 선생의 눈은 거짓을 말하지 않는다는 사실을 증명하고 있구려."

이진구가 조심스럽게 물었다.

"어르신, 그럼……."

"진구야, 앞으로 좋은 일 많이 하려면 바쁘겠구나. 부디 강 선생의 뜻이 변질되지 않도록 애쓰기 바란다."

노인은 자리에 앉았다. 이진구는 기쁨에 들뜬 목소리로 선언했다.

"그럼…… 이것으로 이왕가평화복지재단이 설립되었음을 선언합니다."

전주이씨 종친회 원로들이 강립에게 다가가 악수를 청했다. 강립은 그들과 일일이 악수를 하며 기쁨을 함께 나누었다.

이왕가평화복지재단은 동해안 바닷가 송림이 우거진 숲 속에 강립이 미리 마련해둔 7층 건물에 자리를 잡았다. 그리고 서울을 비롯한 각 시도에 40개의 지부를 두었다. 재단의 본부와 지부를 운영하는 데만도 약 2천 명의 고용인력을 창출했다. 여기에 자발적으로 나선 전주이씨 자원봉사단까지 합하면 그 숫자는 공식적인 집계를 훨씬 넘어서고 있었다. 이제 서서히 해외로 뻗어나갈 이왕가평화복지재단의 사업계획에 따르면 그 규모는 상상을 초월하는 것이었다.

재단의 이사장 자리는 공석으로 남아 있었다. 이왕가평화복지재단의 이사장은 재단 운영 능력도 중요하지만 그 상징성을 부각시킬 수 있는 인물이 맡아야 한다는 것이 종친회의 중론이었다. 하지만 거기에 부합하는 인물이 없었다. 종친회는 결국 현자가 나타날 때까지 기다린다는 데 합의를 보았다. 이왕가평화복지재단은 선진적인 조직망과 체계를 갖추고서도 '하늘이 알아서 해주리라' 는 식의 전근대적인 발상에서 자유롭지 못한 특이한 성격을 지닌 단체였다.

강립은 재단에 자금만 기탁하고서는 전혀 모습을 드러내지 않을 뿐만 아니라 은둔한 채 어디에도 나타나지 않았다. 그러던 어느 날 재단 본부로 강립이 이진구를 찾아왔다. 이진구는 어마어마한 재산을 기탁하고도 재단 내에서 어떠한 권력도 행사하지 않는 강립에게서 경외감마저 느끼고 있었다.

"이행리 삼판을 기억하십니까?"

강립이 물었다.

"그럼요. 익조대왕이 베트남으로 건너간 이후의 자손이라던……?"

"맞습니다. 전에 그 분을 만나 뵙고 싶다고 하셨는데, 그 바람은 아직도 유효합니까?"

"그럼요. 꼭 만나고 싶습니다. 그분께 물어보고 싶은 것이 너무 많습니다."

"그럼 저와 함께 베트남으로 가십시다. 거기 가서 이행리 삼판도 만나고 우리가 꼭 해야 할 일이 있습니다."

영문을 모르는 이진구는 어리둥절한 표정으로 강립의 얼굴만 바라보고 있을 뿐이었다.

이행리 치앙 박사와 박형진 박사는 어둑어둑한 열대 우림 사이로 차를 몰았다. 길은 무성한 수풀이 길가에서부터 뻗어나와 윤곽이 희미했다. 게다가 굴곡이 심하고 군데군데 웅덩이가 져 있었다. 차는 마치 성난 야생마처럼 심하게 요동치며 내달렸다. 그럼에도 차를 몰고 있는 박형진은 속도를 줄일 생각을 하지 않았다.

"더 빨리! 나트랑 박사가 이미 연구소를 떠났는지도 몰라."

조수석에 앉은 이행리 치앙이 소리쳤다. 마치 차는 채찍을 맞은 말처럼 더욱 속도를 가하기 시작했다.

차는 이제 잘 정돈된 아스팔트길로 들어서 있었다. 하지만 도로 가를 점령하고 있는 열대 우림의 행렬은 계속 이어지고 있었다. 차가 지나칠 때마다 숲 속의 야생 동물들이 괴성을 지르며 달아났다.

이윽고 아스팔트길 앞쪽 열대우림의 우거진 수풀 사이로 현대식 건물이 모습을 드러냈다. 건물은 키 큰 나무들 사이에 들어앉아 있어서 하늘에서 내려다보아서는 전혀 알아볼 수 없게끔 위장되어 있었다. 건물 앞 헬기 착륙장만이 하늘을 향한 숨통을 열어놓고 있었고, 오직 그곳으로만 환한 햇살이 내리쬐고 있었다. 그곳은 십여 년 전 한국정부가 베트남, 인도 등의 동남아 국가와 연계하여 설립한 동의보감 연구소였다. 동의보감 연구소에서는 인도, 독일, 미국 등지에서 초빙된 우수한 의학진이 십 년 가까이 신약 개발에 참여하고 있었다. 연구원의 대부분은 독일, 미국, 일본 등지에서 교육을 받은 제3세계 출신의 병리학자, 약학자, 생물학자, 유전공학자들로 구성되었으며, 미국, 독일 현지의 학자들도 다수 참여하고 있었다.

하지만 연구소 운영자금의 70퍼센트를 지원하고 있던 한국이 1997년 IMF체제로 들어서면서 기우뚱하자 의료선진국에서 초빙된 백인 학자들은 모두 빠져나가고 말았다. 그들은 그 동안 익힌 의약 기술까지 고스란히 가지고 나가 동의보감 연구소에 큰 타격을 주었다.

2001년 무렵 한국의 경제가 회복되고 동의보감 연구소는 다시

정상화되었지만, 도중하차한 백인 학자들에 의해 동의보감 프로
젝트가 미국, 독일 등의 제약회사에 노출되면서 로비스트들의 유
혹이 끊이지 않았다. 로비스트들의 유혹에 이기지 못하고 동의보
감 연구소를 빠져나간 연구원들도 상당수였다. 남아 있는 연구소
연구원들 사이에는 선진국 제약회사들의 로비활동 배후에 동의보
감 프로젝트를 방해하기 위한 그들 국가 정부의 음모가 숨어 있다
는 의혹이 조심스럽게 제기되기도 했다.

차가 연구소 정문 앞에 이르자 경비원들이 저지 신호를 보내며
다가왔다. 이행리 치앙이 차창 밖으로 고개를 내밀고 소리쳤다.

"나트랑 박사가 아직 있나요!?"

경비원이 대답했다.

"조금 전에 헬기가 떴습니다. 거기에 나트랑 박사가 타는 것을
보았어요."

이행리 치앙과 박형진이 탄 차가 연구소 주차장으로 들어서기
무섭게 건물에서 흰 가운을 입은 연구원 세 명이 뛰어나오며 소리
쳤다.

"나트랑 박사는 조금 전에 떠났네! 말렸지만 아무 소용없었어!
이제 우린 어떻게 해야 하지!"

이행리 치앙과 박형진이 건물 안으로 들어섰다. 침울한 표정의
연구원들이 휴게실에 모여 한숨을 내쉬고 있었다. 그들 대부분은
연구소의 보조 연구원들이었다.

떠난 사람은 나트랑 박사뿐만이 아니었다. 병리학의 권위자인
월버그 박사와 약학자인 포트만 박사의 모습도 보이지 않았다. 월

버그와 포트만은 독일에서 온 유태계 학자들이었다.

이행리 치앙이 소리쳤다.

"이런 바보들! 한국에서 도착한 막대한 자금이 이제 연구소로 투입될 참인데……."

치앙의 말에 연구원들의 표정이 바뀌었다.

"그게 정말이오?"

박형진이 대답했다.

"이제 자금난은 더 이상 없습니다. 어떻게 된 일인지는 나도 자세히 모르지만 조금 전에 한국에서 보내진 어마어마한 돈이 베트남 은행으로 입금된 걸 확인했습니다. 자그마치 2억 달러나 됩니다. 더욱 중요한 건 앞으로 더 많은 돈이 우리 연구소에 지원될 거라는 사실입니다."

"와아!"

연구원들이 탄성을 내질렀다.

이행리 삼판과 강립, 이진구 교수가 치앙 박사를 찾아온 것은 하루 전의 일이었다. 이행리 치앙은 자신의 아버지와 나란히 걸어오고 있는 덩치 큰 노신사를 보는 순간, 그가 강립이라는 사실을 단박에 알아차렸다. 동의보감 연구소가 어려움을 겪고 있는 처지여서 하루하루 마음 편치 않은 나날을 보내고 있는 이행리 치앙이었지만, 강립과의 만남으로 인해 그는 다소 기분을 바꿀 수 있었다.

이행리 치앙은 40을 넘긴 나이에도 불구하고 강립 앞에서는 오래 전 하나뿐인 다리로 축구공을 좇아 다니던 시절의 어린아이로 돌아가 어리광을 부렸다. 강립과 치앙 사이에는 30여 년이라는 긴 세월의 강이 놓여 있었지만 그들은 가뿐한 걸음으로 그 강을 건넜던 것이다.

"요즘 연구소가 많이 어렵다고 들었다. 여기 계신 이진구 교수께서 도움을 줄 수 있을 것 같구나."

강립의 말에 이어서 이진구 교수의 입에서 새어나온 원조금의 액수는 치앙의 상상을 초월하는 것이었다. 하지만 아무리 그 돈이 절실하게 필요한 처지에 있다고 하더라도 지금까지 일을 이끌어 온 한국 정부의 동의 없이 출처가 분명하지 않은 돈을 받아들일 수는 없는 노릇이었다. 호시탐탐 연구소를 노려 온 세력들이 편법을 써서 연구소를 차지하려는 계획인지도 모르는 일이었다. 돈을 받아들인다면 자금난 때문에 연구소를 떠나게 된 나트랑 박사와 월버그, 포트만 박사를 붙잡을 수는 있겠지만, 그 동안 신약 개발을 위해 힘써온 한국 정부와 베트남, 인도 정부의 노력은 물거품이 되고 마는 것이었다.

이행리 치앙은 즉시 한국 정부와의 소식통인 박형진 박사에게 이 사실을 알리고 한국 정부에 연락을 취했다. 그로부터 약 3시간 뒤 한국 정부로부터 연락이 왔다.

'이왕가평화복지재단과 협의 끝냈음. 그들의 원조금은 한국을 비롯한 베트남, 인도 정부로서도 환영할 일임.'

그리고 다시 1시간 뒤 자그마치 2억 달러가 예치되었다. 이행리 치앙과 박형진 박사는 강립과 이진구 교수에게 제대로 인사도 하지 못한 채 연구소를 향해 차를 몰았다. 나트랑 박사가 연구소를 떠난다면 2억 달러의 원조금도 아무런 쓸모가 없는 것이었다.

이행리 치앙은 연구소를 둘러보며 말했다.

"잠깐! 허준은 어디 있지?"

그의 말에 연구원들은 다시 움츠러들었다. 인도인으로 보이는 여자가 대답했다.

"나트랑 박사 일행이 데려갔습니다."

"뭐!"

'허준'은 연구소에서 실험용으로 기르고 있는 침팬지였다. 허준이라는 이름은 약효를 알아보기 위해 온갖 들풀을 먹어가며 자신의 몸을 생체실험의 대상으로 삼았던 허준의 기행(奇行)에 빗대어 붙인 이름이었다. 허준의 몸은 동의보감 연구소의 오랜 노력이 고스란히 담겨 있는 의약 창고와 같았다. 때문에 허준은 동의보감 연구소의 수석 연구원인 하심 나트랑 박사만큼이나 중요한 존재였다.

이행리 치앙이 자신의 의족을 떼어내며 말했다.

"나랑 박 박사는 하노이 공항으로 가겠네. 서두른다면 태국으로 가는 비행기를 붙잡을 수 있을지도 몰라. 혹시 모르니까 여러분들은 시내를 뒤져봐요."

이행리 치앙은 목발을 짚었다. 이동을 하는 데는 의족보다 목발이 훨씬 기동성을 발휘할 수 있기 때문이었다. 이행리 치앙과 박형진이 탄 차가 연구소를 빠져나가자 그 뒤를 이어 수대의 차량이 줄을 이었다.

연구소에 대한 한국의 지원이 사실상 중단되었던 1997년부터

2000년까지 3년 동안 12명의 연구원이 동의보감 연구소를 이탈했다. 하지만 한국은 경제가 회복된 뒤 핵심 연구진들이 빠져나간 상황에서도 연구소에 대한 지원을 재개했다. 그 동안의 연구 실적이 축적된 것도 이유 중의 하나였지만, 수석연구원인 하심 나트랑 박사가 아직 연구소에 남아 있다는 사실이 가장 큰 이유였다. 미국과 독일 등지에서 교육을 받은 이 인도인 학자는 유전공학뿐만 아니라 생물학과 병리학에서도 세계적인 권위자였다. 하심 나트랑은 동의보감 연구소의 핵심 두뇌였으며, 이 천재가 건재한 이상 동의보감 연구소도 건재하다고 볼 수 있을 정도였다.

하심 나트랑 박사는 예일대 의대 교수로 재직하던 중 한국과 인도 정부의 제의를 흔쾌히 수락하고 베트남으로 자리를 옮긴 것이었다. 의학계 최고의 명예직을 과감하게 내던진 하심 나트랑의 이 단호한 행동은 한국과 인도 정부로서도 매우 뜻밖의 것이었다. 하심 나트랑의 이 단호한 행동은 모든 주요 기술력이 강대국에 집중되는 것은 세계 평화에 기여할 수 없다는 믿음이 작용한 까닭이었다. 그는 약소국으로 분류되고 있는 자신의 조국과 세계 경제력의 평준화에 기여하기 위해 동의보감 연구소에 둥지를 틀었던 것이다.

동의보감 프로젝트는 거의 마지막 단계에 이르러 있었다. 한국의 지원은 계속되고 었었지만 신물질의 안정성을 획득하기 위해서는 수없이 많은 시험단계를 거쳐야 했다. 그것은 막대한 비용을 필요로 하는 일이었다. 이때부터 이 천재 학자의 가슴속에 조급증이 자라나기 시작했다. 인류를 신종 질병의 재앙으로부터 구할 수 있는 신세계의 문 앞에서 그의 학자로서의 본능이 끊임없이 그를 자극했으며, 여기서 걸음을 멈춘다면 자신의 전 생애를 건 업적이 한 순간에 물거품이 될 수 있다는 두려움이 그를 몰아치고 있었다. 그 즈음 강대국 로비스트들의 유혹은 더욱 더 거세어져 그의 신념을 뒤흔들었다. 결국 그가 선택한 길은 안정적인 지원이 보장되는 환경 속으로 발을 들여놓는 것이었다. 그는 월버그, 포트만 박사와 동행하여 태국을 거쳐 미국으로 향하기 위해 연구소를 떠났다.

이행리 치앙과 박형진이 하노이 공항에 도착하자마자 한 대의 비행기가 막 활주로를 질주하기 시작했다. 박형진이 안내원에게 물었다.

"저게 어디로 가는 비행기죠?"

"태국으로 가는 겁니다."

이행리 치앙이 소리쳤다.

"잡아야 해! 잡아야 해!"

그는 불편한 몸을 목발에 의지한 채 탑승구 쪽으로 걸음을 옮겼다. 박형진이 그보다 앞서 탑승구 쪽으로 달려갔다. 공항의 안전요원들이 박형진을 저지했다. 박형진은 안전요원들과 몸싸움을 벌였지만, 저지선을 통과하지 못했다. 이행리 치앙이 목발을 집어던지며 울먹이는 목소리로 소리쳤다.

"잡아야 해! 저들을 이대로 보낼 수는 없어!"

하지만 비행기는 활주로를 벗어나고 있었다. 비행기는 치앙과 박형진의 안타까움을 뒤로 한 채 구름 속으로 아득히 멀어져 갔다.

소동 때문에 공항의 여행객들이 이행리 치앙과 박형진 주위로 몰려들었다. 공항 안전요원들도 두 사람을 에워싸고 더 이상의 소동을 피우지 않도록 주의를 기울였다. 박형진은 허탈한 표정으로 비행기가 사라져 간 하늘로 멍한 시선을 놓고 있었고, 치앙은 바닥에 주저앉은 채 눈물이 번진 눈가를 옷소매로 훔쳤다.

박형진이 치앙에게 다가가 그의 몸을 일으켰다. 치앙은 한 쪽 목발과 박형진의 부축에 의지한 채 몸을 일으켰다. 치앙이 내동댕이친 다른 쪽 목발을 찾아 박형진이 몸을 돌렸다. 그때 그의 눈에 바닥에 떨어진 목발을 집어들고 있는 노신사의 모습이 들어왔다. 백발이 성성한 인도인 신사는 목발을 들고 와 치앙에게 내밀었다.

박형진과 이행리 치앙은 누가 먼저랄 것도 없이 소리쳤다.

"나트랑 박사님!"

하심 나트랑은 목발을 이행리 치앙에게 건네주고 들고 있던 가방은 박형진에게 건넸다.

"다시 비행기를 탈 생각을 하니 앞이 아찔하더군. 나는 이제 노구라 무리한 여행은 몸에 해로울 거야."

"나트랑 박사님……."

"자자, 어서 가세. 힘든 하루였으니 오늘은 쉬고 내일부터 다시 시작해보자고."

세 사람은 차에 올랐다. 연구소를 향해 달려가는 차 안에서 박형진이 물었다.

"왜 남으셨습니까?"

"글쎄, 자네들과의 우정과 신의를 저버릴 수 없었다고 해두지."

　이행리 치앙과 박형진은 하심 나트랑 박사가 떠나지 않은 사실에 감격하여 말을 잇지 못했다.

　연구소로 향하는 차 안에서 이행리 치앙과 박형진은 한국의 모재단에서 다시 지원금을 대기 시작했으며, 그 규모가 이전과 비교도 되지 않을 만큼 크다는 사실을 하심 나트랑 박사에게 알려주었다. 차가 연구소에 다다랐을 때 박형진이 다소 안타까운 듯한 표정을 지어 보이며 말했다.

　"허준을 저들이 데려갔으니 앞으로 꽤나 힘들겠습니다."

　"허준? 허준이 동의보감 연구소를 떠났단 말이지……?"

　"네? 박사님께서 데리고……"

　"허준은 동의보감 연구소의 재산일세. 그 놈을 데리고 간다는 건 도둑질이나 진배없는 걸세. 물론 윌버그와 포트만은 허준을 데리고 가도록 강력하게 종용했지. 하지만 난 그럴 수 없었어."

　"하지만 연구원들은 허준을 박사님이 데려갔다고 했습니다."

　"허허허, 윌버그와 포트만은 평소에도 침팬지를 끔찍이 싫어하더니 허준을 알아보지도 못하더군."

　차는 연구소 안으로 들어섰다. 하심 나트랑 박사를 다시 보게 된 연구원들은 기쁨의 환호성을 질렀다. 하지만 이행리 치앙과 박형진은 허준의 행방이 궁금하여 계속 나트랑 박사의 얼굴만 들여다보고 있었다. 나트랑 박사는 연구소를 둘러싸고 있는 열대우림의 숲을 둘러보더니 가볍게 휘파람을 불었다. 그러자 가까운 나무 위에서 침팬지 한 마리가 누런 이빨을 드러내고 꽥꽥 소리를 지르더니 나트랑 박사를 향해 달려왔다. 바로 허준이었다. 그 광경을 지켜보고 있는 연구원들의 입에서는 다시 한 번 기쁨의 환성이 터져나왔다. 평소 감정이 예민한 이행리 치앙은 기쁨에 겨워 눈물을 글썽였다.

나트랑 박사는 허준의 이마를 쓰다듬으며 말했다.

"윌버그 박사와 포트만 박사가 데리고 간 침팬지는 곧 동물원으로 옮겨지겠지, 허허허."

이행리 치앙과 박형진은 안도감과 당혹감이 교차하는 심정으로 하심 나트랑 박사를 바라보았다. 나트랑 박사는 허준을 품에 안은 채 연구소 건물을 향해 걸음을 옮겼다. 그의 뒤를 연구원들이 어깨동무를 한 채 따르고 있었다.

3. 승천

한국으로 돌아오는 비행기 안에서 이진구가 강립의 눈치를 살피고 있다가 조심스럽게 말을 꺼냈다.

"이행리 삼판씨로부터 강 선생님의 원래 성씨가 이씨라는 말을 들었습니다. 그것도 전주이씨."

강립은 약간 씁쓰레한 웃음을 지었다.

"그리고 이행리 시조의 그림도 보여주었습니다. 강 선생님께도 이행리 시조와 같은 가슴털이 자라나 있다고 하더군요."

"혹시 신궁에 대해서도 이야기했습니까?"

"네."

강립은 창밖으로 시선을 던졌다. 솜털 같은 구름이 그의 눈 아래에 펼쳐져 있었다.

"현재 공석인 재단 이사장 자리를 강 선생님께서 맡으셔야 할 것 같습니다."

이진구의 말에 강립은 가벼운 미소를 지은 뒤 대꾸했다.

"제게 그럴 자격이 있을까요?"

"강 선생님만이 그 자리에 앉을 자격이 있습니다. 제 생각으로는 아무래도 강 선생님께선 이씨 왕가의……"

"피곤하군요. 그 문제는 잠시 미루어두기로 하는 게 좋을 것 같습니다."

강립은 얼른 이진구의 입을 막은 뒤 의자에 몸을 묻고서 눈을 감았다. 이진구의 입에서 나올 다음 말이 두려웠다. 긴 시간 잃어버렸던 자신의 존재를 확인하는 일은 생각보다 힘든 일이었다. 강립은 자신의 존재가 밝혀진 진실 앞에서 두려움을 느꼈다. 자기 존재의 무게가 너무나도 무거운 까닭이었다.

베트남에서 돌아온 이틀 뒤 강립은 일본에 있는 오경택으로부터 연락을 받았다. 그 동안 잠적해 있던 기미코의 행방을 드디어 알아낸 것이었다. 강립은 그 연락을 받자마자 다음 날 곧장 일본으로 날아갔다. 기미코는 교토 근교의 시골로 거처를 옮긴 뒤 외부와의 연락을 끊고 지내고 있었다.

강립이 기미코를 찾아갔을 때 그녀는 화단을 가꾸고 있었다. 낮은 울타리 너머로 자신을 지켜보고 있는 시선을 눈치챈 기미코가 몸을 일으켰다. 강립이 해를 등지고 있어서 기미코는 눈을 잔뜩 찡그린 채 강립 쪽을 바라보았다. 곧 자신을 찾아온 손님이 누구인지 알아챈 기미코는 고개를 떨구었다.

강립이 울타리 너머에 서서 기미코를 향해 말했다.

"바텔에게서 이야기를 들었습니다."

잠시 사이를 두고 강립이 말을 이었다.

"우에다 교수님을 사랑하셨죠?"

기미코는 여전히 시선을 아래로 향한 채 보일 듯 말 듯 고개를 끄덕였다.

"당신을 기미코로 만든 바텔은 죽었습니다. 이제 김선자로 돌아가시지 않겠습니까?"

기미코는 미소를 지은 채 약간 눈을 들었다.

"그냥 기미코로 남겠습니다. 우에다 도라노스께 교수의 아내인 우에다 기미코로……."

강립이 고개를 끄덕였다. 그는 잠시 자기 자신에 대해 생각했다. 그 역시 이립이 되는가, 아니면 강립으로 남는가 하는 문제를 남겨두고 있었던 것이다.

두 사람은 거실에 찻상을 사이에 두고 마주앉았다. 강립의 찻잔에 차를 따르는 기미코의 얼굴에는 평온함이 깃들어 있었다. 그런 그녀를 바라보는 강립의 마음 역시 더없이 평온했다.

강립이 찻잔을 입에 댔다가 내려놓으며 말했다.

"김칠성 스님과, 긴 세월 비밀을 지켜온 우에다가를 위해 제가 할 수 있는 일이 없을까 생각해보았습니다."

기미코는 아무런 대꾸 없이 강립의 눈을 들여다보았다.

"궁리 끝에 '우에다'라는 이름을 건 기념재단을 만들었으면 좋겠다는 생각을 했습니다. 우에다 기념재단은 한·일 양국의 관계를 개선하는 가교역할도 할 수 있을 겁니다. 그래서……"

강립은 잠시 말을 끊고 기미코를 바라보다가 말을 이었다.

"기미코 여사께서 그 재단을 맡아주셨으면 합니다."

"저 같은 사람이 어떻게 그런 일을 할 수가 있겠어요. 그 일을 훌륭히 해낼 수 있는 다른 분을 찾으시는 게 좋을 것 같습니다."

"아닙니다. 기미코 여사만큼 적임자도 없습니다. 제가 기미코 여사를 보필할 수 있도록 사람을 붙여 드리겠습니다. 그리고 우에다 기념재단을 만든다면 천황 쪽에서도 도움을 줄 겁니다. 한국의 이왕가평화복지재단과 일본의 우에다 기념재단이 힘을 합친다면 선조들의 거룩한 뜻이 이루어지게 되는 겁니다. 꼭 수락해주십시오."

기미코는 고개를 떨구었다. 그녀가 받치고 있는 찻잔 속으로 눈물 한 방울이 떨어지며 작은 파문이 일었다. 그 파문 속으로 남편인 우에다 교수의 얼굴이 떠올랐다. 긴 세월 비밀을 간직한 채 살아온 사람들. 이제야 그들은 비로소 비밀의 사슬로부터 풀려난 것이었다.

그로부터 2주일 뒤 쌀과 비료 등을 실은 대한민국의 식량수송단이 판문점을 통과했다. 대한민국과 북조선에서 동원된 300대의 차량 속에는 염금 2톤을 실은 문일광의 트럭도 섞여 있었다.

판문점을 통과한 차량의 긴 행렬은 북조선 인민군의 삼엄한 경비 속에 물류창고가 있는 남포로 향했다. 중간에 문일광이 탄 트력은 고장을 이유로 행렬에서 이탈했다. 차량의 행렬이 멀어진 후 문일광의 트럭에 실린 염금은 군용트럭에 옮겨졌다. 염금을 실은 군용 트럭은 곧장 평양으로 핸들을 꺾었다. 트럭은 문일광이 직접 몰았으며, 북조선 공작원들이 탄 차량이 트럭의 앞뒤를 호위했다.

이 모든 일이 이왕가평화복지재단의 청원을 수락한 청와대의 묵인 하에 이루어진 것이었다. 문일광은 그 후 중좌로 진급하여 판문점 북측 경비구역에서 복무했다.

박성훈 신부와 이행리 삼판은 이왕가재단의 후원에 힘입어 답 다촌에 병원을 세웠다. 양삼봉과 김은동, 장경화는 이왕가재단의 본부에서 근무하며 전국의 사설 구조대를 지원하는 일을 했다. 오 경택은 일본의 우에다 기념재단에서 기미코를 도왔다.

2005년 4월, 베트남의 동의보감 연구소에서는 에이즈와 에볼라 바이러스를 효과적으로 잠식하는 신물질인 P2P-1을 개발했다는 낭보가 들려왔다.

이틀 뒤, P2P-1의 최종 사용승인권을 가진 대한민국 정부의 공 식 발표가 있었다. 대통령은 청와대에서 내외신 기자들을 불러 대 민족 담화를 발표했다. 이 장면은 동남아 전역의 국영방송을 통해 서 생중계되었다. 대통령은 단상에 올라서서 좌중을 둘러본 후 자 신감 가득한 목소리로 담화문을 읽기 시작했다.

"친애하는 한민족, 그리고 평화를 사랑하는 모든 세계인 여러 분. 그 동안 대한민국 정부와 이왕가평화복지재단은 베트남, 인도 정부와 공조하여 극비리에 신약 개발 프로젝트를 진행해왔습니다. 이제 그 결과물로 에이즈 바이러스와 에볼라 바이러스를 효과적으로 잠식할 수 있는 신물질인 P2P-1을 내놓습니다. P2P-1은 최종단계인 임상실험을 이미 거쳤으며, 임상실험에 참가한 환자들은 다섯 번에 걸친 혈액검사에서 모두 에이즈와 에볼라에 음성 반응을 보였습니다. 동의보감 연구소는 세계 각국의 의학진을 초빙하여 P2P-1에 대한 검증을 받을 것입니다. 검증이 통과하여 약품으로 개발될 경우 이 신약품은 극빈국 환자들에게 우선적으로 무상 공급될 예정이며 이후로 생산량에 따라 위원회가 규정하는 국가의 등급별로 가격에 차등을 두어 각 나라에 공급될 것입니다. 3국이 공조한 이번 프로젝트에 따른 결과물은 앞으로도 계속적으로 상품화될 것이며……"

기자회견장에 있는 내외신 기자들은 물론이고, TV를 보고 있는 사람들은 하나같이 벌어진 입을 다물지 못했다. 그들은 자기 눈앞에 벌어지고 있는 이 장면이 꿈이 아니기를 진정으로 바랐다. 어떤 사람은 실제로 자신의 볼을 꼬집기까지 했다. 대형 스크린이 설치된 광화문 일대에서는 퇴근길의 행인들이 일제히 걸음을 멈추고 스크린의 화면을 주시했으며, 버스의 승객들은 숨소리를 죽이고 라디오에 귀를 기울였다.

대통령은 잠시 회견장이 어수선해진 틈을 타서 단상 밑에서 무언가를 들어올렸다. 물건을 감싸고 있던 보자기를 푸는 순간 기자들과 TV화면을 지켜보는 시청자들의 입에서는 다시 한 번 비명과도 같은 탄성이 터져나왔다. 대통령이 꺼내 보인 것은 잘 정련된 황금덩이였다. 대통령의 말은 계속 이어졌다.

"이것은 대한민국 정부와 이왕가평화복지재단이 공동으로 정련해 온 염금으로 한 덩이 당 10킬로그램입니다. 현금 가치는 개당 50만 달러 정도가 되는 것으로 추산되고 있습니다. 우리는 300톤 정도의 황금을 정련해서 이미 150억 달러의 외화를 조성했습니다. 염금은 연내에 전체 생산량이 400톤에 이를 것이며 이후로도 계속해서 생산될 예정입니다. 대한민국 정부와 이왕가평화복지재단은 단계적이고 계획적인 수출을 시행하여 금값 하락을 막을 것입니다. 염금 정련 공장과 금맥의 위치는 공개하지 않습니다. 염금의 일부는 세계의 평화와 안녕을 위해 기여하고 있는 단체에 원조됨과 동시에……"

누군가가 기쁨의 탄성을 터뜨렸다. 그것을 시작으로 기쁨의 환호성은 마른 들에 불씨가 번져나가듯 급속도로 퍼져나가 곧 커다란 함성을 이루었다. 사람들은 길거리로 뛰쳐나와 소리를 질러댔고, 차량들은 경적을 울렸다. 2002년 한일 월드컵에서 대한민국 대표팀이 연전연승을 거두었을 때처럼 사람들은 '대한민국'과 '한민족'을 연호하며 서로 어깨동무를 했다. 외신들은 신물질 개발과 금맥 발견으로 인해 곧 강대국으로 부상하게 될 한국의 위상에 대해 예견하는 기사를 특종으로 다루었으며, 세계의 언론은 세계에서 가장 강력한 사립 재단으로 떠오른 이왕가평화복지재단을 앞다투어 소개했다.

강립은 전주이씨 종친회의 끈질긴 권유를 물리치지 못하고 공석으로 있던 이왕가평화복지재단의 이사장직을 수락했다. 전주이씨 종친회는 그의 본래 성씨인 이씨로 바꿀 것을 권했지만 그는 끝내 '강립'으로 남았다.

강립은 취임식을 두타산에서 갖기로 하고, 취임식에 이어 임진왜란 당시 두타산에서 산화한 1만여 명의 영령을 위로하는 제사를 열기로 계획을 세웠다.

강립의 이사장 취임식에는 일본 우에다 기념재단의 간부와 천황가에서도 자리를 함께 했다. 박성훈 신부와 이행리 삼판, 그의 아들 이행리 치앙 등도 참석했다. 그 외에도 국내외 지도자들과 수행원, 언론인들이 대거 참석하여 두타산을 가득 메웠다. 시민들도 새로운 행보를 시작하는 이왕가평화복지재단의 앞날을 축복하기 위해 두타산으로 몰려들었다.

강립이 천천히 앞으로 걸어나오자 쉴새없이 플래쉬가 터졌다. 지금까지 베일에 가려져 있던 이왕가평화복지재단의 실제적인 운영자를 조금이라도 더 자세히 보기 위해 내빈과 시민들은 상체를 앞으로 기울였다.

강립이 사방을 둘러싼, 사람들이 이룬 성벽을 찬찬히 둘러본 뒤 입을 열었다.

"이곳 두타산은 400여 년 전 외적의 침입에 분연히 일어선 5천여 의병들과 피난민들이 산화한 민족의 성지입니다. 지금도 이 산의 어딘가에는 그들이 흘린 피가 영원히 지워지지 않을 얼룩으로 배어 있을 것입니다. 오늘 우리는 이 역사의 비극적인 현장에서 선조들의 영령과 더불어 한일 양국의 우호를 다짐하며 새로운 행보를 시작하게 되었습니다.

이왕가평화복지재단은 어느 개인이 소유할 수 있는 재단이 아닙니다. 이왕가평화복지재단의 주인은 이 세계의 평화를 사랑하는 모두의 것입니다. 이왕가평화복지재단은 이미 한국, 베트남, 인도 정부의 공조하에 세워진 동의보감 연구소를 원조하여 P2P-1을 개발하는 데 일익을 담당하였습니다. 앞으로도 저희 재단은 세계 평화를 위해 노력하는 분들과 함께 교육, 의료, 환경, 산업, 복지 사업에 지속적인 지원을 해 나갈 것이며, 빈민 구호와 세계의 평화를 위해 힘쓰는 단체와 기구에 대한 원조 또한 아끼지 않을 것입니다. 아울러 세계 유일의 분단국가로 남아 있는 한반도의 평화적인 통일을 위하여 노력할 것이며, 통일이 되고 난 뒤의 안정된 정착을 위한 기금 조성에 힘쓰겠습니다……"

강림의 취임사가 계속되는 동안 두타산을 찾은 내빈과 시민들은 입술을 굳게 다문 채 강림만을 지켜보았다. 새들도 지저귐을 멎고 나무 위에 앉아 강림의 연설에 귀를 기울이는 듯했다.

"……어떤 분은 저희 재단의 이름을 두고 타 성씨에 대해 배타적인 입장을 가지고 있는 씨족 집단이 아니냐는 의문을 제기하는 분들도 있습니다. 하지만 이왕가평화복지재단은 성씨에 구분 없이 평화와 복지에 대한 열정을 지닌 분이면 누구라도 봉사할 수 있는 길을 열어놓았습니다. 그리고 이러한 단체가 앞으로도 계속 생겨나 힘과 능력을 가진 이들이 경쟁적으로 세계의 평화와 복지에 기여할 수 있기를 바랍니다.

이미 가진 자들이 더 가지지 못해 안달하는 세상, 없는 이들을 더욱 궁색하고 빈곤하게 만드는 세상이 아니라 더 나누어주지 못해 안타까워하고 이웃의 고통을 함께 할 수 있는 세상이 도래할 것을 저희는 굳게 믿습니다. 그것은 결코 우리의 이상 속에서만 존재하는 아득한 세상이 아닙니다. 우리 각자가 마음먹기에 따라 그 아름다운 세상의 도래는 앞당겨질 것입니다. 저희 이왕가평화 복지재단은 그러한 세상을 만들어가는 초석이 되겠습니다."

　강림의 취임사가 끝나자 내빈과 시민들은 박수로 화답했다. 이어서 무두와인상(無頭臥人像) 앞에 꾸며진 제사상 앞에서 일본 천황이 제문을 읽기 시작했다.

　이 땅에 누워 계신 일본신민 오천여 영령들이시여,
　엎디어 비나이다.
　세월의 바람과 찬이슬 맞으며 한숨으로 어둠에 떠도는
　오천여 이름 없는 용사들의 원혼이시여,
　413년 전 어리석고 헛된 야욕에 희생된 영령들이시여,
　환국하지 못하고 조선의 땅에서 포로가 되어 누워 있는 혼령들이시여,
　이제사 찾아온 후손들의 참회를 받으소서!
　이제 서러움을 거두소서! 님들의 영령을 찾아온 후손들의 정성으로
　정결한 영이 되어 눈부신 모습으로 승천하소서!
　이 땅에 누워 계신 조선의 영령들이시여,
　임란의 죄, 35년 식민통치의 죄, 이웃백성을 죽인 흉악한 죄를 용서하소서!

침략의 죄 하늘에 비하오니 용서하소서!
오천여 영령들이시여 빛나는 불꽃 되어 하늘에 오르소서!

엄숙한 분위기 속에서 천황이 제문을 읽는 동안 갑자기 안개가 몰려들기 시작했다. 자리에 참석한 사람들은 서기(瑞氣)가 감도는 안개가 주위를 감싸자 흥분과 긴장이 교차하는 표정들을 지었다. 사람들은 이 갑작스러운 이상 기후의 조화 속에 신령스러운 존재의 손길이 담겨 있으리라고 생각했다.

천황에 이어서 강림이 앞으로 나섰다. 하얀색 한복을 차려입은 강림은 상서로운 안개에 휘감겨 사람들에게 신성성을 지닌 인물로 보였다. 그는 환갑을 맞은 노인이라고 하기엔 너무 젊었다. 그의 두 어깨는 여전히 단단한 근육이 자리를 잡고 있었고, 떡 벌어진 가슴에는 힘이 담겨 있었다.

해는 새벽을 윙윙대는 바람을 앞세우고
매일 동해를 건너 통곡의 산 두타산성을 거닐고
바람과 나무와 돌과 개울과
나라를 왜구로부터 수호하다가 힘에 겨워 장한 죽음을 당한
혼령들과 그날을 얘기하고
달은 별빛을 한숨으로 앞세우고 어둠에 떠도는
이름 없는 오천여 의병들의 원혼을 달랜다
산골짜기 풀섶 개울가에 이끼처럼 누워 있는 혼령들이시여
이제 후손들과 따스한 만남 이루소서!

이제 서러움을 거두소서! 선조의 영령을 찾아온 후손들과 어울려

당신들의 밝은 웃음을 보이소서!

국운이 꺼져 가는 풍전등화 운명의 그날

당신들의 그 위대한 희생으로 나라의 명맥은 튼튼히 이어져

오늘은 세계의 평화를 수호하는 강한 나라가 되었습니다.

그날의 치욕을, 그날의 충성을, 그날의 용맹을

그날의 숭고한 희생을 가슴에 새기고

당신들을 우리의 가슴에 기리나이다. 높이 받드나이다.

선조 영령들이시여!

이 땅에 피를 뿌린 지 413년 그 침략 원흉의 후손들이

지은죄를 비오니 용서하소서!

기뻐하고 용약하고 승천하여 영원한 안식을 누리소서!

강림이 제문을 읽는 동안 안개는 점점 더 짙어졌다. 하지만 안개는 시야를 가리는 장벽이 아니라 몸을 감싸는 홑이불처럼 부드럽고 포근한 느낌을 주고 있었다.

강림이 축원을 끝낸 후 천황과 함께 제문을 불사르자 재와 연기가 어울려 소용돌이치며 하늘로 피어올랐다. 재와 연기는 사방을 꽉 메우고 있는 안개 사이로 흩어졌지만, 그것들은 안개의 뿌연 빛 속에 함몰되지 않고 오히려 안개를 걷으며 길을 열고 있었다. 재와 연기가 춤을 추며 안개 속에 투명한 길을 열고 있는 모습을 지켜보고 있던 강림은 길 저쪽에 모여 있는 일단의 그림자들을 발

견하고는 두 눈을 부릅떴다. 안개가 엷어지며 그림자는 점점 더 선명한 모습을 드러내고 있었다. 마치 사극의 한 장면 속에서 튀어나온 듯한 사람들이 미소를 지은 채 강림을 향해 다가오고 있었던 것이다. 그들은 강림과 일정한 거리를 두고 우뚝 멈추어 섰다. 그들 중 한 사람이 강림에게로 가까이 다가왔다. 강림은 그가 누군지 알 수 있었다. 그토록 긴 세월 미워해 왔으면서도 결코 가슴 속에서 밀어내지 못했던 사람, 까닭 모를 그리움으로 어린 강림을 눈물짓게 했던 사람. 강림은 그를 처음 대하는 것이었지만 분명하게 그를 알아볼 수 있었다. 그는 바로, 아버지였다.

"아버지……."

강림의 눈에 눈물이 맺히며 아버지의 모습이 뿌옇게 흐려졌다. 하지만 강림은 한시라도 눈을 끔벅이면 아버지의 형상이 사라져 버릴지도 모른다는 생각에 두 눈을 부릅뜬 채 그를 지켜보았다. 무게를 이기지 못한 눈물 방울이 강림의 볼을 타고 흘러내리자 아버지의 형상은 다시 선명해졌다. 아버지는 온화한 미소를 머금은 채 강림을 대견하다는 눈빛으로 바라보고 있었다.

강림은 아버지 뒤에 늘어서 있는 이들이 누구인지도 알 수 있었다. 승복을 입은 두 사람은 분명 동천 대사와 김칠성이었다. 장도(長刀)를 차고서 엄한 눈빛을 던지고 있는 이는 최원홀이 분명했다. 그리고 그 곁에서 당당하게 가슴을 내밀고 있는 이들은 자신의 선조들이었다. 그리고 그 너머에 두타산에서 왜병들과 싸운 조선의 이름 없는 민초들이 강림 쪽을 힐끔거리며 자기들끼리 이야기를 나누고 있었다.

"보아라, 치앙아! 우리의 선조들이시다!"

이행리 삼판이었다. 강립은 얼른 뒤돌아보았다. 이행리 삼판뿐만이 아니라 취임식에 참석한 모두가 안개 속에서 나타난 그들을 놀란 눈으로 입을 쩍 벌린 채 지켜보고 있었던 것이다. 그것은 환영이 아니었다. 안개 속에서 나타난 그들은 강립의 무의식이 빚어낸 환상이 아니었던 것이다. 민족의 안녕과 평화를 위해 목숨을 던진 수많은 영령들과, 후손들의 번영을 위해 미래를 준비해온 선조의 넋이 지금 자신들의 뜻을 이루어낸 장한 후손들 앞에 모습을 드러낸 것이었다.

"이제 편히 쉬십시오."

강립의 말에 영령들은 고개를 끄덕이고는 뒤돌아섰다. 강립의 아버지도 지긋한 눈길로 자식을 바라보고 있다가 돌아섰다. 그들이 돌아서 간 자리로 다시 안개가 밀려들기 시작했다. 영령들은 안개 너머에 있을 영원한 안식을 향해 총총히 멀어져 갔다. 강립은 눈물이 가득한 눈길로 영령들이 사라져 간 안개 속을 헤집으며 그들을 배웅했다.